A.W. BENEDICT

BARRINGTON

MORD

IN

St. Applewood

Facebook: A.W. Benedict
Instagram: @awbenedict_autorin
Website: awbenedict.de

Cover und Schriftdesign: Tobias Wieduwilt
Bilder: iStock lizenziert

Illustrationen: A.W. Benedict

Häkelanleitungen: Anja Behrs
Wolle von: woolhouse.de

Korrektorat: SchriftWerk - Jona Gellert

Marketing: Chris Wieduwilt

Herstellung und Verlag: BoD – Books on Demand,
Norderstedt
ISBN: 9783756223640

Bibliografische Information der Deutschen Nationalbibliothek:
Die Deutsche Nationalbibliothek verzeichnet diese Publikation in der Deutschen Nationalbibliografie; detaillierte bibliografische Daten sind im Internet abrufbar.

A.W. BENEDICT

BARRINGTON

MORD

IN

St. Applewood

„Very few of us are what we seem."
(Die wenigsten von uns sind, was wir scheinen.)

Agatha Christie

Eine alte Schuld

„Ich hätte niemals auf dich hören sollen! Wie konntest du das zulassen?", fragte die Frau und begann dabei nervös an ihren manikürten Fingernägeln zu kauen. „Jetzt habe ich mir einen Fingernagel abgebrochen", fügte sie weinerlich hinzu.

Ihre schlanke Gestalt steckte in einem hellgrauen Designerkostüm. Um den Hals trug sie eine breite Goldkette und an der rechten Hand einen riesigen Brillantring. Sie zupfte ihr lockiges, platinblondes Haar in Form und sah ihr Gegenüber zornig an. Sie war nicht mehr taufrisch, aber immer noch hübsch anzusehen. Das Alter hatte es gut mit ihr gemeint und den Rest hatte ihr Schönheitschirurg in London erneuert. Geld hatte sie jederzeit genug gehabt.

„Wie konntest du das nur zulassen? Du hattest die Fäden in der Hand", sagte der Mann und betonte das du besonders. „Es wäre ein Leichtes für dich gewesen, die alte Brauerei zu kaufen. Aber du musstest ja dein ganzes Geld diesem Doktor in den Rachen werfen. Was willst du noch an dir erneuern? Gib dir keine Mühe, davon wirst du nicht jünger. Letztes Mal hast du wie ein aufgeblasener Ballon ausgesehen."

Der Mann lächelte die Frau provozierend an.

„Dieser Kerl hat mich beim Verkauf der Brauerei

überboten, so einfach ist das. Meine Mittel sind endlich. Wer sollte denn ahnen, dass überhaupt jemand dieses alte Gemäuer haben will? Mussten wir uns hier treffen? Wie eklig dieser Keller ist." Sie trat ein Stück weiter in die Mitte des Raumes und sah angewidert zu den Spinnenweben an der Wand. „Ich habe es hier immer schon gehasst. Die Welt hat mir einmal offengestanden. Ich hätte jemand werden können. Stattdessen habe ich dir vertraut!"

„Reg dich ab und lass uns nachdenken. Wir müssen es wegschaffen. Lieber heute Nacht noch."

„Was soll das heißen, reg dich ab? Wenn du aufgepasst hättest, ständen wir jetzt nicht vor diesem Dilemma!", schrie sie so laut, dass es von den alten Wänden widerhallte. Als wollten die Steine den beiden drohen, weil sie ihre jahrzehntelange Ruhe ungefragt unterbrachen.

Die Diskussion wurde hitziger. Die Worte flogen im Sekundentakt hin und her und jeder der beiden versuchte, den anderen mit giftigen Kommentaren aus der Fassung zu bringen.

Der Keller der alten Brauerei lag im schummrigen Licht einer Laterne, die der Mann auf dem schmutzigen, von Scherben übersäten, Boden abgestellt hatte. Er griff in die Jacketttasche seines eleganten Zweireihers. Ein Apfel kam zum Vorschein und der Mann biss herzhaft hinein.

„Hör mit deinen blöden Äpfeln auf! Ich kann das Wort Apfel schon nicht mehr hören! Du machst mich krank, du Idiot. Hätte ich mich nur nicht von dir überreden lassen!", rief die Frau zornesrot.

Der Mann legte den Apfel auf einen wackligen

Tisch neben einem der alten Holzfässer, die sich hier unten im Gewölbekeller dicht an dicht aneinanderreihten. Es duftete immer noch nach Cider, obwohl so viele Jahre vergangen waren.

Gedankenverloren spielte er mit einigen Apfelkernen, die aus dem Inneren des Apfels gefallen waren.

„Du warst damals nur allzu gern bereit, mitzumachen, meine Gute. Beschwer dich nicht, lebst doch gut von der Sache, oder? Ich sag dir was. Wir lassen es hier. Wer soll das schon finden, es ist Jahrzehnte her. Wahrscheinlich ist gar nichts mehr übrig und alles ist zerfallen. Die würden keine einzige Spur mehr finden."

„Bist du wahnsinnig? Ich werde als Erste dran sein!"

Der Mann näherte sich der Frau bis auf wenige Zentimeter und spuckte ihr die Worte fast ins Gesicht.

„Willst du es etwa da rausholen?"

„Wieso denn ich? Ich habe es ja nicht hinein geworfen. Das machst du natürlich."

„Vergiss das, Schätzchen. Wenn es dich stört, holst du es raus", erklärte der Mann mit einem lauernden Blick auf seine Partnerin. Seine Augen blitzten sie böse an.

Dann trat er einen Schritt zurück und griff erneut in seine Jacketttasche, nahm ein vergoldetes Zigarettenetui heraus und öffnete es mit einer eleganten Bewegung.

Aus seiner anderen Tasche kam das passende Feuerzeug zum Vorschein. Der Mann griff zu einer Zigarette, steckte sie in den Mund und betätigte das

Feuerzeug. Eine Flamme schoss hervor. Er hielt die Flamme an die Zigarette und sog den scharfen Rauch tief ein. Dann pustete er den blauen Dunst mit Absicht in Richtung der Frau.

Sie hustete und schlug ihm mit der rechten Hand eine schallende Ohrfeige ins Gesicht. In dem weitläufigen Keller hallte der Knall nach wie ein Echo.

Das war dann doch zu viel für den Mann. Sein Aussehen war sein Kapital, das Einzige, was er bei jeder Transaktion in die Waagschale werfen konnte. Das hatte noch immer gereicht, um sein Gegenüber um den Finger zu wickeln.

Nach einer halben Stunde fiel die Tür der Brauerei ins Schloss und ein Wagen fuhr rasend schnell in die Nacht.

Nebel legte sich über das Gebäude und die alten Mauern träumten weiter von einem neuen Anfang. Wer würde sie wohl aus dem Dornröschenschlaf befreien?

Five Apple Kernels

Wer brauchte schon drei Vornamen? Was hatte sich seine Mutter dabei gedacht, ihn Sidney Patrick zu nennen und schließlich auch noch Barrington anzuhängen?

Die Angehörigen der blaublütigen Klasse hatten viele Vornamen. Da war es vielleicht angebracht. Jeder noch so unwichtige Vorfahr musste im Namen des jeweils neuen Erdenbürgers vorkommen. Gut. Das war Sache der Peer, Gentry und Knights und wer noch so zu der Oberschicht gehören mochte. In Ordnung. Sollte seine Königliche Hoheit eben seinen armen, in eine Welt der royalen Etikette geborenen Kindern einen Haufen Namen anhängen. Die Diener in den Palästen hatten genug Zeit zur Verfügung, um alle Namen ordnungsgemäß aufzuzählen. Aber warum war er damit gestraft worden?

Zum Glück war sein Nachname kurz, Brandon. Dafür klang er wie ein weiterer Vorname. Nicht besonders einfallsreich. Seine Mutter verabscheute den Namen Barrington. Das verstand er nicht. Schließlich hatte sie ihm den Namen gegeben. Oder? Wenn er sie danach fragte, hüllte sie sich in Schweigen. Vielleicht benutzte er deshalb diesen seltsamen Vornamen so gern. Eine kleine Strafe für seine Mutter. Er liebte sie,

9

aber dieser letzte Vorname war für die Brandons ein wunder Punkt.

Seine Schulzeit war eine Anhäufung problematischer Vorfälle gewesen. Bereits kurz nach der Einschulung in die *Primary School* hatte er einem seiner Mitschüler eine blutige Nase geschlagen, weil der sich über ihn lustig gemacht hatte. Miss Fraser, seine Lehrerin in der ersten Klasse, musste ja auch am allerersten Tag seinen gesamten langen Namen vor der Klasse ausbreiten.

Von Klasse zu Klasse hatte er sich von einer Auseinandersetzung zur nächsten gehangelt. Seine Mutter war mit dem Flicken der zerrissenen Schuluniformen kaum nachgekommen.

Barringtons Vater hatte sich nach dem Ende der zweiten Klasse an die Prozedur gewöhnt und war meist bereits selbstständig am ersten Tag des neuen Schuljahres in das Büro der Direktorin Hatty Hights gekommen. Da hatten es sich die beiden Erwachsenen bei Tee und Gebäck gemütlich gemacht und auf das Ende des Tages gewartet. Ab dem dritten Schuljahr hatte Mrs Hights sogar eine hübsche Tasse mit dem Aufdruck *It ain't over till the fat Lady sings,* speziell für seinen Vater bereitgehalten. Mit diesem Spruch, der so viel bedeutete, wie *es ist noch nicht aller Tage Abend*, hatte Mrs Hights fast immer recht behalten.

Die Schwierigkeiten hatten erst mit Barringtons Wechsel auf die *Secondary School* aufgehört. Da war Rick in sein Leben getreten. Richard Prescott, groß und breit wie ein Schrank, Muskeln wie ein Preisboxer und eine Stimme wie ein Reibeisen. Richard, oder wie er ihn dann genannt hatte, Rick, war aus Wales in Barringtons Heimatort St. Applewood gezogen. Die beiden Jungen hatten sich auf Anhieb verstanden und seit dieser Minute waren die Hänseleien über die drei Vornamen beendet gewesen.

Sein Vater hatte es sogar ein kleines bisschen bedauert. Die angenehmen Teestunden bei Mrs Hights würden ihm fehlen. Seine persönliche Tasse hatte ihm die Direktorin geschenkt und von da an hatte sein Vater zu Hause auf der großen Veranda gesessen, seinen Tee aus seinem geliebten Becher geschlürft und seine Abendpfeife geraucht. Es war ein geruhsames Leben für seinen Vater gewesen.

Er hatte damals noch in der Cider-Brauerei am Ort gearbeitet. Die halbe Bevölkerung von St. Applewood und dem Nachbarort Brams hatte Arbeit in der Brauerei gefunden.

Dann war dieser Oktobertag gekommen.

Und alles hatte sich verändert.

Der Besitzer der Brauerei, Mr Hoskins, hatte den sprachlosen Angestellten eröffnet, dass in einem Monat Schluss war mit dem Cider in St. Applewood. Damit war eine jahrhundertealte Tradition den Bach hinuntergegangen. Oder, wenn man den Fluss, der sich durch den Ort schlängelte, damit meinte, dann würde die Tradition im River Willow verschwunden sein. Auch die folgenden hitzigen Diskussionen der Arbeiter hatten an der Schließung nichts ändern können.

Der kleine Ort St. Applewood hatte seinen Namen von den weitläufigen Apfelplantagen ringsum und eben auch von der Cider-Brauerei, die aus den heimischen Äpfeln hochprozentige Köstlichkeiten herstellte.

In seiner Familie hatte sich das Desaster in Grenzen

gehalten, da seine Mutter beim hiesigen praktischen Arzt als Sprechstundenhilfe noch Geld verdiente und das winzige Cottage, das sie bewohnten, ihnen gehörte. Aber die meisten Bewohner hatten es nicht so leicht gehabt und viele von ihnen waren fortgegangen. Zu diesem Zeitpunkt war Barrington vierzehn Jahre alt gewesen.

Das war lange her.

Danach hatte die alte Brauerei dreißig Jahre lang stillgestanden und vor sich hingegammelt. Auf seinem Schulweg und später auf dem Weg zur Arbeit war er oft an dem Gebäude vorbeigekommen und hatte sich gefragt, wie lange es noch stehen würde. Das Gebäude hatte traurig auf ihn gewirkt. Wenn es geregnet hatte, hatte es ausgesehen, als würden die Fenster, die Augen des Hauses, weinen.

Aber niemand hatte sich der Brauerei annehmen wollen. Bis zu diesem einen Tag, es war wieder ein Tag im Oktober gewesen. Da hatte sich das Geschick des alten Gebäudes gewendet.

Sidney Patrick Barrington Brandon hatte den Zuschlag für die alte Brauerei bekommen und sich ans Werk gemacht, einen gemütlichen Pub daraus zu bauen. Dabei war ihm sein Tischlerberuf zugutegekommen, der ihm am Ende immer weniger Spaß gemacht hatte. Oder war das von Anfang an nicht seine Welt gewesen? Er war eben kein Holzwurm, hatte er einmal seiner Mutter erklärt.

Es war nicht einfach gewesen. Für den Kredit, den er für den Kauf hatte aufnehmen müssen, hatte er sein Elternhaus als Sicherheit angegeben. Seine Mutter war zu Anfang nicht sehr begeistert gewesen. Barringtons

Vater dagegen hatte glücklich gelächelt, als er von den Plänen seines Sohnes gehört hatte. Vor allem, weil es sich um die Cider-Brauerei handelte. Sein Vater hatte versprochen, beim Umbau mit anzupacken. Schließlich hatte seine Mutter ihre Zustimmung gegeben.

Als Vater und Sohn zum ersten Mal nach der langen Zeit die Brauerei wieder betreten hatten, hatten sie sich wie auf einer Reise in die Vergangenheit gefühlt.

Der alte Steinfußboden war mit Papieren und Glasscherben übersät gewesen. Auf einem Schreibtisch hatte noch ein altes Telefon gestanden, daneben hatte ein aufgeschlagenes Bestandsbuch gelegen, als ob im nächsten Moment das Telefon schrillen könnte und die Sekretärin eine Bestellung aufnehmen würde. Ein bisschen gruselig war es schon gewesen. Als Barrington einen kurzen Blick zu seinem Vater Fred geworfen hatte, hatte er gesehen, wie der alte Mann Tränen aus seinen Augen wischte.

Es hatte ihm furchtbar leidgetan, dass Fred diesen Verfall sehen musste. Er hatte ihm entschuldigend auf die Schulter geklopft. Sein Vater hatte abgewunken und gemeint, *jetzt sind wir ja hier, um das alte Mädchen wieder auf Vordermann zu bringen.* Dann hatte er leicht gelächelt und seinem Sohn ermunternd zugenickt.

Die Substanz des Hauses war zum Glück ordentlich. Die Wände waren solide. Der hier allgemein verwendete gelbe Sandstein aus der Nähe von Edinburgh schimmerte golden, wenn die Sonne darauf schien. Die Mauern bestanden aus dicken Steinquadern. In dem vorderen Bereich der Brauerei gab es breite Steinsäulen und darüber ein wunderschönes Deckengewölbe. Zur Straßenseite hatte man damals auch Fensterrahmen aus Naturstein eingebaut. Die Fenster hatten Bleiverglasung und rechteckige Glasscheiben. Barrington hatte viele Scheiben ersetzen müssen. Da hatte sich die Dorfjugend vor ein paar Jahren, mit Steinen bewaffnet, ausgetobt. Das Dach war glücklicherweise noch intakt und kein Wasser kam durch die dicken Schieferschindeln.

Er hatte den Gastraum seines Pubs natürlich im vorderen Teil eingerichtet. Auf die allseits beliebten Chintzvorhänge mit den üppigen Blumenmustern hatte er mit Absicht verzichtet. Die hohen Fenster sollten ihren Charme offen zeigen.

Darum war eine seiner ersten Arbeiten gewesen, außen, neben jedem der großen Fenster, schottische Zaunrosen anzupflanzen. Die Tatsache, dass man diese Sorte auch Apfelrose nannte, hatte ihn überzeugt, diesen Pflanzen vor seinem Pub eine Heimat zu bieten. Sie sollten in den nächsten Jahren die Fenster mit ihren Blüten wie ein Gemälde einrahmen. Beim Einpflanzen hatte seine Mutter geholfen.

Barrington war nicht für seine gärtnerischen Kenntnisse bekannt. Als er einmal als Kind Zwiebeln im Garten pflanzen sollte, hatte seine Mutter am Ende staunend erkannt, dass ihr Sohn die Knollen verkehrt herum eingepflanzt hatte. Aus dem Boden hatten die Wurzeln herausgeschaut. Einen guten Effekt hatte es gehabt, der kleine Barrington hatte niemals wieder im Garten helfen müssen.

Es hatte sich noch seltsam und neu angehört, wenn er zu sich selbst gesagt hatte, *mein Pub*. Aber es hatte ihn glücklich gemacht.

Hinter der Brauerei gab es eine alte Streuobstwiese. Die alten Apfelsorten trugen immer noch reichlich Früchte. Und sie waren die Besten für Most und Cider. Barrington nahm sich vor, die Bäume wieder zu pflegen und das ausufernde Gras zu schneiden. Außerdem wollte er eine alte Tradition wiederbeleben und Schafe in den alten Streuobstwiesen weiden lassen. Obwohl er sich weder mit Gartenbau und noch weniger mit Schafzucht auskannte.

Viel zu tun.

In der Mitte des vorderen Raumes führte eine Steintreppe in den weitläufigen Gewölbekeller. An den Wänden standen noch die alten, riesigen Fässer, leer nun, aber sie dufteten trotzdem immer noch ganz leicht nach Apfelwein. Und wenn er den Raum endlich gesäubert hätte, hoffte er, dass auch dieser eigenartige modrige Geruch endlich verschwinden würde. Hier sollten die Vorräte lagern, da musste alles sauber sein.

Barrington hatte einen Schreibblock in der Hand gehalten und alles notiert, was angeschafft werden musste.

„Junge, hast du dir das richtig überlegt? Sieh dir nur diesen Staub und den Dreck auf dem Boden an. Irgendwo darunter muss zwar ein schöner, glatter Steinfußboden sein, aber bis wir den wieder gefunden haben ... Ich weiß nicht, Junge", hatte sein Vater damals kopfschüttelnd gesagt.

Barrington hatte nur wissend und mit träumerischem Blick gelächelt. Er hatte seine Vision genau vor Augen gehabt.

Nun öffnete der neue Pub in den alten Mauern seine

Türen und Barrington hoffte, die Leute im Ort würden ihn annehmen.

Der Name *Five Apple Kernels* war zufällig zustande gekommen. Während der Aufräumarbeiten im Gewölbekeller hatte Barrington eines Tages, oben auf einem der kleineren alten Holzfässer, einen Apfel gefunden. Lange hatte der hier nicht liegen können, er war zwar braun aber noch nicht verschrumpelt gewesen. Daneben hatte irgendjemand fünf Apfelkerne zu einem sternförmigen Muster gelegt. Der Name für seinen Pub war gefunden.

Nun hing neben der Eingangstür, die aus dem Holz eines Apfelbaumes hergestellt worden war, ein rundes Schild an einem filigranen Eisenhaken mit einem dicken roten Apfel darauf. Daneben stand in schnörkeligen Buchstaben: *Five Apple Kernels.*

Barringtons alter Freund Richard Tabbs, ein Maler, der hier schon sechzig Jahre lebte, hatte ihm das Bild auf eine Holzplatte gemalt. Tabbs wohnte seit seiner Geburt in einem von wilden Rosen umrankten Cottage unten am Fluss, hatte es nur verlassen für ein Kunststudium und war ein Eigenbrötler.

Barrington stand mit einem weichen Lappen hinter seinem Bartresen und besah sich glücklich lächelnd seinen Pub. Dann polierte er das bereits spiegelglatt wirkende Holz des Tresens weiter.

Der lange Holztisch hatte noch hier im Haus gestanden und war über die vielen Jahre unansehnlich geworden. Nun glänzte das Holz wieder und die goldfarbenen Zapfhähne für Bier und Cider sahen gut darauf aus. Dahinter standen Holzregale für Gläser und Flaschen. Hinter dem Tresen gab es eine Tür, die in

16

das ehemalige Sekretariat führte. Dort hatte er eine Küche eingebaut. Er suchte noch nach einer Mitarbeiterin, die kochen und kellnern konnte. Im Moment machte er alles allein und bis auf ein paar Sandwiches konnte er kein Essen anbieten.

Zwischen den Säulen im Raum verteilt, standen runde Tische und Holzstühle. In den Ecken hatte Barrington Nischen eingebaut, die er mit grün gepolsterten Bänken und kleinen Tischen ausgefüllt hatte. Über den Tischen hingen schmiedeeiserne Laternen, die er, im Keller vergessen, in einer Ecke gefunden hatte.

Aber das Prunkstück des Raumes war der große Kamin, der einen Großteil der rechten Wand einnahm. Nachdem der Schmutz endlich fort war, schimmerte der grünliche Stein der Kamineinfassung wieder. Über dem Kamin hing ein Bild aus dem vorigen Jahrhundert, als die Cider-Brauerei noch intakt gewesen war. Davor standen vier grüne Polstersessel und ein runder, niedriger Tisch. Diesen Platz hatte sich sein Freund Rick sofort reserviert. Ab und zu sah man ihn, ein Buch in den Händen, lesend und Whisky trinkend, am Kamin. Ein Bild der Idylle.

Barrington war vierundvierzig Jahre alt, sehr groß und schlank, trug sein volles schwarzes Haar kurz und neben seinen Augen hatten es sich die ersten Falten bequem gemacht.

Seine Mutter Norma wischte ihm noch immer während der Teatime, wenn er wieder einmal seinen Lieblingskuchen zu gierig gegessen hatte, wie einem kleinen Kind mit einer Serviette die Krümel aus dem Gesicht und meinte: „Woher hast du nur diese hohen Wangenknochen, das hat in unserer Familie niemand."

17

Dann sah sie ihren Sohn versonnen an und versuchte, diesem Geheimnis auf die Spur zu kommen. Meist endeten die Spekulationen mit dem Satz: „Das muss aus der Brandon-Ecke kommen. Die Johns haben keine so hohen Backenknochen und sind eher knupsig klein und füllig." Sie liebte selbst erfundene Ausdrücke wie *knupsig*.

Mit den Johns war ihre Familie gemeint. Ihr Bruder John lebte ebenfalls in St. Applewood, jenseits des River Willow, und führte den väterlichen Bauernhof mit allerlei Getier. Auch Barringtons Onkel John hatte es mit seinem Namen nicht leicht. John John war ein Name, der Humor verlangte.

Die paar Falten rund um Barringtons Augen hatten ihm nicht geschadet. Sie standen ihm sehr gut. Sein bester Freund Rick hatte sogar gemeint, es würde ihn endlich etwas seriöser aussehen lassen und nicht mehr wie einen *Milchbubi*. Rick fand immer so passende Worte. Aber Barrington sah ihm das nach.

„So viel Zeit hat kein Mensch, um deinen Namen ganz auszusprechen. Irgendwann spreche ich einmal vertraulich mit deiner Mutter Norma und bekomme heraus, woher dieser seltsame Name kommt", hatte er gesagt.

Rick war, nachdem er in Edinburgh bei einem Buchhändler gearbeitet hatte, nun wieder nach St. Applewood zurückgezogen und hatte hier seinen eigenen Buchladen eröffnet. Dabei kam ihm natürlich zugute, dass seinen Eltern das Geschäft, samt der kleinen Wohnung darüber, gehörte. Nur hatten sie darin keine Bücher verkauft, sondern die Schuhe der Leute ringsum repariert.

Er hatte es übernommen, nachdem sein Vater gestorben und seine Mutter zu einer Tante gezogen war. *Alles fügt sich*, war einer seiner Lieblingssätze. Über seinem Geschäft stand in geschwungenen Lettern: *A book a day keeps the doctor away*. Wenn man den Buchladen betrat, kam man nicht umhin, den leichten Duft nach Leder zu bemerken. „Leder und Bücher vertragen sich gut", hatte Rick gemeint. Er hatte die groben Regale der Schuhmacherei gegen Holzregale aus schimmerndem Mahagoni ausgetauscht. An den Wänden sorgten Wandleuchter für warmes Licht und in der Mitte lud ein weinrotes Plüschsofa zum Verweilen ein.

Barrington hatte den Mund nicht mehr zubekommen, als er den Buchladen seines besten Freundes gesehen hatte. So viel Sinn für gediegenes Ambiente hätte er dem äußerlich grobschlächtig wirkenden Mann nicht zugetraut.

St. Applewood am River Willow war ein Ort, in dem man noch die Uhren ticken hörte. Diesen Satz hatte der Polizist des Ortes, Constable McDonald, geprägt. Das bedeutete, es war ein ruhiger Ort mit netten Bewohnern und eng an eng aufgereihten, hübschen, schiefergedeckten Cottages. Die Vorgärten waren gepflegt. Rhododendron, Chrysanthemen und Glockenblumen wuchsen in verschwenderischer Fülle. Die Häuserwände waren romantisch mit Zaunrosen bewachsen und die gepflasterte Hauptstraße zog sich in engen Kurven bis zur alten Steinbrücke über den River Willow und weiter bis zum Bauernhof der Johns. Der hübsche Dreiseitenhof war umgeben von

Weiden, auf denen rotbraune schottische Hochland-rinder grasten. Es war eine gutmütige Rasse und darum konnte sich bereits die vierzehnjährige Caitlin, die Tochter der Johns, um die Tiere kümmern. Bauer John bearbeitete zusammen mit seinem Sohn Fenton die Äcker und seine Frau Luise war die Herrin über Milch und Käse. Der Dorfladen des Ehepaares Smith nahm die heimischen Produkte gern in ihr Sortiment auf.

Der Hof wurde von Gänsen, Enten und Hühnern bevölkert, die nur der brave Hofhund Shelly in Zaum halten konnte. Er hatte es nicht leicht, denn der geliebte bunte Hahn der Familie John erlaubte sich oft-mals etwas zu viel und trieb seinen Schabernack mit Shelly, einem schwarzweißen Border Collie, der sich nach jeder neuen Attacke des Hahns kaum beruhigen ließ.

Weiter führte der schmale Fahrweg an Feldern vorbei und durch dichten Mischwald. Stille, wohin man seine Ohren auch hielt, die nur vom Gezwitscher der Vögel oder dem Plätschern des Wassers im Fluss unterbrochen wurde.

Am Waldrand stand das Herrenhaus der Woodland-Familie, der auch der Wald gehörte. Der amtierende Viscount Woodland lebte hier mit seiner Nichte Mau-reen, dem Butler Slander, der Hauswirtschafterin Mrs Partridge und der Köchin, Mrs Rissole.

Es gab auch einen Hausknecht für die groben Arbeiten. Der junge Mann, von allen nur Bing gerufen, schien etwas gehandicapt zu sein. Er sprach nicht viel und wenn, musste er jedes Wort vorher genau über-legen, bevor er es aussprach. Das dauerte zumeist länger. Aber er war fleißig und fühlte sich auf dem

Anwesen wohl. Er wohnte in dem alten Torhaus neben der Zufahrt.

Viscount Millweard Woodland war der Zehnte in einer Reihe von Woodlands, die den Titel führten, und wahrscheinlich auch der Einfältigste in seiner langen Familiengeschichte. Obwohl, wenn man sich die Ahnenbilder an den Wänden des Landhauses genauer betrachtete, fiel auf, dass die Herrschaften im Laufe der Jahrhunderte alle einen sehr seltsamen einfältigen Ausdruck im Gesicht führten. Aber er war glücklich, lachte viel und gern und durchstreifte im Frühling und Sommer den Wald tagtäglich mit seinem Schmetterlingsnetz.

Die Leute im Ort hatten die Woodlands, die vor Jahrhunderten aus England hierhergekommen waren, nach der langen Zeit endlich als Mitglieder der Gemeinschaft akzeptiert. Das hatte gedauert.

Man hielt der adligen Familie zugute, dass sie niemals die ansässigen Familien unterdrückt oder übervorteilt hatte. Sie hatte damals das Land von einem Clan-Chief legal erworben.

Man konnte den Woodlands vorwerfen, naiv und einfältig zu sein, aber sie hatten sich menschlich benommen, was man von vielen englischen Landbesitzern der letzten Jahrhunderte nicht sagen konnte.

Jeder im Ort wusste, dass der Viscount ein Labor im obersten Stockwerk des Landhauses besaß, aus dem ab und zu schwarze Wolken hervorquollen. Neben seinem Hobby, der Schmetterlingsjagd, machte er seit seinem vierzehnten Lebensjahr eigenartige Experimente in diesem Labor, das noch niemand wirklich zu Gesicht bekommen hatte. Er machte stets ein großes

Geheimnis daraus. Auf jeden Fall war im nahen St. Applewood manchmal ein lauter Knall zu hören und eine dicke dunkle Wolke über dem Landhaus auszumachen. Maureen, die Nichte des Viscounts, hatte es nicht leicht mit dem alten Herrn.

Maureen Hastings musste aus der Art geschlagen sein. Sie hatte langes, tiefschwarzes Haar, eine rundliche Figur und schon als Kind ein sonniges Gemüt. Sie führte das Anwesen mit viel Geschick. Den Viscount, der den lieben langen Tag bei seiner Schmetterlingssammlung oder im Labor verbrachte, musste sie aus so mancher misslichen Lage befreien, in die er sich manövriert hatte. Dazu gehörte auch, ihren Onkel aus dem River Willow zu ziehen, weil er es mit dem Fangen von Schmetterlingen übertrieben hatte, und hineingefallen war.

Dem Butler Slander konnte sie diese Aufgabe nicht übertragen. Slander war eine Sache für sich.

Man schwieg im Haus über den Herrn, der sich so gar nicht wie ein Butler benahm, aber von dem Viscount nach jeder noch so schlimmen Verfehlung in Schutz genommen wurde. Der Butler machte eigentlich, was er wollte.

Fuhr man weiter am River Willow entlang in Richtung Brams, dem nächsten kleinen Ort, kam man an einem schmalen Feldweg vorbei. Folgte man diesem Weg, stand dort nach etwa zwei Meilen ein altes Waldhaus.

Hier wohnte die örtliche Kräuterhexe. Das war kein Schimpfwort für die alte Dame, sie nannte sich selbst so. Wenn sie einmal in der Woche nach St. Applewood kam, den Korb mit ihren Kräutermischungen am Arm, gingen viele der Bewohner lieber auf die andere Straßenseite. Darüber amüsierte sich die alte Miss Chervil königlich. Dann ließ sie ab und zu ein paar nicht ernst gemeinte Verwünschungen hören, nur um das Klischee zu bedienen. Ihr wirres graues Haar, das nach allen Seiten abstand, tat ein Übriges.

Der Hausarzt des Ortes hatte schon so manches Wortgefecht mit Miss Chervil ausgetragen. Anfänglich hatte er ihr verbieten wollen, seinen Patienten irgendwelche Quacksalbereien zu verkaufen, wie er sich ausdrückte. Inzwischen hatten sich die beiden arrangiert und es war zu einem Waffenstillstand gekommen.

Die Kräutermischungen für alle möglichen Wehwehchen erwarb der örtliche Kaufmannsladen des Ehepaares Smith gern und dafür nahm sich die alte Frau, was sie zum Leben brauchte, von dort wieder mit.

Folgte man der Hauptstraße weiter, kam man nach Brams, einem kleinen Flecken mit wenigen Einwohnern. Danach ging es weiter nach Lintie, einer etwas größeren Stadt. Hier gab es eine Bank und sogar ein Theater.

In St. Applewood gab es noch ein wundervolles Geschäft. *The Fluffy Woolcave*, der Wollladen der Mrs Raelyn McNeedle war eine kunterbunte Ansammlung der wundervollsten Dinge rund um Häkeln und Stricken.

Gestrickt und gehäkelt wurde ausgiebig in St. Applewood. Mrs McNeedle hatte einmal zu einer Kundin gemeint: „Wenn ich mir die Menge an Wolle ansehe, die ich hier verkaufe, müsste unser Dorf eigentlich schon eingewollt und überhäkelt sein."

Sie war eine sympathische Dame in den Vierzigern,

trug gern weite, bequeme Kleider, saß am liebsten hinter ihrem Schaufenster in einem großen Ohrensessel, häkelte und sah dem Treiben auf der Straße zu. Ihre zehnjährige Tochter Bonnie eiferte ihr bereits nach, saß nach der Schule auf einem Stuhl im Geschäft und lernte fleißig häkeln. Es fehlte ihr nur noch etwas an der nötigen Geduld für diese Handarbeiten. Viel lieber half sie ihrem Vater Ian bei der Arbeit.

Mr McNeedle war der örtliche Schäfer und den lieben langen Tag bereits, außer im Winter, ab vier Uhr früh mit der Schafherde und seinem Collie Bluebell auf den Wiesen und Feldern unterwegs. Auf dem Rücken sein alter Rucksack mit Tee und Sandwiches und seine Gitarre, ohne die gar nichts ging bei ihm.

Die *Cheviot*-Schafe, die er liebevoll *Bairns*, also Kinder, nannte, lagen ihm am Herzen und er war erst wieder zufrieden, wenn die Herde abends wohlbehalten in der großen Scheune hinter dem Wollladen angekommen war. *Cheviot*-Schafe waren eine uralte robuste Hausschafrasse, die ursprünglich aus den *Cheviot-Hills* gekommen war. Es waren friedliche, sehr aktive Tiere, jedoch mit einem Hang zur Selbstständigkeit. Deshalb hatte Ians Collie Bluebell alle Pfoten voll zu tun, um die Herde jederzeit zusammenzuhalten.

Ian arbeitete für Züchter in der gesamten Gegend um St. Applewood und Brams. Aber eine kleine Gruppe Schafe gehörte ihm. Seine Frau Raelyn machte in jedem Jahr nach der Schur daraus die wundervollste Wolle zum Stricken und Häkeln.

Neben dem Wollladen war der Dorfladen. Abel und Rachel Smith waren hier vor ein paar Jahren aus dem Nachbarort hergezogen und hatten den alten Dorfladen

24

übernommen. Er war gut ausgestattet mit allen Sorten Relishs und Chutney, heimischem Käse und der dicken Sahne aus Luise Johns Molkerei.

Es gab Fleisch und die leckeren Würstchen vom Metzger aus Brams, Steingut und alles, was man in der Küche brauchen konnte, sowie alle Sorten Ingwerkekse, Dattelgebäck und Shortbread. Dazu kam ein gutes Angebot an Kleidung und robusten Schuhen. Was nicht hier zu finden war, wurde bestellt. Der Dorfladen hatte sieben Tage die Woche geöffnet, außer am ersten Weihnachtstag. Denn Weihnachten wurde gefeiert in St. Applewood. Da konnte es Katzen und Hunde regnen, wie der alte Chadwick, ein ehemaliger Mitarbeiter der Brauerei, es ausdrückte.

In der Weihnachtszeit war der kleine Laden voller Leute, die ihre Truthähne abholten und bei einer Tasse Tee einen Plausch mit den Ladenbesitzern führten. Das war auf jeden Fall der beste Ort, um den neuesten Tratsch zu hören und auszuwerten. Wer aus Altersgründen nicht kommen konnte, wurde von Mr Smith gern mit Lebensmitteln und dem neuesten Tratsch beliefert.

Und dann war hier im Laden auch noch die Post beheimatet. Eine Poststelle gab es noch nicht im Ort, daher hatte Mr Smith diese Aufgabe übernommen, verkaufte nun Briefmarken und Postkarten und kümmerte sich auch um die Pakete und Päckchen. Einmal in der Woche kam ein Postauto aus dem Nachbarort Brams, holte die Sendungen ab und brachte die Post.

Neben dem Laden war die Polizeistation. Constable McDonald wohnte in einer Wohnung über seiner Amtsstube. Der gute Constable war klein und rundlich

und trug im Gesicht einen unübersehbaren Schnauzbart, dessen Spitzen er elegant nach oben zwirbelte. Er
war beliebt im Ort und er liebte die Einwohner. Er
kannte jeden mit Namen und bei seinen täglichen
Rundgängen sah man ihn sehr oft bei einem Plausch
mit den Leuten. Er kannte natürlich auch die Namen
sämtlicher im Ort geborener Kinder ganz genau. Diese
Tatsache machte es den Kindern schwer, einen ordentlichen Streich bis zum Ende auszuhecken. Der Constable hatte alle jederzeit im Blick und er wusste genau,
wo die Eltern der Kinder wohnten. Das war nicht
immer lustig für die lieben Kleinen und Großen.

Dann gab es noch eine alte Kirche. Der romanische
Bau stand mitten im Dorf auf einer Anhöhe, der Friedhof mit seinen Gräbern ringsum und einer Bruchstein-
mauer als Abgrenzung.

Hier residierte, man musste es wohl so ausdrücken,
Reverend Clement, der Pfarrer von St. Applewood mit
seiner Gattin Hester. Er war ein sehr unnachgiebiger
und auf Etikette bedachter Mensch. Manch ein
Bewohner nannte ihn auch penibel und eingebildet,
aber natürlich nur hinter vorgehaltener Hand.

Seine Gattin Hester leitete mit eiserner Faust die
christliche Frauengruppe, die sich dem zunehmenden
Verlust des guten Benehmens im Ort annahm und
somit auch streitsüchtiger Gegner des Alkoholkonsums
war. Dass Hester Clement gegen den neuen Pub
gewesen war, verstand sich von selbst.

Die Frauengruppe war nicht groß. Sie bestand nur
aus drei Frauen. Die Frau des Reverends hatte bis jetzt
wenig Erfolg gehabt, Mitglieder zu rekrutieren. Was
der Reverend sehr bedauerte und sonntags von der

Kanzel deshalb harsche Kritik auf seine Schäfchen herabregnen ließ.

Er war mager, hatte einen kahlen, rundlichen Kopf, eine schmale Hakennase, stets zu einem feinen Strich zusammengekniffene Lippen und war ein unerbittlicher Verfechter des Glaubens. Des Sonntags sah man ihn mit weiten Schritten, sein Brevier unter den Arm geklemmt, auf seine Wirkungsstätte, die heilige Kirche, zulaufen.

Dann stand er auf der Kanzel, weit über seinen Schäfchen, blickte mit zornigem Blick auf die vermeintlichen Sünder und donnerte lautstark seine Sonntagspredigt auf die arme Gemeinde hinab.

Kinder hatte das Ehepaar Clement nicht, was so mancher Einwohner auf die ein oder andere Weise als segensreich empfand.

Neben Hester Clement waren nur noch die beiden Schwestern Pullman in der Frauengruppe. Aber Hester vermutete nicht zu unrecht, dass Hortensia und Petunia Pullman einfach nur Langeweile hatten und deshalb einmal in der Woche zu Tee und Gebäck bei ihr im Pfarrhaus erschienen.

Die zwei alten Damen waren nicht mit dem Herzen dabei. Neulich hatte Hester die beiden erwischt, wie sie im Dorfladen eine Flasche Sherry gekauft hatten. Sie war entsetzt gewesen. Auch die Beteuerung der beiden Damen, es sei nur zu Medizinzwecken gedacht, hatte Hester nicht beruhigen können. Sie hatte sofort eine außerordentliche Sitzung der Gruppe einberufen und die beiden Sünderinnen hatten dort für ihr Seelenheil beten müssen. Die Flasche Sherry war beschlagnahmt worden.

St. Applewood, an der Grenze zum *Tay-Forest-Park* in Schottland, war ein netter Ort mit netten Leuten.

Keiner der Einwohner hätte sich im Entferntesten vorstellen können, dass ihre dörfliche Gemeinschaft von einem Verbrechen erschüttert werden könnte.

Die beiden Schwestern Pullman würden es wohl bei einer Befragung durch die Polizei folgendermaßen ausdrücken: „Ein Mord? In unserem Ort? An einem unserer Gemeindemitglieder? Nein, das kann gar nicht sein. Alle haben ihn geliebt. Das müssen Sie uns glauben, Constable. Es war die beliebteste Person hier im Ort."

Standardantworten.

Der Constable kannte das.

Er würde dann wohl antworten: „Zumindest eine Person hat diesen so über den grünen Klee gelobten Menschen wohl doch nicht gemocht. Und glauben muss ich gar nichts. Das müsst ihr mir glauben."

Dreißig Jahre sind ja gar nichts.

Barrington stieg langsam in den Keller der Brauerei hinab. Er trug einen großen, schweren Weinballon, den er sich von Mrs Smith aus dem Dorfladen geholt hatte. Einen kleineren Glasballon hatte er im alten Keller in einer Ecke entdeckt. Aber der reichte ihm nicht. Er hatte vor, einen Ansatz für einen ganz besonderen Likör zu machen. Zwei Glasballons waren besser.

Es war Anfang November. Das Weihnachtsfest stand bald schon vor der Tür und das sollte im neuen Pub gebührend gefeiert werden.

Am letzten Wochenende hatte er von seinem Onkel John Quitten bekommen. Die riesigen alten Bäume neben dem Bauernhof hatten auch in diesem Jahr goldgelbe Früchte im Überfluss getragen. Wochenlang hatte der Duft von Apfelquitten im Garten geschwebt. Onkel John war froh gewesen, als sein Neffe Interesse gezeigt hatte. Die Ernte war in diesem Jahr kaum zu bewältigen gewesen. Viele der Quitten waren im Erntemonat Oktober von einem Händler aus Brams abgeholt worden und einen Teil hatte Tante Luise zu leckerem Gelee verarbeitet. Die letzten Quitten hatte sich Barrington abgeholt. Der kommende Frost hätte die Früchte ansonsten verdorben.

Nachdem er das schwere Glasgefäß abgestellt hatte, wollte er zurück nach oben gehen und den angesetzten Likör holen.

Er hatte am Vortag mühevoll die harten Früchte mit einem Tuch gesäubert, klein geschnitten, die Blüte entfernt, mit Zucker und Zitronensaft versetzt und gekocht. Noch in der Nacht hatte er die weichen Früchte gefiltert. Dann, heute Morgen, sollten noch Vanille, Kandiszucker und hochprozentiger Korn zu dem Saft kommen. Anschließend sollte der Likör in Glasballons im Dunkel des kühlen Kellers weiter reifen. In ein paar Wochen könnte Barrington den hoffentlich fertigen Quittenlikör in Flaschen abfüllen und bis zum Weihnachtsfest lagern.

Nun stand er in der Mitte des alten Kellergewölbes und hob seine Nase schnüffelnd in die Höhe. Wieso wurde er diesen seltsamen Geruch nicht los? Er hatte hier unten alles auf Vordermann gebracht, mehrmals gewischt und sogar die Wände neu geweißt. Da sollte doch nun dieser seltsame Modergeruch verschwunden sein. An der verschlossenen Tür zum Pub klopfte jemand. Barrington ging nach oben und schloss die Tür auf.

Rick stand grinsend davor und verlangte Einlass.

„Es ist noch nicht geöffnet, alter Freund", erklärte Barrington. „Solltest du nicht in deinem Buchladen sein und, was weiß ich, irgendwelche Bücher verkaufen?"

„Sei nicht so naseweis zu deinem einzigen und besten Freund, Barri. Ich habe da etwas gehört, was ich unbedingt überprüfen wollte."

Barrington sah seinen Freund fragend an.

Rick hob nur seine Nase und schnüffelte.

„Hm, Quitten, wie weit ist der Likör?"

„Woher, zur Hölle, weißt du das schon wieder? Man kann in diesem Dorf kein Geheimnis für sich behalten."

„Ich hab´s von Mrs McNeedle, die hat es vom Constable, der von Mrs Smith aus dem Dorfladen und die hat es von deiner Tante", sagte, immer unterbrochen von einem Kichern, Rick.

„Wenn du schon mal hier bist, kannst du auch helfen. Ich habe ein Problem. Komm mal mit in den Keller."

Die beiden Männer gingen über die Steintreppe in den Keller. Rick sah seinen Freund fragend an.

„Wobei soll ich helfen?"

„Kommt dir hier unten irgendetwas seltsam vor?"

Rick sah sich um, dann verzog er das Gesicht.

„Es riecht eigenartig."

„Ganz genau, mein Freund. Was soll ich noch tun? Ich habe alles geweißt, geräumt und sauber gewischt. Woher kommt dieser komische Geruch?"

Rick durchquerte den Raum und hielt seine Nase in jede Ecke. Er klopfte an die alten großen Eichenfässer, die Barrington im Raum stehen lassen hatte, weil sie erstens gut aussahen und zweitens viel zu schwer waren, um sie hinauszubringen.

„Ich habe die Fässer außen auch sauber gewischt. Was denkst du? Hier unten kann ich doch unmöglich meinen Likör ansetzen." Barrington war ratlos.

Rick klopfte an ein weiteres Fass. Das klang ganz anders als die drei davor. Insgesamt gab es acht alte riesengroße Weinfässer, die mit einem versiegelten

Holzdeckel nach oben und einem Metallhahn an der Vorderseite versehen hier standen.

„Das klingt anders. Hast du es auch gehört? Sag mal, alter Junge, ist da etwa noch Cider drin? Nach dreißig Jahren?", fragte Rick und bekam glänzende Augen.

Barrington klopfte ebenfalls an das Fass. Es klang seltsam dumpf. Die anderen Fässer klangen einfach nur hohl, wenn man daran klopfte.

„Ich hoffe nicht, dass darin eine Ratte ertrunken ist, bei dem Versuch, am Cider zu naschen. Der ist nach der langen Zeit sowieso ungenießbar. Mach dir keine Hoffnungen", sagte er.

„Dann hätte sie aber zumindest einen schönen Tod gehabt. Wir müssen nachsehen. In diesem ekligen Dunst kannst du deinen Likör nicht reifen lassen und ich denke auch, andere Lebensmittel sollten hier erst mal nicht untergebracht werden. Die paar neu gelieferten Bierfässer würden zur Not gehen, die sind ja versiegelt. Lass sie uns trotzdem nach oben bringen. Ich helfe dir." Rick packte sofort mit an und nach fünf Minuten waren alle Fässer oben im Gastraum.

Dann schleppte Barrington noch die beiden Glasballons wieder hinauf in die Küche. Er griff zu der Werkzeugkiste und ging zurück in den Keller. Rick hatte inzwischen das Fass, so gut es ging, umrundet und nichts Außergewöhnliches festgestellt.

„Na dann, lass es uns tun. Wir sollten etwas unterstellen, falls viel Flüssigkeit herauskommt. Sonst steht hier bald alles unter uraltem Cider oder so", meinte Rick und stellte eine Wanne unter den Hahn.

Barrington drehte den Hahn mithilfe einer Zange

vorsichtig auf. Es ging schwer. Sofort kam eine Brühe herausgeschossen, die ihresgleichen suchte.

Der Gestank war kaum auszuhalten und die beiden Männer banden sich Tücher vor die Nase. Nach etwa zwei Minuten kam nichts mehr. Es tröpfelte nur leise. Rick klopfte an das Fass. Es klang immer noch recht dumpf.

„Wir müssen es öffnen, es führt kein Weg vorbei. Lass mich erst mal mein gutes Jackett ausziehen. Hast du vielleicht eine Schürze für mich?"

Barrington reichte ihm eine Lederschürze und hängte das Jackett seines Freundes an den nun freien Haken. Rick krempelte seine Hemdsärmel nach oben.

Barrington holte eine Leiter, stellte sie an das Fass und kletterte hinauf.

„Die Deckel sind sicher mit irgendetwas versiegelt worden damals. Wie bekommen wir das auf, ohne dass wir eine Riesenschweinerei machen?", fragte Rick von unten.

„Warte, ich habe eine gute Idee!", rief Barrington, stieg herab, lief zurück in den Gastraum und zum Tresen. Dort stand das neu installierte Telefon. Er nahm den Hörer ab und bat die Dame in der Vermittlung, ihn mit 335 St. Applewood zu verbinden. Sein Vater nahm den Hörer fast sofort ab.

Barrington schilderte ihm das Problem mit dem Fass. Fred Brandon machte sich sofort auf den Weg zum Pub.

Nach zehn Minuten standen nun schon drei ratlose Männer um das alte Fass herum und stierten es an, als ob sich das Objekt dann allein öffnen würde.

„Sesam öffne dich wird nicht funktionieren", sagte

Rick in die Stille des Kellers.

„Die Fässer müssten leer sein. Ich weiß genau, dass Mr Hoskins angeordnet hat, die Fässer zu leeren. Ich war allerdings damals nicht mehr dabei. Er hat ja im Voraus schon einem Haufen Leuten gekündigt. Da hilft nur rohe Gewalt. Die Deckel wurden nach dem Einfüllen des Ciders versiegelt. Nach der langen Zeit wird das eine klebrige Masse sein", sagte Barringtons Vater und setzte seinen Fuß auf die erste Leiterstufe.

„Das sollte Rick übernehmen. Der kennt sich mit roher Gewalt aus. Du erinnerst dich doch, Vater, oder?", fragte Barrington.

Also stellte sich Fred Brandon neben seinen Sohn und Rick stieg auf die Leiter. Dann reichten sie ihm einen großen Hammer.

Der erste Schlag saß bereits und der alte, morsche Holzdeckel zersplitterte wie Papier. Der entströmende Geruch war unglaublich. Fred meinte, es wäre besser, sämtliche Fenster oben zu öffnen, und machte sich auf den Weg.

Rick wagte einen kurzen Blick in das Innere. Er prallte sofort zurück, sprang von der Leiter, hielt sich kurz an seinem Freund fest und dann fiel dieser muskelbepackte große Mensch einfach um. Gerade kam Fred zurück und musste kopfschüttelnd über den Buchhändler steigen, der mit verdrehten Augen am Boden lag. Barrington wedelte seinem Freund Luft zu und kurz darauf kam Rick zu sich. Er war ziemlich blass und in seinem Hals würgte es.

„Was, zum Teufel, hast du da drin gesehen? Eine Ratte oder eine Rattenkolonie?", fragte Fred mit einem ängstlichen Seitenblick zu dem Fass.

„Da liegt etwas ganz anderes drin. Man kann es nach der langen Zeit nur noch in etwa erkennen, aber es war wohl mal ein Mensch", erklärte Rick und sah das Entsetzen auf den Gesichtern seiner Freunde.

Zwei Stunden später war ein Spurensicherungsteam bei der Arbeit. Constable McDonald, den Barrington sofort angerufen hatte, stand im Gastraum des Pubs und sprach mit einem Inspector Marlow aus Lintie. Das war die nächste große Stadt und zuständig, wenn es um Mord ging. Und dass es Mord gewesen sein musste, war wohl jedem im Raum inzwischen klar. Fest stand nur nicht, wer der Tote war und wie lange er schon gut eingelegt in dem Ciderfass lag.

Barrington saß in einer der Nischen und gab seine Aussage einer Polizistin zu Protokoll, die sich als Detective Constable True vorgestellt hatte.

Rick saß, immer noch blass um die Nase, vor dem grünen Kamin und hatte von Barrington einen Whisky bekommen. Ab und zu ging ein Zucken durch Ricks Körper und er schloss angewidert die Augen.

Es kam Bewegung unten in den Keller. Zwei Mitarbeiter des Rechtsmediziners Jonathan Wallace trugen in einem schwarzen Plastiksack ein undefinierbares Etwas aus dem Keller nach oben, durch die offene Tür hinaus und verluden den Sack in den bereitstehenden Wagen der Rechtsmedizin.

Dann erschien Dr. Jonathan Wallace, elegant im Smoking und polierten Lackschuhen. Barrington war sich nicht sicher, was er von dem Herrn halten sollte. Der Mann sah aus, als würde er ins Theater gehen wollen. Barrington hatte seine Aussage gemacht und ging hinüber zu dem Inspector, um Informationen zu erhaschen.

Dr. Wallace, ein hagerer Mann in den Vierzigern, gab gerade seine erste Einschätzung.

„Mors per ictu, mein lieber Marlow", sagte der Herr Doktor und machte dabei zumindest ein trauriges Gesicht.

„Sie wissen doch, ich kann kein Latein, erhellen Sie mich, Doktor", erklärte der Inspector leicht verärgert.

„Tod durch Schlag auf den Kopf. Eindeutig. Ich hatte gehofft, der arme Mann, es handelt sich um einen Mann, wäre in dem guten Cider ertrunken. Das wäre wahrscheinlich angenehmer gewesen. Mehr nach der Obduktion. Auf jeden Fall haben wir hier eine astreine Fettwachswasserleiche."

Der Inspector verzog angewidert das Gesicht.

„Wir haben was? Sprechen Sie doch mal verständlich!"

„Diese Art Leichen sind recht gut konserviert, hier wahrscheinlich durch den Cider, sind ganz ordentlich erhalten und ähneln eher einer Mumie. Durch den Ort der Auffindung, das Fass, wurde der gute Mann auch nicht von Nagetieren angeknabbert. Der Herr liegt in diesem Fass sicher bereits viele Jahrzehnte. Da sind dreißig Jahre gar nichts. Mehr nach meiner Untersuchung. Die Dame und die Herren", verabschiedete sich der Doktor, nickte den Anwesenden zu und ging beschwingten Schrittes aus dem Pub zu seinem Wagen.

„Der Mann macht mich wahnsinnig. Aber er ist ein Könner auf seinem Gebiet", erklärte der Inspector.

Im Keller wurde es laut. Die Mitarbeiter mussten das Fass abbauen und es musste auf Spuren untersucht werden. Barrington war mehr als froh, dass er dieses Ding nicht entsorgen musste. Leider hatten die Polizisten, um alle Unstimmigkeiten auszuräumen, die anderen alten Fässer, die von damals noch im Keller standen, ebenfalls geöffnet. Sie waren nicht zimperlich vorgegangen und nun hatte Barrington einen Haufen Holz im Keller. Aber es wurde glücklicherweise nichts weiter entdeckt.

„Der Keller ist ein Tatort. Ich muss Sie bitten, den Ort des Verbrechens bis zur Klärung der Umstände nicht mehr zu betreten", sagte Inspector Marlow und da nun alle Aussagen aufgenommen waren, fuhren die meisten Polizeiwagen endlich in Richtung Lintie davon.

Inspector Marlow ging nochmals zurück an den Tatort oder Auffindungsort der Mumie, wie er sich ausdrückte. Denn es könnte durchaus sein, dass der Mann an einer ganz anderen Stelle ermordet und nur hier abgeladen worden war.

Rick kam zu Barrington und stupste ihn an.

„Dreißig Jahre, Barri, da waren wir beide noch in der Schule. Wir sind raus", flüsterte er seinem Freund grinsend zu.

„Wir vielleicht, aber sieh dir meinen Vater an. Der Inspector hat ihn ganz schön aggressiv befragt, als würde er denken, Fred hätte etwas mit dem Mord zu tun. Das ist noch nicht zu Ende, Rick", antwortete Barrington genauso leise und ging dann zu seinem Vater, der zusammengesunken an einem der Tische saß.

Barrington hatte einen Entschluss gefasst.

Barrington geht Spuren nach

Nachdem er seinen Vater nach Hause begleitet hatte, machte er sich auf den Weg zu der alten Villa, die dem einstigen Besitzer der Brauerei, Mr Hoskins, immer noch gehörte. Sie war seltsamerweise niemals verkauft worden.

Er versprach sich davon, dort alte Unterlagen über die Belegschaft der Brauerei zu finden. Das Ehepaar Hoskins hatte die alten Akten hoffentlich nicht mit zu ihrem neuen Wohnsitz genommen.

Das Haus war seit der Schließung der Brauerei unbewohnt. Die Hoskins hatten vor dreißig Jahren das Dorf in Richtung Lintie verlassen. Er erinnerte sich gut an Mrs Hoskins. Sie war viel jünger als ihr Gatte. Er hatte sie manchmal bei Betriebsfeiern oder im Dorf gesehen.

Eine schlanke Dame mit platinblondem, gefärbtem Haar, das Gesicht stark geschminkt mit einem blutroten Lippenstift, angeklebten Wimpern und reichlich klimperndem Schmuck an Händen und Hals. Die Dorfbewohner hatten sich des Öfteren über die Dame amüsiert. Sie hatte sich nicht daran gestoßen und sie alle wissen lassen, dass sie nicht hierhergehörte.

Mr Hoskins war bereits sechzig Jahre alt gewesen, als er die Brauerei aufgegeben hatte, ein untersetzt wirkender, dicklicher Mann mit einem Kranz aus grauem Haar auf dem Kopf. Allen im Ort war klar, warum Mrs Hoskins ihn sich geangelt hatte. Zunächst war Mr Hoskins ein ausgesprochen begüterter Mann gewesen, bis die Dame auf der Bildfläche erschienen war. Nur die beste Designermode musste her und der ausgefallenste, teuerste Schmuck. Sie war durch den Ort stolziert, als würde ihr alles gehören, hatte sich sogar mit Viscount Woodland angelegt, der ja nun wirklich ein zwar verrückter, aber zugänglicher Zeitgenosse war.

Barrington parkte seinen alten Defender neben der Villa der Hoskins.

Ihm fiel etwas ein. Der alte Hoskins war damals ganz plötzlich bei Nacht und Nebel verschwunden. Seine Frau hatte den Haushalt aufgelöst und war ebenfalls fortgegangen. Die beiden hatten genug Mittel gehabt und sich in Lintie ein schönes neues Leben aufbauen können. Woher war der Geldregen gekommen, wenn Hoskins die Brauerei wegen Geldmangels hatte schließen müssen? Warum wurde die Brauerei erst jetzt verkauft? Und wo war eigentlich Mr Hoskins? Nun gut, inzwischen müsste er schon fast neunzig Jahre alt sein. Niemand wusste, ob der Mann noch am Leben war. Man hatte im Ort niemals wieder etwas von ihm gehört oder gesehen.

Die Pfarrersfrau, Mrs Clement, hatte die Hoskins´ in Lintie besuchen wollen, das hielt sie für ihre Christenpflicht. Vielleicht würde ja auch noch eine kleine Spende für ihre Kirche abfallen, hatte sie gedacht.

Als die Pfarrersfrau zurückgekommen war, hatte sie furchtbar zornig in der Frauengruppe berichtet, dass die Dame des Hauses sie nicht hereingelassen hatte.

Die Frage nach Mr Hoskins hatte Mrs Hoskins mit dem Satz beantwortet, er sei zur Kur in Bath. Das war von den Pullman-Schwestern natürlich sofort in Umlauf gebracht worden. Und nachdem es Mr Smith, der Postbote, gehört hatte, wusste es in Windeseile das gesamte Dorf.

Seltsam.

Was wäre, wenn die Mumie der alte Hoskins war?

Barrington kribbelte der Nacken.

Er sollte unbedingt mit dem Inspector reden oder vielleicht noch besser mit der jungen Polizistin, Constable True. Die war netter und interessanter.

Es dämmerte bereits. Das kam ihm entgegen.

Er sah sich kurz um, umrundete das gesamte Haus und ging zur rückwärtigen Tür, dem Dienstboteneingang. Es war still. Im Gebüsch knisterte und knackte es. Der verwilderte, ungepflegte Garten hatte sicher eine Menge Getier angelockt, das es sich hier bequem gemacht hatte. Warum diese schöne klassizistische Villa damals nicht verkauft worden war, erschloss sich Barrington nicht. *Das Paar wird seine Gründe gehabt haben. Der Markt für dergleichen Villen war in Schottland auch nicht besonders groß. Sie werden das Haus nicht losgeworden sein.*

Er stand vor der Tür zum Dienstbotentrakt. Das Schloss sah verrostet aus. Barrington griff in seine Jackentasche und holte die Dietriche heraus. Dann versuchte er, das Türschloss zu knacken. Aber nach einer Minute bemerkte er, dass das gar nicht nötig war. Die Tür war offen. Er schob sie auf und betrat, die Taschenlampe in der Hand, den ersten Raum.

Er schaltete die Lampe an. Es war ein langer Flur,

von dem mehrere Räume abgingen, Küche und Vorratsräume sowie eine Treppe zum Weinkeller. Es gab auch eine Tür zur angrenzenden Garage. Er warf einen kurzen Blick hinein. Unter einer mit Staub belegten Plane zeichneten sich die Umrisse eines Autos ab. *Sehr seltsam. Wer ließ denn ein Auto hier stehen? Könnte das der Morris Oxford des Brauereibesitzers sein?* Das wollte er sich später noch einmal ansehen. Wenn der hier so lange gestanden hatte, war das ein echtes Schätzchen. Zunächst sollte er das Büro des Hausherrn suchen.

Er durchquerte den langen Flur und warf ab und zu einen kurzen Blick in die angrenzenden Räume. Wie konnte Mr Hoskins hier alles so verkommen lassen? Alle Möbel waren noch da, nicht abgedeckt und auf dem Küchentresen standen sogar noch Tassen und Teller. Es sah aus, als ob man von einer Minute zur anderen das Haus aufgegeben hatte. Er sollte auch noch mit den Pullman-Schwestern reden. Die beiden hatten hier im Haus gearbeitet.

Überall das gleiche Bild. Staub, Spinnweben und die Hinterlassenschaften von vierbeinigen Bewohnern. Dreißig Jahre war für ein Haus eine lange Zeit und wenn sich niemand kümmerte, war der Zustand verständlich. Jetzt, im Jahre 1952, hätten die Hoskins´ sicher einen guten Käufer gefunden. Die Krise auf dem Immobilienmarkt neigte sich dem Ende zu und es wurde wieder mehr investiert.

Vor dreißig Jahren hatte das natürlich anders ausgesehen. So eine riesige Villa war damals sicher schwer an den Mann zu bringen gewesen. Trotzdem, das erklärte nicht den Zustand des Hauses.

Sein Vater Fred hatte ihm einmal erzählt, dass man einige Mitarbeiter in die Villa zu einem weihnachtlichen Umtrunk eingeladen hatte, als mit der Brauerei noch alles in Ordnung gewesen war. Mrs Hoskins hatte sich in Edinburgh aufgehalten, sie trank nicht mit Untergebenen Tee, hatte sie ihrem Mann erklärt. Dies hatte das Hausmädchen gehört und natürlich herumerzählt.

Sein Vater hatte ihnen von der wunderschönen Villa vorgeschwärmt und wie prunkvoll sie ausgestattet gewesen sei. Man hatte sogar eine riesige Badewanne mit goldenen Hähnen gesehen.

Als die Brauerei schließen musste, hatte sich scheinbar niemand für die Villa interessiert. Die Brauerei war damals in den Besitz der Bank übergegangen, um Schulden zu begleichen. Aber auch dieses Gebäude konnte nun erst nach dieser langen Zeit verkauft werden. Die Zeiten waren in den letzten Jahren schlecht gewesen für Immobilien. *Alles sehr verworren*, dachte Barrington.

Er suchte das Büro. Irgendwo musste der alte Hoskins doch ein Arbeitszimmer gehabt haben. Rechts war eine große Bibliothek, links ein Salon, dahinter führte eine Treppe in die erste Etage. Dort waren sicher nur Schlafzimmer.

Barrington sah sich in der Bibliothek um. Da gab es noch eine weitere Tür. Sie war abgeschlossen. Er nahm seine Dietriche zur Hand. Nun kamen sie doch noch zum Einsatz. Er öffnete vorsichtig die Tür.

Bingo. Das Arbeitszimmer.

Ein riesiger, dunkler Schreibtisch beherrschte den Raum. Dahinter reihten sich Aktenschränke an den

Wänden.

Auf dem Boden lagen Aktenordner und herausgerissene Blätter herum. Hatte schon einmal jemand nach Hinweisen aus der Vergangenheit gesucht?

Ein weicher Teppich dämpfte die Schritte. Bei jedem Schritt erhoben sich Staubwolken. Barrington musste husten. Er nahm sein Taschentuch aus der Jackentasche und hielt es sich vor das Gesicht. Es roch muffig im Raum, aber er traute sich nicht, ein Fenster zu öffnen.

An der hinteren Wand standen mehrere schmale Aktenschränke. Daneben gab es einen riesigen, uralten Safe, dessen Tür offenstand und der leer war.

Er durchforstete die Aktenschränke.

Beim Zweiten wurde er fündig. Ein Mitarbeiterverzeichnis lag in seinen Händen.

Dann sah er kurz die Personalakten durch. Die Brauerei hatte in ihrer Glanzzeit fünfzig Angestellte gehabt. Am Ende waren es noch zwanzig gewesen. Die dreißig vorzeitig Entlassenen könnten interessant sein. Vielleicht war jemand unter ihnen, der die Kündigung krummgenommen hatte. Er suchte die Namen heraus und hatte schließlich einen Stapel Akten. Leider sah es so aus, als wären kaum Informationen in den Personalakten, nur Name, Geburtsdatum und wann die Arbeiter eingestellt worden waren. Das war dürftig. Aber hier konnte er sie sich nicht in Ruhe durchsehen.

Barrington sah sich um. Neben dem Schreibtisch stand eine große Aktentasche. Er nahm sie und stopfte die Akten hinein.

Nur schnell hier raus. Er wollte lieber nicht zu lange im Haus herumlaufen. Als er an der Küche vorbeikam, fiel ihm der Wagen unter der Plane ein. Die Neugier siegte.

Er ging zurück und öffnete die Tür, die in die Garage führte, und betrat vorsichtig den Raum. Im Kegel seiner Taschenlampe zeichneten sich unter der Plane tatsächlich die Umrisse eines Wagens ab. Die Aktentasche hatte er im Flur abgestellt. Wenn er die Plane herunternehmen würde, kamen sicher Staubwolken heraus.

Er griff zu einer der Ecken der Plane und riss mit Schwung den Stoff herunter. Es war tatsächlich der *Morris* des alten Hoskins. Er war damals so stolz auf das Auto gewesen. Einer der ersten fabrizierten Zweisitzer Sportwagen der Firma Morris, rot und silbrig glänzend.

Und er glänzte noch immer. Die Plane hatte den Zustand des Wagens konserviert.

Barrington wartete, bis sich die kleine Staubwolke gelegt hatte. Er warf die Plane in eine Ecke und ging zum Wagen zurück. Wieso stand der hier noch?

Der Schock traf ihn unvermittelt, als er näher herantrat und darüber leuchtete.

Hier war nicht nur der alte Sportwagen des Mr Hoskins, sondern hinter dem Steuer saß auch noch dessen Frau, Mrs Hoskins. Barrington erkannte sie sofort. Unter der dicken Schminke sah sie blass aus. Die Augen starrten ihn offen an. Aber Leben war in den einst hübschen Augen nicht mehr. Die Wimperntusche war verschmiert und ihr sorgfältig aufgetragener knallroter Lippenstift konnte die Blässe der Lippen nicht mehr übertünchen. Ein dünner Blutfaden verlief quer über das hellgraue Designerkostüm und gipfelte in

einem runden Fleck über ihrem Herzen. Schmauchspuren daneben ließen vermuten, dass der Schuss aus
nächster Nähe direkt ins Herz getroffen hatte.

Sie trug keinerlei Schmuck. Das fand Barrington
ungewöhnlich. Er erinnerte sich gut an die Dame, wie
sie mit ihren schicken Kleidern und den dicken Gold-
ketten herumstolziert war. Und an einen riesigen Brillantring erinnerte er sich auch. Sein Vater hatte den
kleinen Barrington damals auf das glitzernde Ding an
der Hand der Dame hingewiesen. Man konnte den
hellen Fleck an ihrem Ringfinger sehr gut erkennen.
Also war es Raubmord? Was hatte sie hier in dem alten
Haus zu suchen gehabt? Und warum hatte der Mörder
den Wagen stehen gelassen, wenn er an Geld interessiert gewesen war?

Aber es gab noch ein weiteres Problem. Wie sollte
Barrington erklären, was er hier zu suchen gehabt
hatte? Das war ein Dilemma.

Zuerst brachte er die Aktentasche in seinen Wagen.
Das sollte die Polizei wirklich nicht sehen. Er musste
telefonieren. Hier im Haus waren die Telefone abgestellt. Das hatte er überprüft. Glücklicherweise hatte er
Handschuhe getragen. Sonst wären seine Fingerabdrücke wohl überall. Also setzte er sich in seinen Wagen
und fuhr zur nächsten Telefonzelle, die man vor einem
Jahr endlich im Ort installiert hatte. Sie stand etwa 500
Yard vom Pub entfernt auf der rechten Seite. Aus
seinem Pub heraus wollte er ungern anrufen. Eigentlich könnte er auch gleich zur örtlichen Polizeidienst-
stelle fahren, überlegte er sich unterwegs, das waren
noch einmal etwa 500 Yards. Mit Constable McDonald
kam er gut aus. Sicher war das einfacher als mit

diesem seltsamen Inspector Marlow.

Barrington betrat die Polizeistation. Der Constable saß hinter seinem Schreibtisch und ging seiner Lieblingsbeschäftigung nach, Kreuzworträtsel lösen.

„Barrington, schön, dass du kommst", sagte er fröhlich. „Britische Hunderasse mit M, sieben Buchstaben, in der Mitte ein T?"

„Mastiff", antwortete Barrington und lehnte sich über den breiten Tresen, der vor dem Schreibtisch des Constable stand.

„Richtig!", rief der Polizist und notierte grinsend die Lösung. „Was kann ich für dich tun, mein Junge?"

„Ich habe schon wieder eine Leiche gefunden."

Der Constable stutzte kurz.

„Wie bitte?"

„In der alten Hoskinsvilla befindet sich die Leiche von Mrs Hoskins", erklärte Barrington.

„Hast du ein neues Hobby? Willst du dich als Leichenspürhund zur Polizei melden? Was hast du da zu suchen gehabt? Du hast doch hoffentlich nicht eingebrochen?"

Barrington war sich im Klaren, dass er jetzt ganz genau überlegen sollte, was er sagte.

„Die Tür stand offen. Ach wissen Sie, Constable McDonald, ich dachte, die alte Villa steht nun schon so lange leer. Niemand interessiert sich für das Haus. Ich wollte mir die Räumlichkeiten einmal ansehen. Im Stillen dachte ich, vielleicht etwas Interessantes für meinen Pub zu entdecken. Zum Beispiel ein altes Bild der Brauerei oder vom alten Hoskins."

„Ein Bild von der Brauerei hängt bei dir schon über dem Kamin und den alten Hoskins konnte hier keiner leiden. Du wirst kaum ein Bild von ihm aufhängen. Na gut, ich will mal nicht so sein. Wirst das alte Mädchen ja kaum selbst abgemurkst haben, oder?", sagte der Polizist und lachte über seinen vermeintlichen Witz.

Barrington konnte nur leicht lächeln. Ihm war so gar nicht nach Witzen zumute. Die Sache wurde immer komplizierter.

Constable McDonald ging zu seinem Diensttelefon und rief die Polizeizentrale in Lintie an. Detective Inspector Marlow und der Rechtsmediziner Dr. Wallace würden sich unverzüglich auf den Weg machen. Barrington hatte der Constable mit keinem Wort erwähnt.

„Ich sage dir jetzt mal was, mein Junge. Du warst heute den ganzen Tag in deinem Pub und hast den Keller aufgeräumt, da ich dir heute Morgen die Erlaubnis erteilt habe, dass der Tatort nun beräumt werden darf. Ich war vorhin auf meinem Rundgang bei der alten Hoskinsvilla und bemerkte, dass jemand dort die Tür geöffnet hatte. Bei meiner Suche im Inneren fand ich dann die Leiche der Mrs Hoskins in ... wo habe ich sie gefunden?"

„In der Garage im Sportwagen von Mr Hoskins", antwortete Barrington. Der Constable war ein wirklich guter Freund.

„In dem alten *Morris Oxford*? Unglaublich. Jetzt mach, dass du in deinen Pub kommst, und räume endlich den Keller auf. Ich melde mich später."

„Danke", stammelte Barrington und lächelte den Polizisten an. „Das ist verdammt nett von Ihnen."

„Geh endlich. Ist schon okay. Wir wollen es dem Inspector, diesem Miesfisch, nicht zu leicht machen", sagte der Polizist, kam um den Tresen herum und schob Barrington aus der Tür. Dann setzte er seine Dienstmütze auf, nahm sein Fahrrad, das neben der Tür auf ihn wartete, und radelte zur alten Villa.

Barrington fuhr zum Pub, atmete tief durch, gönnte sich einen Whisky, band sich eine alte Schürze um und machte sich daran, den Keller zu reinigen. Bevor dort wieder Lebensmittel stehen durften, mussten die alten Eichenfässer, die unbrauchbar geworden waren, hinausgebracht und der Raum gründlich desinfiziert werden.

Er kam mit der ersten Ladung Holz nach oben, als er in einiger Entfernung die penetranten Klingelgeräusche der Polizeiwagen bereits hörte.

Spät am Abend fiel er müde in sein Bett. Trotzdem konnte er nicht aufhören, den Tag zu überdenken. Schließlich fiel er in einen unruhigen Schlaf mit seltsam verworrenen Träumen von Ale trinkenden Schafen, die in der alten Hoskinsvilla im Salon saßen und sich zuprosteten. Eines der Schafe trug einen Strohhut mit einer Margerite an der Seite und sah einer der Pullman-Schwestern sehr ähnlich.

Seit ein paar Wochen wohnte Barrington über seinem neuen Pub. Endlich war die Wohnung fertig geworden, ein kleines Wohnzimmer, ein Bad und das Schlafzimmer. Die Küche war unten neben dem Gastraum. Von der Küche aus führte eine Tür in einen Nebenraum und eine weitere in ein kleineres Bad. Im Gastraum hatte Barrington zwei Toiletten für die Gäste einbauen lassen. Er hatte hart mit dem Klempner verhandelt und einen guten Preis herausgeholt.

Eine eigene Wohnung hatte er noch nie gehabt. Nun fehlten ihm die täglichen Gespräche mit seinen Eltern. Gerade an einem Tag wie heute, nach den seltsamen Vorkommnissen im Brauereikeller und der alten Villa.

Sein Freund Rick hatte grinsend gemeint, es wird endlich Zeit, dass du den Rockzipfel deiner Mutter loslässt und auf eigenen Beinen stehst. In deinem Alter haben andere schon ihre zweite Scheidung hinter sich und bauen ihr drittes Haus.

Die Geräusche waren anders. Es fühlte sich noch nicht vertraut an. In seinem Elternhaus war er meist früh am Morgen von den Stimmen seiner Eltern wach geworden, die unten im Erdgeschoss in der Küche gesessen und Tee getrunken hatten. In seiner Zeit als Tischler war seine Mutter jeden Morgen an sein Bett gekommen, hatte ihm eine Tasse Tee gebracht und ihm einen schönen Tag gewünscht.

Norma hatte sich danach auf den Weg zu der Arztpraxis gemacht, in der sie bereits seit vielen Jahren arbeitete.

Dr. Humbleby kümmerte sich im Ort um die großen und kleinen Wehwehchen der Bewohner. Er war ein großartiger Arzt, hatte aber in puncto Empathie für seine Patienten einige Schwierigkeiten. Mrs Brandon versuchte die Probleme, die der Arzt verursachte, mit viel Einfühlungsvermögen wieder wettzumachen.

Barrington streckte sich und gähnte ausgiebig. Da der Pub geschlossen hatte und erst zum späten Nachmittag öffnete, musste er sich nicht beeilen. Es gab einiges zu tun. Später, wenn er vielleicht auch endlich eine Aushilfe gefunden hatte, nahm er sich vor, mittags zu öffnen.

Er streckte sich erneut und stand langsam auf. Da hörte er das Geräusch zum ersten Mal. Ein leises Scharren und ein ... was war das? Hatte er da eine Katze miauen hören? In seinem Pub?

Er zog sich in Windeseile an und lief barfuß über die schmale Holztreppe nach unten. Plötzlich war es ganz still. Nur ein paar Krähen in der Streuobstwiese hinter dem Haus krächzten laut.

Er stand vor der Holztür, die in den Gastraum führte, und horchte. Dort hing an der Wand ein Spiegel. Barrington sah hinein und erschrak fast selbst vor seinem Spiegelbild. Sein Haar stand nach allen Seiten ab, die Augen waren klein vom Schlaf und sein Hemd war falsch geknöpft.

„Miau!"

Da war es schon wieder, ganz nah.

Er riss die Tür auf und lief in den Gastraum. In der Küche nebenan schepperte es. Da war also der Übeltäter. Er rannte zur Küchentür, riss sie auf und ... sah nur noch die hintere Tür ins Schloss fallen. Die Kühlschranktür stand einen Spalt offen. Den Luxus eines solchen Kühlgerätes hatte er sich geleistet. Barrington sah hinein und stellte fest, dass der Dieb wohl einfach hungrig gewesen war. Das Käsestück und eine Dose Thunfisch fehlten. Außerdem fehlte der Kanten Brot vom Vortag. Auf dem Tisch standen eine angefangene Flasche Milch und in der Spüle ein abgespülter Becher. Der Dieb war also auch reinlich.

Barrington sah kurz aus der hinteren Küchentür, die zur Streuobstwiese hinausführte. Keine Spur von irgendeinem ungebetenen Gast. Er zuckte mit der Schulter und ging zurück ins Haus. Das Schloss an der

Tür war nicht aufgebrochen worden, auch sehr nett von dem Dieb. *Wahrscheinlich habe ich selbst vergessen, abzuschließen*, dachte Barrington.

Sollte er Constable McDonald mit dieser Kleinigkeit behelligen? Nein, der Mann hatte ganz andere Sorgen. Er würde heute kurz bei dem Polizisten vorbeischauen und fragen, wie es mit diesem Inspector Marlow voranging. Der Constable war gestern Abend im Pub vorbeigekommen. Er hatte ihm hinter vorgehaltener Hand erzählt, dass der Tote im Cider mit hoher Wahrscheinlichkeit der alte Hoskins war. Man hatte Zahnarztunterlagen aufgetrieben, was nach dieser langen Zeit ein Wunder gewesen war, und der Abgleich war positiv ausgefallen. Eine Identifizierung durch die Ehefrau musste natürlich ausgeschlossen werden. Das bestätigte Barringtons Vermutung. Er war sich fast sicher gewesen, dass Mr Hoskins der Schwimmer im Fass war.

Er ging nach oben, zog sich fertig an und kehrte in die Küche zurück. Mit einem frisch aufgebrühten Tee in der einen Hand und den Akten aus der alten Hoskinsvilla in der anderen, setzte er sich an einen Tisch im Gastraum. Vielleicht fand er einen Hinweis, dem er nachgehen könnte.

Viele von den Arbeitern der alten Brauerei waren ihm noch vertraut. Zuerst eliminierte er alle, von denen er wusste, dass sie bereits gestorben waren. Das waren immerhin acht Männer und eine Frau.

Die Hälfte der Angestellten waren kurz danach weggezogen. Er erinnerte sich noch gut an die vielen vergossenen Tränen beim Abschied der Mitbewohner von St. Applewood. Diese Akten legte er auf einen extra Stapel. Zuerst die Leute, die hiergeblieben waren.

Blieben immer noch acht Personen übrig. Er legte die Akten nebeneinander vor sich hin und sah sich die Namen an.

Miss Porter legte er ebenfalls erst einmal zur Seite. Mr Hoskins´ Sekretärin war damals, als die Brauerei schließen musste, vierzig Jahre alt gewesen, dann wäre sie jetzt siebzig. Er erinnerte sich gut an die Dame, eine resolute Person. Er sollte mit ihr reden. In den Akten war keine Adresse vermerkt. Seine Mutter konnte sicher helfen.

Es blieben sieben Namen. Tom Walter, der ehemalige Braumeister, ein Miesepeter, wie sich Barrington erinnerte; Mr Tool, der Hausmeister, müsste jetzt auch bereits weit über sechzig sein; Sean Watts, sein Bruder Sam und dessen Frau Milly, die im Bereich der Verpackung gearbeitet hatten; Warren Smith, der als Braumeister in der Lehre, und Peter Petrel, der als Hilfskraft in der Mosterei beschäftigt gewesen war. An die beiden letzten Personen konnte er sich nicht erinnern. Er wusste nicht, ob Smith und Petrel noch in der Nähe wohnten. Nachdem er die sieben Personalakten durchgesehen hatte, war er nicht viel schlauer als davor.

Es gab kein offensichtliches Motiv. Bis auf einen kräftigen Streit mit den Brüdern Watts kurz vor der Schließung. Es hatte wohl eine hässliche Prügelei gegeben, in dessen Verlauf die Sekretärin einen gewissen Constable Piers geholt hatte. In einer der Akten lag ein Protokoll des Vorfalls. Das war selbst für Barrington überraschend. Er konnte sich keine Zeit vorstellen, in der nicht Mr McDonald hier in St.

Applewood Polizist gewesen war. Wer war dieser Piers? In der Akte stand nichts über den Grund der Prügelei. Diese Akten waren schluderig bearbeitet worden. Wahrscheinlich vom alten Hoskins selbst. Miss Porter, die Sekretärin, hatte Barrington als sehr engagierte Dame in Erinnerung. Sie hätte sicher Akten nicht so lückenhaft geführt. Sollte er versuchen, diesen Constable Piers zu finden? Würde der Mann sich nach der langen Zeit überhaupt noch erinnern können? Und die zweite und wichtigste Frage, lebte der gute Mann noch?

Er stand auf, streckte seinen schmerzenden Rücken durch und ging in die Küche, um sich ein Sandwich zu machen. Mitten auf dem Esstisch saß eine Katze.

Barrington riss die Augen auf. Er sah zur Tür, sie war angelehnt. Er wusste genau, dass er sie geschlossen hatte.

„Hallo, mein Freund, der Pub ist noch nicht geöffnet. Komm doch heute Abend wieder, dann spendiere ich dir einen Hering oder stehst du eher auf einen guten Cider?", sagte er leise und näherte sich dem Tier. Der Kater schien über den Vorschlag nachzudenken und legte den Kopf schief.

Es war ein schöner Kater, etwas sehr mager, aber mit seidig glänzendem tiefschwarzen Fell. Das Tier hatte ein interessantes Detail. Rings um die Augen herum war links ein weißer Kreis und rechts ein grauer. Sehr ausgefallen.

Die undurchdringlichen bernsteinfarbenen Augen fixierten Barrington.

Er schob seine Hand vorsichtig in die Richtung des Tieres. Der Kater fixierte ihn weiter.

Dann konnte Barrington ihn sogar streicheln. Als er aber versuchte, das Tier vom Tisch zu heben, war es mit der Freundlichkeit des Katers vorbei. Er zeigte seine Zähne, fauchte leise und verschwand durch die hintere Tür in den Garten. Barrington sah ihm nach. Er sah sich das Türschloss noch einmal an. Zum zweiten Mal an diesem Tag stand die Tür offen, er musste etwas tun. Er würde das Schloss austauschen, nahm er sich vor, und drückte die Tür zu.

Ein kurzes Telefongespräch mit seiner Mutter verschaffte ihm die Adresse der ehemaligen Sekretärin. Er machte sich auf den Weg. Bis zur Öffnung des Pubs blieb noch genügend Zeit.

Barrington parkte seinen alten Defender neben einem Mehrfamilienhaus in der Hazelnut Road. Es war kein sehr schönes Haus und damit war es schon wieder etwas Besonderes in St. Applewood, denn es gab fast ausschließlich hübsche kleine Cottages, die sich gemütlich aneinanderschmiegten. Aber dieses Mehrfamilienhaus war in den vierziger Jahren, ohne viel Schnickschnack und ohne architektonische Schönheit zu beabsichtigen, gebaut worden. Es hatte schnell billiger Wohnraum geschaffen werden sollen und so ähnelte das Haus einem Betonkasten mit kleinen unscheinbaren Löchern, die wohl die Fenster darstellen sollten.

Barrington wusste, dass das hässliche Bauwerk einem Herrn aus Lintie gehörte, der sich so gut wie nie im Ort sehen ließ und nur kam, wenn jemand die Miete schuldig blieb. Dann konnte er sehr ungemütlich werden.

Er sah sich die Klingeln neben dem Eingang an. Miss Porter wohnte ganz oben im vierten Stock.

Die Haustür öffnete sich mit Schwung und ein kleiner Junge mit einem Ball unter dem Arm sprang aus dem Hauseingang. Beinahe hätte er Barrington umgerannt.

„Nicht so stürmisch, mein Herr. Das Pokalspiel wird ohne deinen Ball nicht stattfinden!", rief er dem Jungen fröhlich nach, der bereits wie der Blitz um die Hausecke rannte.

Die Tür war aufgeblieben und Barrington stieg die knarrende Holztreppe hinauf in die vierte Etage.

Er drückte auf den Klingelknopf neben der rechten Tür und sofort war ein zorniges Bellen zu vernehmen. Miss Porter hatte also einen Hund.

„Komm von der Tür weg, Lucius, was soll denn dieser Aufstand? Aus! Lucius!", rief hinter der Tür eine Dame mit schriller Stimme.

Dann öffnete sich die Tür einen Spalt weit. Die Kette blieb im Inneren natürlich hängen. Man konnte schließlich nicht wissen, welcher ungebetene Gast dort vor der Tür stand.

Barrington lächelte der alten Dame hinter der Tür zu. „Hallo, Miss Porter, wie geht es Ihnen ..." Er wurde brüsk unterbrochen.

„Wie soll es mir gehen? Ich bin alt, mein Rheuma macht mir zu schaffen, die Miete ist zu hoch und mein Hund hört nicht auf mich!"

„Das tut mir leid, Miss Porter. Ich bin es, Barrington Brandon, ich war früher ab und zu bei Ihnen im Büro. Erinnern Sie sich?"

„Ich erinnere mich an jeden frechen Bengel, der in

meinem Büro rumgelungert hat. Was soll die Frage?"
Die alte Dame war scheinbar ein wahrer Sonnenschein.
Barrington holte tief Luft und versuchte es erneut.

„Ich würde gerne mit Ihnen über Ihre Zeit in der
Brauerei reden. Sie wissen sicher, dass ich sie gekauft
habe und einen Pub daraus gemacht habe."

„Einen Pub? In der alten Brauerei? Was sollte
einem auch sonst einfallen?" Die Dame überlegte
einen Moment. Dann schloss sie die Tür und Barrington hörte, wie die Kette entfernt wurde. Die Tür flog
sofort wieder auf.

„Komm schon rein, oder soll uns das ganze Haus
hören? Platz, Lucius!", rief sie dem Hund zu, der sich
schon wieder mit lautem Gebell auf den Besucher stürzen wollte. Hund? War das überhaupt ein Hund? Oder
war es nicht eine Katze? Nein, für eine Katze war
dieses Tier, das Barrington aus gefährlich glitzernden
Augen ansah, viel zu klein. Ihm wurde sehr unbehag-
lich zumute. Die kleinen spitzen Zähnchen des Hundes
waren empfindlich nah an Barringtons Wade.

Der Flur war kein Flur und entpuppte sich als
Wohnzimmer. Es gab daneben noch eine winzige
Küche und eine Tür rechts führte wahrscheinlich in
einen Schlafraum. Alles schien penibel geputzt zu sein
und das rosafarbene Sofa in der Mitte des Raumes
hatte einen durchsichtigen Plastiküberzug.

Barrington hatte noch nie verstanden, warum die
Leute eine Plastikfolie über Sofa und Sessel zogen. Es
sollte zum Schutz vor Verschmutzung sein, aber auf
welchen Schmutz wartete man mit über siebzig Jahren
noch?

„Setz dich schon hin!", rief Miss Porter laut und

mit einem zornigen Ausdruck im Gesicht.

Es knisterte, als sich Barrington setzte.

„Willst du einen Tee?", fragte die Dame erneut sehr laut. Langsam war er überzeugt, dass Miss Porter schwerhörig sein könnte. Aber er traute sich nicht, den Tee abzulehnen, so böse wie sie ihn ansah.

Miss Porter verschwand kurz in der Küche und kam nach ein paar Minuten mit zwei Bechern zurück, aus denen die Fäden von Teebeuteln baumelten. Daneben stellte sie auf den Tisch vor dem Sofa einen Teller mit Keksen. Automatisch griff Barrington danach, was er sofort bereute, nachdem er in den Keks gebissen hatte. Schnell wollte er den Bissen mit dem Tee hinunterspülen. Auch das war kein Vergnügen. Es war eine Art muffiger Kamillentee.

Lucius hatte sich vor Barrington auf seine Hinterpfoten gesetzt und sah den Gast mit unverhohlenem Zorn an. Ab und zu erschienen die kleinen spitzen Zähne.

„Also, was willst du? Ich kenne dich noch ganz genau. Ich kenne alle frechen Kinder unserer Brauerei Mitarbeiter. Und du warst einer von den schlimmsten. Sowas vergesse ich nicht."

Barrington war sich keiner Schuld bewusst.

„Ich kann mich nicht erinnern, Ihnen etwas angetan zu haben, Miss Porter. Mein Vater, Fred Brandon, war ein angesehener Mitarbeiter der Brauerei."

Miss Porter nahm aus ihrer Schürzentasche ein Brillenetui, öffnete es und setzte sich die Brille auf. Sie sah Barrington in die Augen.

„Du bist nicht Waldon Watts!", rief sie.

„Das kann ich bestätigen. Ich bin Barrington Brandon.“

Miss Porter lachte.

„Du bist der Junge mit dem furchtbaren Namensdurcheinander!“, sagte sie und schlug sich mit der Hand lachend auf die Schenkel.

Barrington konnte nicht lachen.

Fast hätte er erneut an dem Keks geknabbert, bemerkte aber noch früh genug seinen Fehler und legte ihn zurück auf seinen Teller.

„Waldon, der Junge von Molly Watts, was für ein freches Kerlchen. Kaugummi auf meinem Bürostuhl war da noch der kleinste Streich. Mr Hoskins hatte eines Tages einen nassen Schwamm auf seinem Stuhl. Nun gut, da musste ich auch lächeln, ich konnte Hoskins nicht ausstehen. Also, was willst du?“

„Vielleicht erinnern Sie sich an ein paar Namen. Ich habe die Personalakten durchgesehen ...“

Miss Porter unterbrach ihn.

„Wie kommst du an die Personalakten? Da darf niemand außer mir und Mr Hoskins Einsicht nehmen, obwohl er diese Akten immer allein geführt hat und sie unter Verschluss hielt. Komische Angewohnheit. Schließlich war ich die Sekretärin.“

Barrington war einen Moment sprachlos. Nach all der langen Zeit war sie immer noch die penible, von allen gefürchtete Sekretärin mit dem Hang zum Streiten.

„Aber, Miss Porter, Mr Hoskins ist wahrscheinlich tot. Die Brauerei ist seit dreißig Jahren geschlossen und ich habe sie gekauft. Wissen Sie, ich wollte mich einfach in die Geschichte des Ortes vertiefen, in dem ich nun meinen Pub eröffnet habe. Das verstehen Sie doch sicher. Und Sie sind der Mensch, der alles über die alte Brauerei weiß", versuchte Barrington zu vermitteln. Vielleicht konnte er die alte Dame mit ihrem Stolz packen. Und es klappte.

Ein Hauch von rosa Farbe überzog ihr faltiges Gesicht und es erschien tatsächlich ein Lächeln auf ihren Lippen.

„Nun, wenn das so ist. Ja, stimmt, den alten Hoskins hat's wohl erwischt. Mary vom Friseurladen hat mir gestern erzählt, was in der alten Brauerei los war. Sie hatte es von ihrer Tante Mabel, die hatte es von Mrs Smith und die von der Haushaltshilfe unseres Constable McDonald. Was für Tratschtanten, nicht wahr? Ich dachte sofort, dass es Hoskins gewesen sein muss. Der war seinem eigenen Cider nie abgeneigt und hatte am Ende stets eine Flasche in seinem Büro stehen. Warum sollte er nicht in einem Fass Cider baden gehen? Welche Namen hast du denn auf deiner Liste?"

Barrington hatte ab Mary und Tante Mabel aufgehört, zu verstehen, wer hier wem etwas erzählt hatte.

Er reichte Miss Porter die Liste mit den Namen.

„Und wie kommst du ausgerechnet auf diese Namen?", wollte Miss Porter wissen.

„Ich habe die Leute aussortiert, von denen ich weiß, dass sie bereits gestorben oder fortgezogen sind. Und dann habe ich die weggestrichen, die lange vor der Schließung entlassen wurden."

„Hm", murmelte die alte Dame und rückte ihre ständig rutschende Brille zurück auf die Nase.

„Was ist mit diesem Kerl, wie hieß der doch gleich? Mein Kopf macht nicht mehr so gut mit in der letzten

Zeit, musst du wissen. Der hing doch manchmal in der Brauerei rum. Meistens, wenn der Chef nicht da war. Ein unangenehmer Zeitgenosse war das. Hat sich am Cider bedient und Mrs Hoskins, diesem aufgedonnerten Flittchen, schöne Augen gemacht. Dabei war die viel zu alt für ihn. Wahrscheinlich hat er sich deshalb einen riesigen Schnauzbart angeschafft. Um älter zu wirken. Seltsam, an den hässlichen Bart erinnere ich mich, aber nicht an den Namen. Fällt mir bestimmt noch ein.

Also die Namen. Sehen wir mal. Tom Walter war der Braumeister, ein helles Köpfchen mit viel Verstand und Geschick für den Apfelwein. Er fing als blutjunger Kerl bei uns an. Müsste nun auch schon um die siebzig sein. Ich weiß, dass er nach Lintie gezogen ist, krank wurde und im Rollstuhl sitzt. Ziemlicher Miesepeter, aber eigentlich harmlos. Hunde, die bellen, du weißt schon.

Mr Tool, der Hausmeister, was habe ich mich mit dem gestritten. Der Mann war faul wie die Sünde. Saß nur irgendwo herum und las in irgendwelchen Büchern. Da er damals bereits älter war, müsste er nun um die neunzig sein. Ich glaube, gehört zu haben, dass er in Brams im Altersheim wohnt.

So, wen haben wir da noch? Ach ja, die Wattsclique. Gefährliche Zeitgenossen. Warum der alte Hoskins die Brüder und diese Frau als Letzte in der Brauerei arbeiten ließ, erschließt sich mir bis heute nicht. Es gab ständig Ärger. Sie haben alle drei in der Verpackung gearbeitet. Kaputte Flaschen waren das wenigste. Es haben ab und zu ganze Kartons mit Cider gefehlt. Der alte Hoskins sagte den dreien kurz vor dem Ende auf den Kopf zu, dass sie die Flaschen geklaut hätten. Und das über viele Jahre hinweg. Sean, der Ältere der Brüder, hat dem Chef sofort Prügel angedroht und Sam, der Jüngere, hat wie immer nur dazu genickt. Der hat alles gemacht, was Sean wollte. Ich weiß gar nicht mehr, war Molly mit Sean verheiratet oder mit Sam? Mein Gedächtnis ist löchrig wie ein Sieb."

„Haben die etwa dem Chef eine reingehauen?", wollte Barrington wissen. Das war sehr interessant. Da hatte er schon einmal ein Motiv gefunden. Wenn die Watts so aufbrausend und aggressiv gewesen waren, hätte es schon zu einem Mord kommen können. Wenn diese Brüder die letzten Angestellten gewesen waren, hätten sie auf jeden Fall die Gelegenheit gehabt, Mr Hoskins zu töten.

„Constable Piers, der war damals kurze Zeit Constable hier im Ort, wurde von mir gerufen und hat die Streithähne getrennt. Hoskins hat letztendlich seltsamerweise keine Anzeige erstattet. Hat den Watts´ am Ende sogar noch einen Bonus gezahlt. Ich habe das überhaupt nicht verstanden."

„Was denken Sie, wo die Wattsclique abgeblieben ist?", fragte Barrington. Das war ein guter erster Ermittlungsansatz. „Vielleicht wissen Sie auch noch, wo dieser Constable Piers jetzt wohnt?"

„Die Watts sollten in der Nähe von Brams wohnen, denke ich. Sie besaßen damals einen vollkommen heruntergekommenen Bauernhof und gingen dort ihren krummen Geschäften nach. Wie oft ich dem alten Hoskins geraten habe, die drei zu entlassen, kann man nicht mehr zählen. Constable Piers ist auf die Shet-

61

lands versetzt worden. Der ist sicher jetzt auch in Pension oder sieht sich die Radieschen von unten an. War damals so um die fünfzig Jahre alt."

„Was ist mit Peter Petrel und Warren Smith?"

„Ach, Peter war doch so ein lieber Junge. Er war etwas einfältig, tat aber immer alles genau, wie man es ihm gesagt hatte. Er arbeitete in der Mosterei.

Warren Smith war der Gehilfe des Braumeisters. Warren wollte später gern selbst Meister werden. Das fiel aber alles ins Wasser. Er ist der Bruder von Mrs Smith aus dem Landwarenladen. War furchtbar für Mrs Smith."

„Wieso für Mrs Smith?", fragte Barrington interessiert. Er wusste nicht, dass Mrs Smith einen Bruder hatte.

„Nun ja, Warren ist verschwunden. Sie weiß nicht, wo er geblieben ist, macht sich schreckliche Vorwürfe. Er hat sich in der ganzen langen Zeit nur ein einziges Mal bei seiner Schwester gemeldet. So undankbar. Er hat damals bei ihr gewohnt und sie hat alles für ihn getan. Ist bei Nacht und Nebel am Tag der Brauereischließung verschwunden. Hat nur einen Rucksack mit Kleidung und das Geld aus der Kasse des Ladens mitgenommen. Was hat sich Selma die Augen ausgeweint", erzählte Miss Porter. „Ich bin oft bei Selma. Ist eine ganz alte Freundin."

Das war scheinbar ein wunder Punkt. Barrington wusste aus Erfahrung, dass eine Person noch so grässlich und unnahbar sein konnte, aber irgendeinen wunden Punkt hatte jeder in seinem Leben. Das war im Fall von Miss Porter scheinbar ihre alte Freundin Selma.

„Wie alt würde Warren jetzt sein, wenn er noch leben sollte?", fragte Barrington.

Miss Porter dachte nach. Geistesabwesend kraulte sie den Hund, der endlich aufgehört hatte, Barrington ständig anzuknurren.

„Am Tag der Schließung war er, glaube ich, etwa fünfundzwanzig Jahre alt. Dann wäre er jetzt auch schon über fünfzig. Arme, alte Selma. George und Selma haben nie Kinder gehabt, weißt du? Sie hat einfach alles für ihren Bruder getan. Alles! Undankbares Volk!", rief sie am Ende und war immer lauter geworden. Da war sie wieder, die altbekannte Miss Porter.

Warren kam auf die Liste der Verdächtigen.

Barrington war mit seiner ersten Vernehmung zufrieden. Nachdem er einen weiteren Keks dankend abgelehnt hatte, stand er auf, schob sich an dem Hund vorbei und verabschiedete sich.

„Du darfst jeder Zeit zu mir kommen, wenn du noch etwas wissen willst", sagte Miss Porter an der Tür. Barrington nickte ihr dankend zu und lief die Treppen hinab zur Haustür.

Die alte Dame war sicher sehr oft einsam, überlegte er, als er wieder in seinem Auto saß und den Anlasser betätigte. Ich werde sie in den Pub einladen. Schließlich ist bald Weihnachten.

Unerwarteter Küchenbesuch

Barrington ging in die Küche, um Teewasser aufzusetzen. Er brauchte jetzt einen richtigen Tee, Earl Grey mit Bergamottenote, der war ihm am liebsten.

Aus Richtung Tür war ein kratzendes Geräusch zu hören. Sollte dieser Kater schon wieder davorstehen und auf einen guten Happen spekulieren? Und wo war sein Partner? Der Kater hatte wohl kaum die Dose Thunfisch mitgehen lassen. Die Samtpfoten waren einfallsreich, aber eine Dose konnten sie wohl noch nicht aufbekommen. Vor seinen Augen erschien das Bild eines Katers, der mit seinen Krallen eine Büchse aufhebelte. Er schüttelte den Kopf und lächelte. Dumme Fantasiegespinste.

Barrington ging zur Tür und öffnete sie. Der Kater saß davor und putzte sich, als ob nichts gewesen wäre. Dann stand er ganz gelassen auf und ging mit einer Engelsruhe an Barrington vorbei in die Küche. Er sah sich um, schnupperte und sah ihn fordernd an.

„Ach, du möchtest also etwas haben? Sag das doch gleich. Ich dachte schon, du willst nur eine Runde drehen." Die kleine rosa Zunge des Katers leckte begehrlich über seine Nase. Dann sprang er neugierig auf den Tisch.

„Also auf dem Tisch gibt es bei mir nicht für Vierbeiner, mein Freund." Barrington wollte den Kater nehmen und vom Tisch heruntersetzen. Der Kater fauchte.

„Streicheln, ja, anfassen, nein", sagte jemand leise aus Richtung Tür. Barrington entzog dem Tier seine Hand und sah sich den neuen Besucher an.

Es war ein mageres, kleines Ding. Das fransig geschnittene schwarze Haar stand in seltsam verfilzten Zacken vom Kopf ab. Das hatte kein Friseur gemacht, das war mal klar. Die Kleidung passte zum Gesamteindruck: mehrfach geflicktes Hemd, eine fleckige Hose, die viel zu kurz war, eine alte Umhängetasche und an den Händen dunkle Handschuhe, aus denen die Finger hervorlugten. Die Schuhe waren viel zu groß für die Füße des Kindes. Es schienen alte Armeestiefel zu sein. Aus der Tasche der Hose lugten Dietriche hervor.

Barrington wusste, dass er jetzt vorsichtig sein sollte, mit dem, was er sagte. Sonst war das magere Ding sofort weg.

„Du warst heute Morgen in der Küche. Hast du Hunger? Ich wollte mir gerade ein Sandwich und eine Tasse heißen Tee machen, ist ziemlich kalt draußen. Was hältst du davon? Dein Kater bekommt auch was", sagte Barrington. Er wollte das Kind nicht verschrecken. Als es näher kam, erkannte Barrington, dass es ein Junge war.

Er ging zum Tisch, griff sich den Kater und setzte ihn auf den Fußboden. *Von ihm lässt sich das Tier das also gefallen*, dachte Barrington. *Na prima, bis jetzt bin ich eigentlich immer mit Tieren ausgekommen, und sie mit mir.*

Der Junge nickte leicht und stand immer noch nicht

viel weiter im Raum. Das sollte dann wohl bedeuten, dass er Hunger hatte, ihm aber nicht vertraute und den Fluchtweg offen halten wollte. In seinen dunklen Augen, die ihn hinter langen Wimpern abzuschätzen versuchten, sah Barrington den Zweifel. Was hatte dieses Kind erlebt? Barrington schätzte es auf höchstens vierzehn Jahre.

Der Kater strich um seine Beine und setzte erneut zu einem Sprung auf den Tisch an.

„Rufus! Nein! Benimm dich!", rief der Junge. Das reichte. Barrington hatte das Gefühl, dass Rufus ihn für das Verbot verantwortlich machte. Der Kater sah ihn böse fauchend an.

„Na hallo? Was kann ich denn bitte dafür?", sagte Barrington und ging zum Kühlschrank. Er nahm den Hering heraus, den er eigentlich heute Mittag essen wollte, legte ihn auf einen Teller und schob ihn vorsichtig in Richtung des Katers.

Dann stellte er Teller, Butter und Käse auf den Tisch. Bevor er etwas tun konnte, hatte der Junge den Kessel gegriffen, setzte Teewasser auf und griff sich die hübsche, geblümte Kanne vom Regal. Er kannte sich hier wohl gut aus. Barrington nahm die Teedose und wollte den Tee einfach hineinschütten.

Der Junge riss ihm die Büchse aus der Hand, machte aber sofort wieder einen Schritt zur Seite. Nur nicht zu nah neben dem Mann stehen.

„Wissen Sie nicht, wie man Tee macht?" Er schüttelte den Kopf.

„Zuerst kommt kochendes Wasser in die Kanne, das wird fortgeschüttet, dann der Tee und dann das nicht mehr kochende Wasser. Was sind Sie denn für ein

Wirt?", sagte er kopfschüttelnd und nahm die Sache selbst in die Hand.

Barrington war perplex. Er setzte sich, ohne zu murren, an seinen Küchentisch und sah dem Jungen zu. Er machte das sehr gut. Es schien ihm fast so, als hätte er das schon immer getan.

„Weißt du, Tee wird in meinem Pub eher nicht verlangt", sagte Barrington kleinlaut.

Der Junge stellte Becher, Zuckerdose und Milchkännchen auf den Tisch und setzte sich zu Barrington. Natürlich weit weg von ihm, an die andere Seite des Tisches und nah genug zur Tür, um schnell flüchten zu können. Er sah ihn erwartungsvoll an.

Barrington schenkte Tee ein und schob ihm den Teller mit dem Brot hin. Nach einem kurzen Moment des Überlegens griff der Junge beherzt zu, häufte sich Butter und Käse auf das frische Brot und verschlang alles in Windeseile. Begehrliche Blicke wanderten zur nächsten Scheibe Brot. Barrington zeigte ihm lächelnd mit seinen Augen, zuzugreifen. Der Junge ließ sich das nicht zweimal sagen und nach kurzer Zeit war der Brotteller leer.

„Ihre Obstbäume sehen zum Fürchten aus", nuschelte der Junge, den Mund noch voller Brot und Käse.

„Wie meinst du das denn?"

„Unter den Bäumen wächst zu viel Kraut, das entzieht dem Baum Kraft und die Äste wachsen kreuz und quer. Die Hälfte ist trocken und tot und sollte ausgeputzt werden", erklärte der Junge mit wichtiger Miene.

„Woher weißt du das alles? Und wie lange hängst du schon in dem Obstgarten herum? Versteh mich nicht falsch. Ich bin kein Gartenmensch und habe keine Ahnung und wenn du es dir in meinem Garten gemütlich gemacht hast, habe ich auch nichts dagegen."

Der Junge schwieg.

Barrington überlegte einen Moment.

„Weißt du, ich könnte Hilfe mit dem Garten brauchen. Willst du dir etwas verdienen? Ich hätte auch nichts dagegen, wenn du hier in der Küche ein bisschen arbeitest und im Hinterzimmer schläfst. Da steht ein Sofa und Decken sind auch genug da ...", weiter kam Barrington nicht. Es klopfte an der Vordertür zum Pub.

Er stand auf und ging nach vorn.

Rick stand grinsend davor.

„Warum kommst du immer zu Zeiten, wenn der Pub geschlossen hat?", fragte er seinen Freund. „Komm mit in die Küche, ich will dir jemanden vorstellen."

Aber in der Küche war niemand. Auch der Kater war verschwunden.

Das Geschirr war abgeräumt und tropfte abgewaschen neben der Spüle ab.

Barrington bekam den Mund nicht zu. Er sah sogar unter dem Tisch nach.

„Wen oder was wolltest du mir denn vorstellen? Das abgewaschene Geschirr? Seit wann bist du so gewissenhaft und wäschst alles gleich ab? Letztens stapelten sich noch Becher vom Vorabend hier", sagte Rick.

„Er ist weg. Verdammt!"

Rick sah seinen Freund lächelnd an.

68

„Vielleicht bist du das Alleinsein hier in der alten Brauerei nicht gewöhnt. Bis jetzt hast du an Muttis Rockzipfel gehangen, mein Freund. Oder du siehst Gespenster. Der ein oder andere Säufergeist von damals wird hier sein Unwesen treiben. Ich gehe lesen in meinem Sessel. Kann ich einen Tee haben?", sagte Rick und wollte die Küche verlassen.

„Nimm dir den Tee selbst und das ist nicht dein Sessel! Das ist meiner!", rief Barrington seinem Freund nach.

„Wie du meinst, alter Kumpel!" Rick lachte. Sein Freund griff zu einem Becher und schenkte sich Tee aus der Kanne ein. Dann verließ er den Raum und setzte sich mit seinem Buch vor den Kamin.

„Wann machst du Feuer? Es ist kalt hier draußen!", rief sein Freund aus dem Gastraum.

„Die Heizung ist angedreht. Im Kamin wird erst abends Feuer gemacht! Das muss reichen!", brüllte Barrington laut zurück. Er hörte das Lachen seines Freundes.

„Geizhals!", schimpfte Rick.

Der Abend kam und mit ihm die ersten Gäste. Natürlich als Allererster der alte Chadwick. Ernest Chadwick war eine bekannte Größe in St. Applewood; klein, mit vollem grauem Haar, immer die gleichen braunen Hosen und die gleichen karierten Hemden, immer eine Fliege gebunden am Kragen und auf dem Kopf seine alte Schirmmütze mit dem Namen der Cider-Brauerei Hoskins. Denn der alte Chadwick hatte hier früher gearbeitet und war als einer der Ersten entlassen worden.

Nach einigen schlecht bezahlten Gelegenheitsjobs war er endgültig daheimgeblieben. Seit einiger Zeit bekam er eine kleine Pension und trieb sich seitdem den lieben langen Tag im Dorf herum. Mal sah man ihn neben der Telefonzelle seine Pfeife rauchen, mal auf dem Friedhof auf einer Bank, dann schaute er bei Johns Hof über die Mauer und redete mit dem Hofhund. Dann wieder sah man ihn mit einer Angel am River Willow sitzen. Fische fing er meistens nicht, er machte das zum Zeitvertreib, hatte er einmal dem Polizisten McDonald auf dessen Nachfrage erklärt. Er mochte eigentlich keinen Fisch.

Aber pünktlich um sechzehn Uhr, wenn der Pub öffnete, war der alte Chadwick da. Er saß dann immer am Fenster vor seinem Ale und schaute den Vögeln zu. Das war für ihn der beste Platz, da er jeden, der den Pub betreten wollte, ankündigen konnte.

Barrington ließ ihn gewähren. Er war ein netter Kerl und hatte es im Leben nicht leicht gehabt. Nun musste er mit einer winzigen Rente auskommen und lebte allein in seinem Haus, das nur aus einem Raum bestand. Trotzdem schien er zufrieden mit sich und der Welt.

Auch heute saß er am Fenster. Plötzlich reckte er neugierig den Hals nach oben, um besser sehen zu können.

„Du kriegst hohen Besuch, Barrington, das sieht nach altem Adel aus. Ob die sich verfahren haben? Wollen sicher zum Viscount rausfahren", sagte er und grinste.

Ein silbergrauer Bentley hielt vor dem Pub. Sofort sprang ein Chauffeur aus dem Wagen und riss die hintere Tür auf. Auf der anderen Seite stieg ein Herr in einem dunklen Anzug aus und öffnete die andere Tür.

Barrington konnte das durch die vorderen großen Fenster beobachten. Gut, dass er sich gegen Gardinen entschieden hatte.

Er stand hinter seinem Tresen, polierte Gläser und bediente damit das einzigartige Klischee eines Pubwirtes.

Die Tür wurde geöffnet und der Herr im dunklen Anzug hielt sie für die zwei Herrschaften, sicher ein Ehepaar, auf. Er kam zum Tresen und nickte Barrington freundlich zu.

„Guten Tag, Sir, liegt es im Bereich der Möglichkeit, in Ihrem schönen Pub drei Tassen Tee zu bekommen? Bieten Sie eventuell auch einen Imbiss an? Meine Herrschaften benötigen dringend eine Pause."

Der drückt sich aber sehr gewählt aus, dachte Barrington, *eindeutig ein Butler.* Der alte Chadwick saß mit offenem Mund staunend an seinem Tisch und spitzte die Ohren.

„Nun, ich könnte Ihnen gern ein paar Sandwichs anbieten. Wir haben hier in der Gegend einen ausgezeichneten Käse."

„Das klingt sehr gut. Welche Teesorten bieten Sie an?", sagte der Herr im Anzug.

„Nun, eben Tee", antwortete Barrington.

Der Herr räusperte sich und sah ihn weiter unverwandt an. Barrington dachte nach. Er war wirklich, ganz unbritisch, kein Teekenner.

„Ich habe Earl Grey, so einen Frühstückstee und Pfefferminze. Was darf's denn sein? Und der Herr

Chauffeur?"

Barrington sah zu dem Mann in der Chauffeursuniform, der sich auf einen der Sessel am Kamin gesetzt hatte, einen dunklen Zigarillo rauchte und von Rick, über sein Buch hinweg, neugierig beäugt wurde.

„Gonzales ist eher kein Teetrinker. Geben Sie mir doch für ihn ein halbes Ale. Und wir würden den Earl Grey bevorzugen", erklärte der Mann, der eindeutig Butler war. Seine Herrschaften hatten sich an einen Tisch gesetzt und unterhielten sich leise. Die Dame sah müde aus.

„Sie sind wohl schon lange unterwegs. Die Dame sieht erschöpft aus", meinte Barrington, während er ein Ale abfüllte.

„Lady Fedora ist sehr müde. Wir kommen aus Glasgow. Und wir haben noch einen langen Weg vor uns bis Parsley Field. Zum Glück werden die Baronets in der Nähe von Reading einen Zwischenhalt einlegen."

„Reading? In der Grafschaft Berkshire? Ein hübscher Ort. In der Nähe gibt es ein sehr gutes College. Ein Freund ist dort zur Schule gegangen. Sehr schöne alte Anlage. Wie hieß das doch gleich?"

„Sie meinen sicher das Witfield-College, Sir, genau dorthin möchte Sir Percival. Was meinen Sie, wie es mit dem Tee aussieht?", sagte der Butler.

Barrington kam nicht zu einer Erwiderung. Die Tür zur Küche wurde geöffnet und der Junge kam mit einem Tablett in den Händen heraus. Darauf standen eine Teekanne, drei Tassen, Zuckerdose, Sahnekännchen und ein großer Teller mit Käsesandwichs. Ohne ein Wort ging er an dem sprachlosen Barrington vorbei und servierte den dankbaren Baronets Tee und Brot.

Rick bekam in seiner Leseecke große, staunende Augen, als er den neuen Mitarbeiter sah.

„Sie haben sehr aufmerksames Personal, Sir. Vielen Dank", sagte der Butler, nahm das frisch gezapfte Ale und brachte es dem Chauffeur, der sich inzwischen angeregt mit Rick unterhielt.

„Das ist Mr Beanstock. Eine Spürnase, sage ich Ihnen, und ein Liebhaber der Krimis von Agatha Christie", sagte der Chauffeur Gonzales. „Der Herr ist Buchhändler, Mr Beanstock. Er liest gerade *Tod auf dem Nil*, kennen Sie das Buch?"

„Die Krimis dieser Dame liebe ich sehr. Sie schreibt wunderbar", sagte Rick.

Beanstock räusperte sich lautstark. Gonzales war heute sehr gesprächig. Er gab dem Mann das Getränk, nickte knapp und gesellte sich dann zu seinen Herrschaften.

„Butler! Man weiß nie, was sie denken. Kennen Sie das?", fragte Gonzales den Buchhändler, der verstehend nickte.

„Die Spezies Butler ist meist verschwiegen. Müssen sie, denke ich, auch sein. Wir haben hier vor Ort auch so einen, aber dieser Mensch ist kein Vergleich mit Ihrem Freund. Manchmal glaube ich, Mr Slander ist gar kein Butler, sondern wohnt einfach im Herrenhaus und lässt es sich gut gehen", berichtete Rick froh, jemanden zum Reden gefunden zu haben.

Nach gut einer Stunde machten sich die Herrschaften wieder auf den Weg. Der Butler bezahlte am Tresen die Rechnung und bedankte sich für die Gastfreundschaft. Barrington sah den Leuten nach, wie sie in den Wagen stiegen. Nach kurzer Zeit wendete der

Bentley und fuhr in Richtung Manchester davon.

Barrington ging sofort nach hinten in die Küche.

Der Junge stand an der Spüle und wusch das Teegeschirr ab. Eigentlich hatte Barrington vor, ihn zurechtzuweisen, weil er ohne seine Anweisung gehandelt hatte. Aber dann sah er das rosige Gesicht des Jungen, sein Lächeln und den Feuereifer, mit dem er arbeitete. Darum behielt er die Ansprache für sich.

„Hast du gut gemacht. Hast es dir also überlegt? Willst du hierbleiben und mir helfen?", fragte er ihn.

Der Junge drehte sich zu ihm um und nickte.

„Aber nur, wenn Rufus auch bleiben darf", sagte er und griff zu einem Geschirrtuch.

„Na klar. Wie heißt du? Ich weiß noch nicht einmal deinen Namen. Mich kannst du Barri nennen."

„Sie müssen mehr Geschirrtücher kaufen. Es ist nur ein einziges da. Wie soll man da vernünftig abtrocknen, wenn das Tuch nach zwei Minuten nass ist? Genug Geschirr haben Sie auch noch nicht und das bisschen, was da ist, passt nicht zusammen. Ich heiße Farlan."

„Nur Farlan? Ein schottischer Name, nicht wahr, kommst du aus Schottland? Ich heiße Brandon mit Nachnamen und du?"

Darauf bekam er natürlich keine Antwort. Farlan war wie ein verängstigtes Tier, das, wenn man es in die Enge trieb, mit Schweigen reagieret oder fauchte. Ein bisschen wie Rufus. Deshalb verstand sich der Junge wohl auch so gut mit dem Kater.

Vertrauen brauchte Zeit. Darüber war sich Barrington klar. Zeit hatte er mehr als genug, scheinbar aber nicht alle Tassen im Schrank, wenn man dem Jungen glauben sollte.

„Das ist kein Problem. Wir bekommen hier im Ort alles, was wir brauchen. Machen wir eine Liste. Ein paar neue Hosen und Hemden für dich würden auch nicht schaden. Deine Kleidung hat schon einiges mitgemacht." Barrington sah an Farlan hinab zu den Füßen.

„Schreiben wir auch Schuhe auf die Liste."

„Meine Sachen sind noch gut", versuchte sich Farlan zu verteidigen und hielt dabei einen langen Riss an seinem Hemd zu.

„Aber wenn du im Pub servieren willst, musst du sehr ordentlich wirken, das ist mal klar", meinte Barrington versöhnlich. Der Junge nickte.

„Stimmt."

Die beiden setzten sich an den Tisch und schrieben auf, was fehlte. Das war eine ganze Menge, aber Barrington gab sich geschlagen. Er hatte das Gefühl, dass dieser Junge viel Ahnung von Gartenbau und Küche hatte. Das konnte ihm nur helfen.

Dann zeigte er ihm das unbenutzte Hinterzimmer, in dem ein großes, breites Sofa und ein Schrank standen. Er hatte es vor ein paar Wochen als eines der letzten Zimmer frisch geweißt und einen bunten Teppich hineingelegt, der vorher in seinem Kinderzimmer im Haus seiner Eltern gelegen hatte.

„Ich benutze das Zimmer nicht. Eigentlich wollte ich es als Büro herrichten, aber diese Arbeiten mache ich lieber draußen im Gastraum. Im Schrank sind Bettwäsche, Decken und Handtücher. Hier unten gibt es ein Bad neben der Küche. Mach es dir gemütlich."

Er fing einen durchdringenden Blick des Katers

auf.

„Ja, und du kannst auch hier schlafen, Rufus. Es sind genug Decken im Schrank. Meinst du, Farlan, dass er mich irgendwann auch mag?"

Der Junge zuckte die Schulter.

„Er mag Sie doch. Sonst hätten Sie schon Kratzer im Gesicht."

„Sag Du, Farlan. Wenn das Rufus´ liebevollstes Gesicht ist, möchte ich nicht sein zorniges sehen."

Barrington ging zurück in den Gastraum, der sich nun zum Abend langsam füllte. Stimmengewirr und Rufe nach dem Wirt waren zu hören.

Die Liste der Verdächtigen wird kürzer

Am nächsten Morgen saß Barrington bereits um acht Uhr in der Küche, schlürfte Kaffee und sah auf seine Liste der Verdächtigen. Den Braumeister konnte er vorerst streichen, wenn es stimmte, dass der Mann im Rollstuhl saß. Allerdings legte er ihn noch nicht ganz weit weg. Der Mann hätte ja auch jemanden mit dem Mord an Mrs Hoskins beauftragen können. Sie konnte noch nicht lange tot in der Villa gelegen haben. Anders stand es um den alten Hoskins. Der hatte wahrscheinlich sehr lange im Cider gelegen. Dass beide Morde zusammenhingen, sollte ja wohl inzwischen auch dem dümmsten Pubwirt klar geworden sein.

Zuerst erschien der Kater aus dem Nebenraum, reckte und streckte sich und setzte sich neben Barringtons Stuhl. Rufus sah ihn aus seinen undurchdringlichen grünen Augen erwartungsvoll an.

„Wie finde ich denn das? Gestern hast du mich angefaucht und heute willst du von mir etwas zu futtern. Ist ja gut!"

Barrington stand auf und sah in den Kühlschrank. Es musste dringend eingekauft werden. Er nahm den Rest vom Thunfisch. Das war auch schon die letzte Dose gewesen. Er schüttete den Fisch in eine Schale und stellte sie dem Kater hin, der sich sofort darüber hermachte.

„Danke, lieber Barri", sagte Barrington und schmunzelte.

Etwas verschlafen und mit einem Handtuch über der Schulter erschien Farlan in der Küche. Er gähnte ausgiebig.

„Farlan, ich fahre jetzt kurz nach Brams, etwas überprüfen. Dann kaufe ich im Dorf auch gleich die Sachen ein, die wir brauchen. Du hältst hier die Stellung."

„Meinen Sie, dass es gut ist, sich in die Polizeiangelegenheiten einzumischen?", fragte der Junge nach einem weiteren Gähnen.

„Woher weißt du das schon wieder? Wie lange bist du eigentlich schon hier in der Nähe der alten Brauerei? Hast du vielleicht etwas gesehen, was Licht ins Dunkel bringen könnte? Du musst verstehen, ich kann das nicht auf sich beruhen lassen. Es betrifft meinen neuen Pub und wirft ein dunkles Licht darauf. Das ist nicht gut fürs Geschäft. Warum sollte ich mich nicht ein bisschen umhören?"

Der Junge dachte nach.

„Nein, gesehen und gehört habe ich nichts. Ich bin erst hier angekommen, als Sie bereits mit dem Umbau angefangen hatten. Hab´ mich draußen im alten Schuppen versteckt. Entschuldigung", sagte er kleinlaut und wuschelte durch sein verfilztes Haar.

„Du, sag bitte du, Junge. Sonst komme ich mir so alt vor. Wir müssen etwas mit deinem Haar machen. Was meinst du? Und was ist das für ein Schuppen, von dem du sprichst?"

Farlan verdrehte genervt die Augen.

„Sie ... du hast eine alte Brauerei gekauft, hast keine Ahnung von Küche und Obstbaum und weißt noch nicht mal, dass hinten zwischen den Bäumen eine alte Scheune steht. Da drin gammeln sogar noch eine alte Obstpresse, ein Haufen Flaschen und so Kram vor sich hin."

„Ich kenne mich mit Cider, Whisky und Holz aus!", rief Barrington und lachte. „Ich fahr erst mal los. Du machst dir selbst ja ein besseres Frühstück, als ich es jemals fertigbringen werde. Bis nachher. Später sehen wir uns mal die alte Scheune an, okay?"

Farlan nickte und ging nach nebenan ins Bad.

Barrington stieg vor dem Pub in seinen alten Defender und startete den Motor. Den Wagen hatte er seit fünf Jahren. Das feste Dach und der robuste Motor hatten ihn damals sofort überzeugt. Und er war preiswert gewesen. Da hatte er einfach zugreifen müssen. Seiner Mutter hatte die Farbe nicht gefallen. Sie hatte gemeint, mit diesem Armeegrün würde er zwar im Wald nicht auffallen, aber es würde zu sehr nach Armee aussehen. Vor ein paar Wochen hatte ihm sein Freund, der Maler, einen Apfel und den Namen des Pubs auf die seitlichen Türen gemalt. Das sah sehr gut aus. Und dabei störte das Grün gar nicht.

Barrington liebte diesen Wagen. Mit ihm konnte man sogar über die verschlungenen Waldwege brettern, ohne dass etwas passierte. Mal abgesehen von den Schimpfkanonaden der alten Kräuterhexe Chervil, die ihm Verwünschungen nachrief, wenn er ihrem Haus zu nahe kam und ihre Hühner aufscheuchte.

Nun war er auf dem Weg nach Brams. Der Nebenort von St. Applewood war etwas größer und hatte sogar ein richtiges Postgebäude. Damit konnte St. Applewood noch nicht punkten, aber man war mit der Arbeit des Mr Smith sehr zufrieden.

Er fuhr auf der Hauptstraße durch den kleinen Ort und hielt sich dann links. Nach fünf Minuten kam das Heim in Sicht, dem ein wahrer Witzbold, als es damals von einem halb verfallenen Herrenhaus in eine Seniorenresidenz umgebaut worden war, den klangvollen Namen *Sunny Palm* gegeben hatte. Das graue Gebäude machte nicht den Eindruck von sonnenbeschienenen Palmen. Die Blumentröge vor der Tür waren von Unkraut überwuchert und aus dem ungepflegten Rasen ragten verrottete Holzbänke hervor. Barrington setzte seine ganze Hoffnung auf das Innere des Hauses.

Er parkte den Wagen, stieg aus und ging auf die Eingangstür zu. Die große, breite Eichentür flog auf und eine Dame kam auf ihn zugelaufen. Sie hatte ein Gesicht wie eine verschrumpelte Rosine, war hager und groß und trug ein braunkariertes unscheinbares Kostüm. Das dünne Haar hatte sie streng nach hinten gekämmt und zu einem dürren Knoten geschlungen.

„Sind Sie der Gärtner von der Agentur? Warum kommen Sie so spät? Sehen Sie sich an, wie die Außenanlagen aussehen. Das ist absolut indiskutabel. Wir warten seit Wochen auf Ihr Kommen!" Die Dame hatte sich in Rage geredet und bekam rötliche Flecken auf den Wangen.

„Nein, das bin ich leider nicht. Mein Name ist Brandon, ich komme aus St. Applewood und möchte Mr Tool besuchen. Es tut mir sehr leid."

Das Gesicht der Dame wurde noch etwas mehr zu

einer faltigen Rosine. Die Enttäuschung war mit Händen zu greifen.

„Wie schade." Sie atmete tief ein und aus.

„Gehen Sie hinein, durch die Vorhalle, in den hinteren Salon. Dort hält sich Mr Tool um diese Zeit auf. Sind Sie ein Verwandter? Wenn ja, vielleicht versuchen Sie dem alten Herrn einmal zu erklären, dass er nicht nackt durch die Flure laufen sollte. Er erschreckt unsere Damen. Ich kann keinen Tee servieren. Wenn Sie etwas möchten, melden Sie sich in der Küche", sagte die Dame, die, vermutete Barrington, wahrscheinlich die Leiterin des Seniorenheims war.

Barrington nickte ihr zu und ging durch die offene Tür in das Haus.

Einen kurzen Moment sah er sich in der großen Eingangshalle um. Die Einrichtung hatte man sicher vom Vorbesitzer übernommen. Es gab neben einem breiten Empfangstresen aus dunkler Eiche dunkelgrüne, fadenscheinige Plüschsessel und dunkle Holztische, auf denen Keramikvasen mit Plastikrosen standen, in der Annahme, so etwas Farbe in die dunkle Einrichtung zu bringen. Es gelang nicht wirklich.

Barrington ging weiter und betrat durch eine Doppeltür den Salon. Auch hier gab es eine Menge dunkler Möbel, aber durch die hohen, breiten Fenster konnte man in den hinteren Garten sehen und allein das hellte die Stimmung auf.

Vor einem großen, fast schwarzen Kamin standen zwei Ohrensessel und aus dem einen der beiden lugten nackte Beine in karierten Pantoffeln hervor. Über der Lehne des anderen Sessels hingen Kleidungsstücke. Sonst saß niemand im Salon.

81

Barrington konnte sich bereits denken, dass er den gesuchten Mr Tool gefunden hatte. Er traute sich kaum, den Mann anzusprechen. Er bewegte sich langsam auf den Sessel zu und schaute vorsichtig hinein. Immer bemüht, möglichst in Augenhöhe zu schauen.

Tatsächlich saß dort im Sessel ein splitternackter Herr, nur mit Pantoffeln bekleidet und schien quietschvergnügt zu sein. Auf seinem Schoß lag ein großes Buch, das Barrington als Teil einer Enzyklopädie erkannte. Neben dem Kamin gab es Bücherregale, in denen noch mehrere Bände dieser Lexika standen.

Der alte Herr sah von seiner Lektüre auf und blickte Barrington durch seine runde Brille an.

Barrington räusperte sich.

„Na, junger Mann? Wollen Sie mich besuchen? Das ist ja wunderbar!", rief Mr Tool und klappte das Lexikon mit einem Knall zu.

„Könnten Sie sich vorher etwas anziehen, Sir? Wie wäre es, wenn ich Ihnen diese schöne warme Hose rüberreiche, die auf dem Sessel liegt?"

Mr Tool lachte schallend.

„Na gut, Jungchen, weil du mich besuchen kommst. Sonst kommt nämlich niemand zu mir und da muss ein Mann, der in die Jahre gekommen ist, sich etwas ausdenken, um ein bisschen Spaß zu haben. Na, dann gib die Hose schon her. Ohne meinen Enkel könnte ich gar nicht hier sein. Ist eine große Nummer in Glasgow. Möchte nicht wissen, womit er sein Geld verdient. Aber er bezahlt seinem alten Opa das Altenheim. Damit es nicht so schlimm klingt, nennen sie es jetzt Seniorenresidenz. Lachhaft. Mit meinem gesparten Geld könnte ich das nicht stemmen. War ja nur Hausmeister."

Barrington reichte ihm die Hose und der alte Mann streifte sie über. Eigentlich schien er mit seinen neunzig Jahren noch sehr gut zurechtzukommen.

Barrington gab ihm auch noch das Hemd und half ihm, es überzuziehen. Er knöpfte es ihm sogar zu, damit es schneller ging.

„Ist es so nicht besser? Sie müssen frieren, ist doch Winter, Sir. Ich habe die Leiterin des Hauses draußen getroffen und sie bat mich, Ihnen mitzuteilen, dass Sie die Damen erschrecken. Meinte Sie damit sich selbst, die Angestellten, die Bewohner oder alle zusammen?"

„Setz dich, Jungchen, setz dich!", sagte Mr Tool kichernd. „Die Fortescue, unsere Hausdame, hat immer etwas zu meckern. Ich will dir mal eins sagen, wenn ich nicht ab und zu mal rumlaufen würde, wie der Herr mich geschaffen hat, dann hätten die Damen hier im Heim überhaupt nichts zu lachen. Und außerdem habe ich dann den Salon ganz für mich allein und kann lesen. Sie könnten ja auch mal Feuer im Kamin machen, aber dafür sind die Herrschaften zu geizig. Nun sag mir erst mal, wer du bist, oder kenne ich dich etwa und habe es vergessen?"

Barrington lächelte über den Schabernack des alten Herrn. Er verstand ihn gut.

„Mein Name ist Brandon, ich bin der Sohn von Fred Brandon. Sagen Sie Barri zu mir."

Mr Tool nahm seine Brille ab und kam Barrington näher.

„Na klar, der Sohn vom alten Fred, du bist der mit den vielen Vornamen. Was haben wir gelacht, als du geboren bist. Kann mich gut daran erinnern. Was willst du denn hier?"

„Ich habe in der alten Brauerei einen Pub eröffnet. Vielleicht haben Sie gehört, dass man dort eine Leiche gefunden hat."

Mr Tools Miene verdüsterte sich, aber nur kurz, dann kam das schelmische Grinsen zurück.

„Klar habe ich davon gehört. Wir sind doch hier nicht hinterm Mond. Ich kann immer noch die Zeitung lesen, mein Junge. Weiß man denn nun, wer der arme Kerl war, der im Cider tief tauchen wollte?"

Barrington schüttelte den Kopf.

„Nicht offiziell. Sir, können Sie sich an irgendetwas Ungewöhnliches in den letzten Tagen der Brauerei erinnern? Sie waren einer der Letzten, der gegangen ist. Kennen Sie vielleicht den Namen des Mannes, der Mrs Hoskins schöne Augen gemacht hat? Ich war bei Miss Porter und sie konnte sich daran erinnern, aber nicht an den Namen."

Mr Tool lehnte sich im Sessel zurück und schloss die Augen.

Er wird doch jetzt nicht einschlafen, dachte Barrington.

„War ein aalglatter Kerl. Hatte einen riesigen Schnauzbart. Das kann ich dir sagen. An seinen Namen erinnere ich mich nicht. Ich kann mich nur noch an den Vorfall mit den Wattsbrüdern erinnern, das war ´ne Sache!" Mr Tool riss die Augen auf und lachte ausgiebig. Barrington musste lächeln.

„Davon habe ich auch schon gehört. Was ist mit Warren Smith? Erinnern Sie sich da an etwas oder wissen Sie, wo er vielleicht sein könnte?"

„Warren Smith? Warren Smith! Das war doch der

84

junge Kerl, der Braumeister werden wollte. Versuch es mal bei der roten Bridget, warst du schon bei der? Ich glaube, die wohnt in ... keine Ahnung."

„Wer ist die rote Bridget?", fragte Barrington verwirrt.

„Wir haben sie nur so genannt, weil sie feuerrotes Haar hatte. Sie hing ständig an Warrens Rockzipfel. Ist oft in die Brauerei gekommen. Mr Hoskins hat ihr schließlich Hausverbot erteilt, weil sie die Leute vom Arbeiten abgehalten hat. Sie war ein heißer Feger, kann ich dir sagen. Sean Watts hat sich deshalb mit Warren geprügelt. Sean hatte ein Auge auf die rote Bridget geworfen."

„Aber ich dachte eigentlich, dass Sean Watts mit Milly verheiratet war, die auch in der Brauerei gearbeitet hatte."

Mr Tool winkte ab.

„Ach, die alte Milly war doch auch keine Kostverächterin. Aber nein, die war doch mit Sam, Seans kleinem Bruder, verheiratet. Da hat Miss Porter etwas durcheinandergebracht. Kein Wunder, Bridget war 'ne Marke, sage ich dir."

„Dann muss ich mir wohl mal die Wattsclique ansehen. Sie wohnen, meinte Miss Porter, immer noch auf einem alten Bauernhof in der Nähe von Brams."

Mr Tool wurde mit einem Schlag ernst.

„Das solltest du lassen, Junge. Mit denen ist nicht zu spaßen und ich weiß genau, dass die damals aus der Brauerei Cider geklaut haben. Der alte Hoskins hat's ihnen auf den Kopf zugesagt und daraufhin haben sie ihm mit Prügeln gedroht. Die sind gefährlich. Lass es doch ganz sein und besuche mich lieber mal wieder.

Würde mir sehr leidtun, wenn dir etwas zustößt."

Dann kam sein fröhliches Lachen zurück.

„Der Sohn vom alten Fred Brandon, ist das zu fassen!"

Barrington unterhielt sich noch eine ganze Weile mit dem alten Herrn. Ihn konnte er nun wirklich von der Verdächtigenliste streichen. Dann stand er auf und verabschiedete sich.

Als er an der Tür zum Salon stand und sich noch einmal umsah, lag die Hose bereits wieder auf dem Sessel und nackte Beine lugten hervor. Barrington schüttelte lächelnd den Kopf. Er hatte sein Bestes getan.

Um zum Bauernhof der Familie Watts zu fahren, war es zu spät. Zuerst musste er herausbekommen, wo sich dieser Hof befand. Er musste sich um seinen Pub kümmern. Die Einkäufe waren dran.

Zurück in St. Applewood, stoppte er den Wagen vor dem Landwarenladen der Familie Smith.

Als er die Tür zum Laden öffnete, erklang das bekannte Dingdong. Mrs Smith stand an einem der Regale und stellte Marmeladengläser hinein.

„Morgen, Selma, ich brauche einige Dinge."

Er legte seine Liste auf den Tresen.

Selma Smith, die Besitzerin des Landwarenladens, warf einen Blick auf die Liste. Dann sah sie Barrington fragend an. „Die Hose und das Hemd werden dir nicht passen und die Schuhgröße, die du haben willst, ist auch viel zu klein für dich", sagte sie zweifelnd.

In diesem Moment erklang das Dingdong erneut, und die Schwestern Pullman erschienen, aufgehübscht wie zu einem Besuch bei der neuen, blutjungen Queen Elizabeth II., mit Hut, Regenschirm und Tasche.

Das hat mir gerade noch gefehlt, dachte Barrington, aber dann erschien auch noch Frau Pfarrer Hester Clement im Laden. Barrington verdrehte die Augen.

Die Pfarrersfrau hatte mit ihren übergroßen Ohren natürlich den letzten Satz gehört und sah nun ihrerseits Barrington fragend an. Ihre stechenden Augen schienen ihn zu durchleuchten.

„Haben Sie Besuch, Mr Brandon?"

„Ich habe einen neuen Angestellten und der benötigt einige Dinge, die ich ihm mitbringen werde. Niemand, der für Ihre Frauengruppe interessant wäre, es handelt sich um einen jungen Mann." Barrington ärgerte sich im selben Moment über sich selbst, dass er wieder mal auf diese Frau hereingefallen war und viel zu viel erzählt hatte. *Das geht die alte Krähe doch gar nichts an*, dachte er.

„Nun, jedes neue Mitglied unserer Gemeinde ist in unserer Kirche willkommen", erklärte die Pfarrersfrau und die Geschwister Pullman nickten dazu lächelnd im Takt.

Mrs Smith sah dem Treiben mit verschränkten Armen zu.

„Was darf's sein, Mrs Clement?"

„Bedienen Sie doch erst unseren lieben Pubwirt", kam es prompt lauernd von der Pfarrersfrau. Mrs Smith war durchaus klar, dass die Dame mit anhören wollte, was Barrington kaufen würde. Der Pub war ihr ein Dorn im Auge. Diese Zurschaustellung alkoholischer Getränke, die nur dazu diente, den christlichen Glauben zu verhöhnen, und ihre Gemeindemitglieder zu den schlimmsten Exzessen trieb, musste unterbunden werden. Das meinte jedenfalls Mrs Clement.

Mrs Smith sah die Pfarrersfrau unverwandt an.

„Das dauert länger, ich muss noch Dinge von hinten holen und mein Mann ist mit der Post unterwegs. Barrington, schau dich doch schon mal im Nebenraum bei der Kleidung um. Da findest du sicher etwas. Ich bediene inzwischen die Damen", erklärte sie mit Nachdruck und sah die drei fragend an.

„Nun gut, ein Pfund Mehl und ein Pfund Butter. Der Herr Pfarrer braucht seine Scones", antwortete Mrs Clement und bedachte die Ladenbesitzerin mit einem Blick, der Kinder zum Weinen bringen könnte.

Die Geschwister Pullman hatten es plötzlich sehr eilig. Mrs Smith wusste genau warum.

„Braucht Ihr heute nichts?", rief sie den beiden nach, die bereits die Hände nach der Klinke der Ladentür ausstreckten.

„Haben wir doch vergessen, unseren Willi zu füttern. Wir kommen später noch einmal." Damit verschwanden die beiden durch die geöffnete Tür und lösten das altbekannte Dingdong aus. Willi war ihr Wellensittich.

Mrs Clements Augen wurden zu Schlitzen. Während sie bezahlte, sah sie den Pullman-Schwestern nach, wie sie am großen Schaufenster vorbeigingen. Sie stritten und sahen immer wieder einmal zurück zum Laden.

„Haben die Pullmans wieder alkoholische Getränke bestellt?", fragte sie die Ladenbesitzerin. Dabei schielte sie auf Barringtons Einkaufsliste, die immer noch auf dem Tresen lag. Mrs Smith drehte das Papier mit Schwung um.

„Nicht, dass ich wüsste, hier Ihr Wechselgeld, guten Tag", sagte Mrs Smith mit Nachdruck und bekam den nächsten bösen Blick von der Pfarrersfrau.

Endlich verließ die Dame den Laden und Barrington im Nebenzimmer atmete auf. Er sah vorsichtig um die Ecke. Sie war fort.

Lächelnd ging er zum Tresen, legte zwei Hosen und zwei karierte Hemden darauf. Dazu stellte er noch ein Paar dunkelbraune Schnürschuhe.

„Es wird ziemlich kalt. Vielleicht bekommen wir bald Schnee, oder Selma?", fragte er, während er die anderen Dinge von der Liste dazulegte. Mehl, Zucker, Butter, verschiedene Käsesorten, zwei große Laibe frisches Brot, Marmelade, Clotted Creme, Chutneys, Relishs, verschiedene Gewürze und vier verschiedene Teesorten. Barrington schwirrte der Kopf. Was hatten er und Farlan da alles aufgeschrieben? Das war noch lange nicht das Ende der Liste.

„Das ist aber ´ne ganze Menge, mein Junge. Willst du alles gleich mitnehmen oder soll mein Mann dir die Dinge bringen?"

Barrington überlegte und sah zweifelnd in seine Geldbörse.

„Ich glaube, ich nehme die Kleidung mit und den Rest bringt mir George. Kann ich dir das Geld morgen geben? Ich muss erst zur Bank nach Lintie fahren", sagte Barrington.

„Klar doch. Ich schreib´s bis morgen an. Und die Kleidung brauchst du nicht bezahlen. Gib uns dafür ein paar Flaschen Cider, was denkst du über diese Abmachung?", fragte die Ladenbesitzerin.

„Du bist eine Perle, Selma. Nur noch eine kurze Frage", sagte er, während Selma die Kleidungsstücke in eine große Papiertüte packte.

Selma nickte.

„Hast du etwas von deinem Bruder gehört in letzter Zeit? Ich habe mit Miss Porter geredet und sie erwähnte, dass es dir nicht gut geht, weil er verschwunden ist. Stimmt das? Es tut mir sehr leid."

Selma wurde ernst und eine Träne kullerte über ihre Wange.

„Warren ist damals so schnell ohne ein Wort verschwunden. Niemand hat das verstanden. Ich habe vor zehn Jahren eine Karte aus Dublin bekommen. Seitdem nichts mehr. Dieser verdammte Dummkopf! Hat sich am letzten Tag vor seiner Entlassung mit dem Braumeister überworfen. Dieser alte Miesepeter Tom Walter hat den Jungen nur ausgenutzt. Wollte ihm kein Zeugnis geben und der alte Hoskins war nicht besser. Na, Mr Walter hat seine Strafe bekommen, sitzt im Rollstuhl und muss gepflegt werden. Und dann die Sache mit der roten Bridget, diesem Flittchen!", rief Mrs Smith. „Das war vielleicht zu viel für ihn und er wollte einfach nur fort. Aber er hätte mir doch wenigstens Lebwohl sagen können, oder?"

Barrington nickte.

„Tut mir sehr leid Selma."

Er nahm die Tüte mit der Kleidung und verließ den Laden mit dem altbekannten Dingdong an der Tür.

Nachdem er die Tüte in den Defender gelegt hatte, ging er zu dem kleinen Wollladen, der gleich neben dem Landwarenladen der Smiths war. Die Schwestern Pullman standen am Schaufenster und schienen in eine heiße Diskussion vertieft zu sein.

Als Barrington sie grüßte, bekamen die beiden einen ordentlichen Schreck. Wahrscheinlich hatten sie die Pfarrersfrau vermutet. Er überlegte, ob es ein guter Zeitpunkt wäre, die beiden Schwestern nach ihrem alten Job bei den Hoskins zu fragen. *Dieser Moment ist so gut wie jeder andere*, sagte er zu sich.

„Ladys? Darf ich Euch etwas fragen? Ich glaube, dass Ihr in der Villa des Ehepaars Hoskins gearbeitet habt. Ist das richtig?", fragte er.

Die beiden Schwestern fühlten sich durch die Anrede Lady geschmeichelt und nickten lächelnd.

„Ich war Hausmädchen und Petunia hat für die Herrschaften gekocht. Das ist nun schon so lange her. Warum willst du das wissen, Barrington Brandon?", fragte Hortensia, die ihn zwar duzte, aber trotzdem mit vollem Namen ansprach.

„Können Sie sich vielleicht an einen jungen Herrn erinnern, der der Dame des Hauses näherkam, als erlaubt gewesen wäre? Ein ...", Barrington traute sich nicht, vor den unschuldigen Schwestern mehr zu sagen.

„Du meinst einen Galan, einen Liebhaber, einen, der sich nachts zu der Geliebten schleicht und hinter dem Rücken des gehörnten Ehemannes Unzucht treibt?", fragte Hortensia.

Barrington schluckte einen Kommentar hinunter. Die beiden Schwestern hatten es scheinbar faustdick hinter den Ohren und taten nach außen immer nur so jüngferlich unwissend.

„Genau das meinte ich", sagte Barrington.

„Nun, da gab es schon jemanden. Aber der schlich

91

immer nur herum, wenn der Chef nicht da war, und gesehen haben wir ihn kaum", sagte Hortensia.

„Er hatte einen riesigen Schnauzbart, igitt, diese haarigen Männer mit ihrem Haar im Gesicht und diese Zurschaustellung ihrer Muskelmasse, mit diesen verschwitzten ..."

Hortensia unterbrach den Redeschwall ihrer Schwester Petunia mit einem lauten Räuspern.

„Nun, eben ein Kerl. Wir wissen da nicht viel. Die Dame war sehr diskret und wir mussten ständig aufpassen, dass sie uns nicht rauswarf. Was für eine Hexe!", rief Petunia. „Wir müssen nun gehen, mein Lieber. Wir haben noch etwas Wichtiges im Laden von Selma Smith vergessen. Hast du zufällig gesehen, ob Mrs Clement, Frau Pfarrer, schon gegangen ist?", fragte Hortensia lauernd.

„Sie muss Scones für ihren Herrn und Meister backen, meinte sie und ist gegangen. Ihr könnt ohne Gefahr zurückgehen und Eure Medizin kaufen", sagte Barrington grinsend.

Die beiden Schwestern wurden tatsächlich rot und liefen schnurstracks zurück zum Landwarenladen.

Es hatte zu schneien begonnen. Dicke weiße Flocken tanzten in der Luft vor Barringtons Augen.

The Fluffy Woolcave stand auf einem hübschen Schild über dem runden Schaufenster. Barrington erkannte die Handschrift des Malers Richard Tabbs.

Er betrat den kleinen Laden und fühlte sich sofort wohlig warm. Wollknäuel, wohin das Auge sah. An den hübschen weißen Regalen hingen Pullover in allen Farben des Regenbogens, Tücher in vielen Größen und Farben, lange und kurze Schals, einer davon so bunt, dass ihm schwindlig wurde, Jacken mit ausgefallenen Mustern und inmitten des ganzen wolligen Reiches saß Mrs Raelyn McNeedle in ihrem großen, mit einer bunten Patchworkdecke belegten Ohrensessel und arbeitete an etwas, das eine Decke zu sein schien. Sie war hoch konzentriert und die Nadel huschte wie ein wildgewordener schottischer Waldkobold durch die Wolle. Barrington wurde vom Zusehen schwindlig.

„Hei, Raelyn, das sieht ja toll aus, was du da ... was machst du?", fragte er.

„Häkeln, mein Lieber, häkeln. Wie oft ich dir das schon gesagt habe. Ich habe mir von meiner Tante diese wunderbare hellblaue Shetlandwolle schicken lassen. Das wird eine Stola, das Muster ist nicht einfach, da muss man sich höllisch konzentrieren."

„Hast du Sehnsucht nach den Shetlands?", fragte Barrington.

Raelyn sah ihn lächelnd an.

„Ich vermisse sie schon manchmal. Vor allem die wunderschöne Landschaft. Aber den vielen Regen, die Stürme und den dauernden Nebel vermisse ich nicht wirklich. Ich bin damals wegen meinem Ian hierhergekommen und habe es nie bereut. Was kann ich denn heute für dich tun?"

„Hast du Strickstrümpfe da? Es wird ganz schön kalt da draußen. Ich brauche Größe acht und zehn. Vielleicht nicht zu bunt", sagte er mit einem Seitenblick auf den langen kunterbunten Schal, der am Regal hing.

„Das war eine Auftragsarbeit von einem Kunden aus Edinburgh. Er wollte so viele Farben. Sehr seltsam. Ich bin mir gar nicht sicher, ob ihm dieser bunte

Schal gefallen wird. Aber er muss es ja wissen. Jetzt sehen wir mal, was wir für dich tun können."

Mrs McNeedle sah Barrington nachdenklich an.

„Zwei verschiedene Strumpfgrößen? Meinst du, deine Füße laufen im Verlauf des Winters ein?"

„Nummer acht ist für einen Freund. Hast du etwas da?"

Mrs McNeedle legte ihr Häkelzeug zur Seite und ging zu einem der Regale.

„Wollen mal sehen. Wie wäre es mit dunkelgrün? Die sind weich und aus der guten Wolle unserer eigenen Cheviot-Schafe."

Barrington nickte.

„Wenn es geht, auch noch eine Mütze, aber das Geld kann ich dir erst morgen bringen."

„Das ist kein Problem. Ich kann dir eine machen. Ich habe hier schöne weiche Wolle in Dunkelgrün. Was denkst du? Das ist nicht so teuer wie die Shetlandwolle. So eine Mütze hat mein Mann auch bekommen und wir haben sie *Shepherd's Hat* getauft."

Barrington nickte.

„Nett von dir, Raelyn. Ich komme morgen und zahle, wenn es dir recht ist."

Ein Mädchen öffnete die Ladentür des Wollladens und kam herein. Sie hatte eine Schulmappe auf dem Rücken und eine riesengroße, orange getigerte Katze auf dem Arm.

„Bonnie, wo hast du sie gefunden?", fragte Mrs McNeedle und verschränkte genervt die Arme. Bonnie war ihre zehnjährige Tochter, hatte bräunliches lockiges Haar und kam gerade von der Schule.

„Sie spazierte einfach durch unseren Speiseraum.

94

Sie hatte wieder etwas in der Küche geklaut, das Fell war ganz mit Creme verschmiert. Mrs Portman war sauer, kann ich dir sagen. Das war das vierte Mal in diesem Monat, dass sie sich einschleicht und die Küche plündert", berichtete das Mädchen. Sie sah während ihrer Erzählung gar nicht so traurig aus, fand Barrington.

„Wieso bist du schon so früh zu Hause?", fragte Mrs McNeedle ihre Tochter.

„Ich durfte die Katze nehmen und früher gehen", sagte Bonnie freudestrahlend. „Gute Gibbie!" Bonnie streichelte den Kopf der Katze, die wohlig schnurrte.

Raelyn McNeedle brummte und schüttelte den Kopf. Die Katze ließ sich von dem Gespräch nicht beeindrucken und hing warm und sicher auf dem Arm des Mädchens.

Barrington verabschiedete sich, nahm die Tüte mit seinen Sachen und verließ den Laden.

Im Pub angekommen, hatte Mr Smith bereits die bestellten Lebensmittel geliefert. Farlan stand in der Küche und war beschäftigt, alles in Kühlschrank und Speisekammer unterzubringen.

„Mr Smith war also schon hier? Das ging schnell. Dann wird das Dorf innerhalb der nächsten Stunde wissen, dass ich einen neuen Mitbewohner habe. Ich kann mir denken, dass Selma Smith ihren Mann sofort in die Spur geschickt hat, damit er die Neuigkeiten nach Hause bringen kann. Bin gespannt, wann Frau Pfarrer hier aufschlägt. Vor der musst du dich vorsehen. Die ist nicht nur einfach neugierig, die ist furchtbar neugierig", erklärte Barrington seinem neuen Angestellten. Dann reichte er ihm die Kleidungsstücke und Farlan lief in sein Zimmer.

Nach zehn Minuten erschien in der Küche ein ganz neuer junger Mann. Nur das wirre Haar passte noch nicht zu Farlan, der rote Wangen hatte und lächelte. „Vielen Dank, Mr Barrington."

„Nur Barri, mein Bester. Siehst gut aus. Was machen wir mit deinem Haar?", fragte er.

„Da kann ich helfen", sagte jemand, der in diesem Moment durch die offene Küchentür trat.

„Mom, du kommst wie gerufen. Darf ich dir meinen neuen Mitarbeiter, Farlan, vorstellen?"

Norma Brandon reichte Farlan die Hand.

„Das ist schön, dass du endlich eine Hilfe gefunden hast. Hab´s von den Schwestern Pullman. Sie waren vor einer halben Stunde beim Doktor und hatten wieder eine ganze Menge zu erzählen. Ich hoffe, ihr beiden kommt zurecht. Na, dann hol mir mal eine Schere und einen Kamm, Barri." Mrs Brandon drehte inzwischen den Jungen hin und her und besah sich die Bescherung.

„Da müssen wir am besten alles Verfilzte herausschneiden. Bist du in den letzten Jahren nicht beim Friseur gewesen?" Mrs Brandon schüttelte den Kopf.

Sie drückte den Jungen auf einen Stuhl und begann zu arbeiten.

„Das Essen muss weiter ausgepackt werden, ich habe eigentlich gar keine Zeit", protestierte Farlan.

Aber Norma Brandon war unerbittlich.

„Ich kann dich auch festbinden, wenn es nichts hilft, halte still!", rief sie.

Rufus kam aus dem Zimmer nebenan hereinspaziert. Er setzte sich zu seinem Freund Farlan und sah mit interessierten Augen auf das fallende Haar. Seine Pfote schnellte ab und zu hervor und spielte mit den Strähnen. Zumindest der Kater war zufrieden.

Barrington nahm sich den nächsten Karton vor, in dem es klapperte und klirrte.

„Vorsicht, das ist sicher das Geschirr!", rief Farlan und Selma hätte fast eine Strähne zu viel abgeschnitten.

Barrington nahm Teller, Tassen, Untertassen, Teekannen, Milchkännchen und noch einiges mehr aus dem Karton. Alle Dinge waren aus guter, robuster Keramik, cremefarben mit einer aufgemalten schottischen Distel.

„Was haben wir denn da alles bestellt? Vor allem, wann habe ich das bestellt? Stand das auf der Liste? Wie soll ich das denn alles bezahlen? Der Junge ruiniert mich."

„Mrs Smith rief hier im Pub an, da warst du noch nicht wieder zurück. Und sie hat gefragt, wie viel Geschirr und ob es Keramik sein darf, davon hätte sie noch eine ganze Menge von einer Haushaltsauflösung für einen guten Preis", sagte Farlan und sah hilfesuchend zu Norma Brandon.

„Ist ja schon gut. Sieht ja auch gut aus, das Zeug", sagte Barrington und stellte die Dinge weiter in den großen Küchenschrank.

Norma Brandon trat, noch mit der Schere in der Hand, von Farlan zurück.

„Na, was sagt ihr?", fragte sie.

Farlan sprang auf und lief in das angrenzende Bad, um den Spiegel zu befragen.

Er grinste breit, als er zurückkam.

„Na bitte. Ich lasse die Herren jetzt mal allein. Die Sprechstunde geht in zehn Minuten weiter. Bis später", sagte Norma und verließ den Pub.

Am Nachmittag war Farlan im Gastraum beschäftigt. Er hatte sich einen Eimer und Lappen geholt und wischte die Tische ab. Vorher hatte er einen Korb genommen und mit Äpfeln gefüllt. Der stand nun auf dem Tresen. Der Junge hatte gemeint, wenn der Pub diesen Namen hatte, sollte es auch frische Äpfel geben.

Er brauchte dem Jungen nicht viel zu erklären, hatte er den Eindruck. Es schien ihm fast so, als hätte Farlan früher einmal in einem Pub gearbeitet. Aber er wollte ihn nicht drängen, etwas aus seiner Vergangenheit zu erzählen. Das würde er von ganz allein irgendwann tun.

Barrington sah dem Jungen eine Weile vom Tresen aus zu, auf dem er seine Geschäftsbücher aufgeschlagen hatte. Seufzend blickte er wieder in seine Bücher und überschlug, was ihn der ausgiebige Einkauf bei Mrs Smith gekostet hatte.

Rufus, der schwarze Kater, war bereits in seinem neuen Leben angekommen, saß im breiten Fensterbrett eines der hohen Fenster, putzte sich ausgiebig und ließ sich die Sonne auf den Bauch brennen.

Barrington schlug das Buch zu und holte von einem Stuhl in der Küche seine dicke Jacke.

„Farlan, ich fahre jetzt nach Lintie. Ich muss Geld von der Bank holen und will mich danach im Nachbarort Brams nach einigen Leuten erkundigen. Bis zur Öffnung bin ich wieder da. Ich nehme gleich mal einen Karton Cider für Mrs Smith mit."

98

„Aye!", rief der Junge nur.

Nachdem er Mrs Smith den Cider als Bezahlung für die Kleidung geliefert hatte, fuhr Barrington weiter.

Lintie lag gut eine halbe Stunde entfernt. Ganz in der Nähe lag der Loch Tummel, ein großer Süßwassersee mit bewaldeten Ufern. Barrington war als Kind mit seinem Vater zum Angeln hierhergekommen. Er erinnerte sich gern an diese Vater-Sohn-Ausflüge, die immer von einem reichlich gefüllten Picknickkorb begleitet wurden.

Die Kleinstadt Lintie war aus demselben grauen Granit gebaut wie St. Applewood. Entlang der Straße reihte sich ein Cottage an das andere. Erst zum Stadtzentrum hin wurden die Häuser größer. In der Mitte der Stadt gab es eine Filiale der Royal Bank of Scotland, bei der Barrington ein Konto hatte. Er parkte den Defender gegenüber und stieg aus.

Neben der Bank waren hier auch ein Theater, ein Hotel und verschiedene kleine Geschäfte zu finden. Ladenbesitzer hatten ihre Angebotstafeln auf den Gehsteig gestellt, eine Mutter mit Einkaufskorb am Arm zog ihren kleinen Jungen hinter sich her, der absolut keine Lust hatte, ihr zu folgen, und vor sich hin meckerte, und ein Postbote wühlte in seiner dicken Posttasche nach Briefen. Es war eine sehr belebte Kleinstadt.

Nachdem Barrington die Bank mit seinem Geld wieder verlassen hatte, sah er sich kurz am Theater den Spielplan an. Hamlet wurde gegeben und am Samstag in zwei Wochen kündigte man die Premiere einer Kriminalkomödie an. Das war interessant. Vielleicht würde er Zeit für einen Theaterbesuch finden. Als er noch mit dem Finger auf dem Spielplan hoch- und runterfuhr, bemerkte er im Hintergrund einen lautstarken Streit.

Im Foyer des Theaters stand ein Mann, fuchtelte mit den Armen herum und schrie auf eine Dame ein. Die nicht mehr ganz junge Frau hatte feuerrotes Haar, eine immer noch ansehnliche Figur und trug ein ziemlich enges grünes Kleid, das ihre Schenkel nur unzureichend bedeckte.

Barrington, von Natur aus neugierig, ging näher an die Tür zum Foyer heran.

„Ich habe dir gesagt, du sollst sofort nach Hause kommen, wenn dein Dienst vorbei ist! Wo hast du dich wieder rumgetrieben, du Flittchen?", schrie der Mann mit hochrotem Gesicht.

„Ich hatte noch eine Sonderschicht zu machen. Frag doch den Alten. Was soll ich denn zu Hause", schrie die Dame zurück, zog dabei eine Zigarette aus einer Schachtel und steckte sie in den Mund.

Der Alte war wahrscheinlich der Herr, der in diesem Moment im Laufschritt von einer Treppe im Hintergrund kam. Er trug einen eleganten Anzug, Krawatte und auf Hochglanz geputzte Schuhe. Barrington schätzte sein Alter auf etwa siebzig Jahre.

„Was soll denn der Lärm, es wird geprobt! Sie können hier nicht rumschreien, Mr Watts, was soll das denn?", schrie der alte Herr nun seinerseits. „Sie sollen hier nicht rauchen, Mrs Watts! Wie oft muss ich das noch sagen!"

Barrington horchte auf. Hatte der Herr eben den Namen Watts erwähnt? Vielleicht war die Dame mit dem roten Haar diese Bridget, inzwischen verheiratet mit Sean Watts, wahrscheinlich dem Herrn, der sich da so lautstark beschwerte. Der Mann war kräftig, unter seiner schmutzigbraunen Jacke zeichneten sich diverse Muskeln ab. Der ganze Mensch sah schmutzigbraun aus, hatte Barrington den Eindruck. Sein Haar, seine Hose, das Hemd und die Schuhe, alles bräunlich und vor allem schmutzig. Da änderte der graue, sorgfältig gestutzte Vollbart auch nichts mehr am äußeren Schein.

Das war interessant. Wenn er dem Mann folgen würde, müsste er den alten Bauernhof der Wattsclique finden. Also ging er zurück zu seinem Wagen, stieg ein und wartete.

Nach einer Minute kam der zornige Mann, immer noch fuchsteufelswild, seine Gattin hinter sich her zerrend, aus dem Theaterfoyer. Der alte Herr, wahrscheinlich der Theaterbesitzer, wischte sich mit einem Taschentuch Schweißperlen von der Stirn, schüttelte den Kopf und verschwand wieder im Theater.

„Du denkst doch nicht etwa, dass ich die Gören füttere. Ich habe andere Sachen am Laufen!", schrie der Mann immer noch. Seine Angetraute schien das nicht besonders zu beeindrucken. Sie ließ sich von ihm zum Wagen ziehen, fummelte aus ihrer Tasche eine Streichholzschachtel, entzündete ein Holz und hielt die Flamme an die Zigarette.

„Bingo", flüsterte Barrington.

Er startete den Motor, als er sah, dass die beiden in einen alten Ford der Marke *Anglia* stiegen, der in der Nähe parkte. Die einst wohl himmelblaue Farbe des Wagens war nur noch mit viel Fantasie zu erkennen.

101

Er folgte dem Wagen.

Sie verließen Lintie und fuhren in Richtung Brams. Kurz vor dem Ort bog der Wagen vor Barrington in einen Feldweg ab. Barrington fuhr langsam an dem Feldweg vorbei und hielt am Straßenrand. Er stieg aus und lief schnell zurück.

Er blickte an den dichten Büschen, die links und rechts vom Weg wuchsen, den Feldweg entlang. Einige Meter entfernt sah er den einst blauen Ford in einer Staubwolke verschwinden.

Er folgte dem Weg vorsichtig. Bald kamen ein altes Gebäude und daneben eine noch ältere Scheune ins Blickfeld. Hier hatte man wirklich seit langer Zeit nichts mehr getan, um die Gebäude zu erhalten. Die schmutzigbraune Farbe der Mauern passte zum Aussehen des Mr Watts. Auf dem moosbewachsenen Dach fehlten Ziegel.

Der Hof vor dem Haus war, bis auf den blauen Ford, leer. Das Ehepaar Watts war wahrscheinlich im Haus verschwunden.

Barrington ging langsam näher heran. Als er vor der Haustür angekommen war und die Hand zum Klopfen hob, fühlte er plötzlich etwas Hartes im Rücken.

„Was willst du hier? Zu schnüffeln gibt's hier nichts. Na los, umdrehen und ganz ruhig. Siehst aus wie ein Bulle", sagte jemand hinter ihm.

Barrington drehte sich langsam um. Dort stand Mr Sean Watts, den er schon aus Lintie kannte, mit einer Schrotflinte im Anschlag. Die Tür wurde aufgerissen und ein kleines, ziemlich verwahrlost wirkendes Mädchen stand vor Barrington und lächelte ihn an.

„Der sieht nicht aus wie ein Bulle, Onkel", sagte die Kleine. „Sind Sie denn ein Polizist?", fragte sie Barrington.

Barrington schüttelte langsam den Kopf.

„Mein Name ist Brandon. Ich komme aus St. Applewood und wollte mit den Watts´ über den alten Hoskins und die Brauerei reden. Ich habe sie gekauft und bin neugierig. Mein Vater, Fred Brandon, hat auch in der Brauerei gearbeitet."

Sean Watts senkte die Schrotflinte endlich.

„Der Sohn vom alten Brandon, Bridget, will was über die Brauerei wissen!", schrie er laut in Richtung der offenen Tür.

Seine Angetraute kam zur Tür, die unvermeidliche Zigarette im Mund, und sah sich Barrington genau an. Sie lächelte.

„Na dann, komm mal rein, mein Hübscher", sagte sie grinsend. Ihr Gatte verzog das Gesicht und verdrehte die Augen.

„Und du, hau ab, geh spielen, oder was Gören so machen!", schrie sie das kleine Mädchen an.

„Halt deinen Mund, Bridget!", rief ihr Gatte und folgte den beiden in das Haus. Das kleine Mädchen hüpfte über den Hof in Richtung Scheune davon.

Der Raum, den Barrington betrat, sollte wohl eine Küche darstellen. In der Spüle stapelte sich schmutziges Geschirr, das sicher noch von der vergangenen Woche dort stand. Der Fußboden schien zu leben und die Möbel machten einen grauen Eindruck.

In einem Hochstuhl saß ein greinendes Baby.

Bridget setzte sich zu dem Kind und fütterte es. Die Zigarette hing dabei aus ihrem Mundwinkel. Barrington schluckte schwer.

„Setz dich schon hin!", rief ihr Ehegatte und nahm sich einen Stuhl. Die Schrotflinte behielt er auf den Knien.

„Was willst du wissen?", fragte Bridget mit einem sinnlichen Augenaufschlag. Barrington wurde übel.

Er räusperte sich.

„Ich habe von der ehemaligen Sekretärin gehört, dass es Ärger mit dem alten Hoskins gab. Um was ging es da genau?", fragte er und richtete sich mit dieser Frage an niemand Bestimmten.

Sean Watts sah ihn aus funkelnden Augen an. Jedenfalls hatte Barrington den Eindruck, als würden seine Augen funkeln.

„Hoskins hat uns verdächtigt, Cider beiseitegeschafft zu haben. Der alte Dummkopf wollte sich mit mir anlegen. Aber in diesem Fall waren wir es mal nicht."

„Sonst schaffst du ganz gerne was beiseite, was Sean, Darling!", rief Bridget und quiekte laut. Sean begann dröhnend zu lachen.

„Aber diesmal waren wir es wirklich nicht. Hab´ ihm ordentlich eine reinhauen wollen. Natürlich hat die Sekretärin gleich die Bullen geholt. Was soll´s", erklärte Sean.

„Aber laut der Aussage von Miss Porter fehlten ganze Kisten mit Cider. Können Sie sich das erklären?", fragte Barrington vorsichtig.

„Das wird Warren Smith gewesen sein. Der hatte doch ständig Geldnot. Ist meiner Bridget hinterhergestiegen. Dem konnte ich wenigstens eine reinhauen", sagte Sean und schlug mit der Faust auf den Tisch. Das

Baby begann zu schreien. Bridget schob dem Kind einen Löffel mit einem undefinierbaren grauen Brei in den Mund. Da wurde es still.

„Waren Sie seit der Schließung der Brauerei nochmal dort?", fragte Barrington.

„Warum sollten wir? Da war nichts mehr zu holen. Es war doch alles lange vor der offiziellen Schließung fortgeschafft worden. War froh, dass ich mein eigenes Ding durchziehen konnte. Die Arbeit in der Brauerei war nicht gut und gebracht hat sie auch nichts."

Barrington fragte lieber nicht, was sein eigenes Ding gewesen sein könnte.

„Da soll es noch einen anderen Mann gegeben haben für Mrs Hoskins. Können Sie sich an seinen Namen erinnern, Mr Watts? Er soll oft in der Brauerei gewesen sein, meinte Miss Porter."

Sean Watts sah seine Frau an und zuckte die Schulter.

„Keine Ahnung." Mrs Watts schüttelte den Kopf.

Seltsamerweise glaubte Barrington ihnen das sogar.

Hier waren keine neuen Erkenntnisse einzuholen. Er stand auf und wollte gehen.

„Wo sind eigentlich Ihr Bruder Sam und seine Frau Milly, Mr Watts?", fragte Barrington dann doch noch.

Die Eheleute sahen sich an. Das Baby brüllte wieder lauter. Es bekam einen Löffel Brei und war still.

„Mein Bruder ist gestorben", sagte Sean.

„Oh, das tut mir sehr leid", sagte Barrington.

„Er ist nicht wirklich tot. Er ist mit seinem Sohn Waldon nach Edinburgh gegangen, hat sich einer Bande angeschlossen und markiert den großen Macker, wenn er sich mal herablässt, hier aufzuschlagen. Seine Alte hat ihn vor Jahren verlassen. Hat kein Geld übrig für uns. Wir müssen sogar seine Kleine durchfüttern", erklärte Bridget und machte ein sehr trostloses Gesicht. Sie sah Barrington fragend an. Er wusste, was das bedeutete.

Er griff in seine Tasche und holte zwei Geldscheine heraus, legte sie auf den Tisch und sah das Lächeln auf Seans Gesicht.

„Und Sie wissen nicht, wo sich Warren Smith aufhalten könnte?", fragte Barrington.

Sean Watts blickte erst zu den beiden Geldscheinen und dann zurück zu ihm. Barrington seufzte.

Er legte einen weiteren Schein auf den Tisch. Wenn das so weiterging, musste er nach Lintie zurück und noch einmal Geld abheben.

„Hab´ ihn einmal in Girvan gesehen, wie er auf einen Fischkutter stieg. Ist gut ein halbes Jahr her", erklärte Sean.

„Ich habe gehört, dass Sie am Ende Ihrer Arbeit von Mr Hoskins sogar einen Bonus bekommen haben. Stimmt das?", fragte Barrington vorsichtig.

„Ich hatte allen Grund, etwas von dem alten Idioten zu bekommen. Er hat meiner Bridget nachgestellt und ich habe die beiden erwischt. Stimmt´s, Bridget, Darling? Das hat er sich was kosten lassen, dass wir es nicht seiner Frau gesteckt haben", sagte Sean und musste wiederum schallend lachen.

Da kam also Erpressung auch noch hinzu bei den Watts, was für eine Familie.

„Vielen Dank", sagte Barrington und verließ schnellstens dieses Haus. Erst als er an der Hauptstraße wieder in seinem Wagen saß, fühlte er sich einigermaßen sicher. Irgendwie hatte er auf dem gesamten Weg zurück das Gefühl gehabt, dass ihm der Lauf der Schrotflinte noch in den Rücken drückte.

Die Wattsclique strich er vorerst von seiner Verdächtigenliste. Die Liste wurde kleiner.

Warren Smith war für ihn nach wie vor verdächtig und dann war da noch dieser Mann, der sich um Mrs Hoskins bemüht hatte. Dafür fehlte ihm immer noch ein Name.

Jetzt musste er sich um seinen Pub kümmern. An der Einfahrt zu dem alten Bauernhof stand das kleine Mädchen und winkte Barrington traurig nach. Ihm war gar nicht wohl bei dem Gedanken, dass diese Kinder mit diesem furchtbaren Paar allein lebten.

Er fuhr zurück nach St. Applewood. Als er an dem Herrenhaus der Woodlands vorbeifuhr, kam aus dem Fenster im mittleren Turm eine dicke schwarze Qualmwolke. Barrington schmunzelte. Der Viscount und seine seltsamen Experimente.

Das große schmiedeeiserne Tor stand weit offen. Auf dem Platz vor dem Haus stand ein weißer Sportwagen und Maureen, die Enkelin des Viscounts, schien sich mit dem Herrn, der neben dem Auto stand, zu streiten. Sie sah zornig aus. Barrington fuhr ganz langsam vorbei, um so viel wie möglich zu sehen. Er mochte die hübsche Maureen und wollte sicher sein, dass der Kerl ihr nicht zu nahe kam. Aber der Mann stieg in sein Auto und Maureen ging zurück ins Haus.

Barrington beschleunigte wieder und fuhr über die alte Steinbrücke. Im Rückspiegel sah er den Sportwagen mit hoher Geschwindigkeit in Richtung Brams davonsausen.

Kurz hielt er am Wollladen und bezahlte seine Schulden. Anschließend ging er noch in den Landwarenladen der Smiths und zahlte dort ebenfalls. Barrington hasste es, Schulden zu haben. Er konnte Menschen nicht verstehen, denen das egal war. Wenn er irgendjemandem etwas schuldete, hatte er abends Probleme, einzuschlafen. Er konnte die Gedanken daran nicht abstellen. Erst wenn er gezahlt hatte, war alles wieder in Ordnung.

Sein Pub kam in Sicht.

Das hörte sich sehr gut an, *mein Pub*.

Die rote Bridget

Bridget Baxter, verheiratete Watts, von allen Leuten aufgrund ihres feuerroten Haares nur die rote Bridget genannt, war nun in ihrem siebenundvierzigsten Lebensjahr angekommen.

Die Figur hatte nicht mehr die schlanke Form ihrer Jugend, sondern rundete sich von Jahr zu Jahr mehr und an Stellen, die Bridget sich nicht erklären konnte. Sie fragte sich oft, ob ihr immenser Verbrauch an den leckeren, süßen *Butterscotchs* daran schuld sein könnte. Aber um diesen Verbrauch zu kompensieren, rauchte sie ja auch seit ihrem sechzehnten Lebensjahr. Das konnte also nicht von diesen süßen Karamellbonbons kommen. Bridget legte sich schon immer alles so zurecht, dass es für sie passte.

Die ersten Falten waren um den Mund hervorgebrochen, sie erklärte sich das mit ihrem Hang zum Lachen. Und Lachen war gesund. Überhaupt hatte Bridget für alles und jedes Problem immer eine gute Begründung parat. Das brachte ihren Gatten zur Weißglut.

Aber der Zustand ihres Haares war für sie am schlimmsten. Die Farbe war längst nicht mehr feuerrot, eher grau mit rötlichen Strähnen, und das Allerschlimmste für sie war, dass es dünn wurde. Sie hatte sich auf ihr gutes Aussehen immer etwas eingebildet. Die lockige rote Mähne war ihr Markenzeichen. Also versuchte sie, mit Chemie und einem Haarteil nachzuhelfen. Mit dem Ergebnis war sie recht zufrieden. Sean, ihr Ehemann, war es nicht. Er bemängelte, dass sie jeden Morgen Stunden im Bad brauchte, um sich fertig zu machen.

Die Arbeit im Theater hatte sie vor ein paar Jahren übernommen, als sie bemerkt hatte, wie wenig ihr Haushalt und Kind etwas bedeuteten. Sie war für den Kartenverkauf zuständig und in den Pausen für die Versorgung der Theaterbesucher mit Getränken. Das war für Bridget optimal. Konnte sie doch immer einmal einen guten Tropfen für sich selbst abzweigen und an der Kasse war sie allemal richtig. Bis jetzt hatte sie es immer geschafft, dass der Theaterdirektor, Mr Cockburn, nie etwas von den Fehlbeträgen in der Kasse bemerkt hatte. Denn dumm war Bridget auf keinen Fall.

Nachdem der hübsche Kerl aus St. Applewood gegangen und das Baby gefüttert und in seinem Bett war, ging sie ins Bad und legte neue Farbe auf Gesicht und Haar. Sie würde auf keinen Fall den gesamten Rest des Tages hier auf dem Hof bleiben und sich das dumme Geschwätz ihres Mannes anhören.

Jemand drückte die Türklinke zur Badtür hinunter. Bridget schloss sich ein, wenn sie dort zu tun hatte. Dieses kleine Mädchen störte sonst ständig mit seinen dummen Fragen.

Es klopfte laut an der Tür.

„Was machst du schon wieder so lange da drin? Du wirst heute nicht mehr weggehen. Das verbiete ich!",

110

rief Sean laut durch die geschlossene Tür.

Bridget lachte.

Das machte ihren Mann noch wütender. Aber sie wusste, dass er die Hand nicht gegen sie erheben würde. Dann wäre sie sofort weg. Das hatte sie ihm unmissverständlich klar gemacht, als er es einmal versucht hatte.

Sie besah sich ihr Werk im Spiegel und war zufrieden. Oder war es vielleicht etwas zu viel Lippenrot? Ach was, man konnte nie genug Rot auf den Lippen haben. Sie nickte sich zufrieden zu, legte einen Gürtel um die Taille und zog ihn so fest, dass ihr die Luft wegblieb. *Hauptsache, ich sehe schlanker aus,* dachte sich Bridget.

Dann griff sie zu ihrer rosafarbenen Tasche, die auf der Kommode lag, und schloss die Badezimmertür auf. Sean wartete immer noch vor der Tür und setzte zu einer neuen Schimpforgie an.

Sie hörte ihn kaum, ging hinunter in das Erdgeschoss, vorbei an dem Baby im Bett und vorbei an dem kleinen Mädchen, das ihr zuwinkte und sich dann unter dem Babybett versteckte. Das Kind wusste genau Bescheid. Wenn Bridget aus dem Haus war, ließ Sean seine Wut an den Kindern aus.

Zum Glück war der alte Hofhund nicht mehr da. Sean hatte ihn mehr als einmal mit einem Stock traktiert. Eines Nachts hatte sich das kleine Mädchen hinausgeschlichen und den alten Charly losgebunden. Der Hund hatte das Mädchen gemocht, hatte seine Hand geleckt und war schließlich in der Ferne verschwunden. Gut so.

Das Mädchen hatte sich mit seiner Situation arrangiert.

Als Bridget verschwunden war, sie nahm wahrscheinlich den nächsten Bus nach Lintie, rief Sean zuerst nach dem Mädchen. Als er es nicht finden konnte, griff er sich zwei Flaschen Whisky und ging nach draußen. Das Mädchen kam unter dem Bett hervor und sah ihm durch das schmutzige Küchenfenster nach, wie er in der Scheune verschwand.

Es atmete tief ein und aus. Dann griff es sich das Baby und ging mit ihm in sein Kinderzimmer unter dem Dach. Heute würde Sean nicht mehr aus der Scheune herauskommen. Was ihn in die Scheune zog, konnte es sich nicht erklären. Sean Watts hatte sich einen Verschlag ausgebaut, ein Radio und ein Feldbett hineingestellt und verbrachte dort viel Zeit. Er würde sich sinnlos betrinken und schließlich einschlafen.

Morgen würde sich das Mädchen etwas Neues ausdenken, um sich und das Baby zu beschützen. Es war schon recht gut darin.

Bridget hatte den Bus noch erreicht. Sie saß auf einem der Sitze und flirtete mit dem Busfahrer. Wie immer interessierte das den Busfahrer nicht im Geringsten.

Im Zentrum von Lintie, gegenüber dem Theater, stieg sie aus, sah kurz auf ihre Uhr und ging in die nächste Nebenstraße. Sie folgte ihr bis zum Ende und wandte sich nach rechts.

An einer Telefonzelle in dieser Straße stoppte sie, ging hinein und telefonierte. Sie verließ nach einer Minute die Telefonzelle und folgte weiter der Straße bis zum Ende.

Ein kleiner Park lag vor ihr und nachdem sie sich

erneut prüfend umgesehen hatte, betrat sie einen schmalen Weg und setzte sich im Park auf eine der Holzbänke. In der Nähe rauschte Wasser, ein Bach durchzog den Park. Um diese Zeit war hier niemand mehr unterwegs. Es war spät, bereits zwanzig Uhr vorbei und es war eisig kalt. *Der nächste Pub wäre ein besserer Treffpunkt gewesen*, dachte Bridget und fröstelte.

Sie steckte sich eine neue Zigarette an, nahm eine Puderdose aus ihrer rosafarbenen Tasche aus billigem Plastikmaterial und schaute sich in dem winzigen Spiegel an. Dann zog sie erneut ihre Lippen blutrot nach. Sie wartete.

In der Nähe hörte sie ein Motorengeräusch. Dann fiel eine Autotür ins Schloss und kurz danach erschien eine dunkle Gestalt im Park. Ein Mann setzte sich neben Bridget. Sein Gesicht blieb im Dunkel verborgen.

„Ich habe dir gesagt, du sollst mich nicht so oft anrufen", flüsterte er.

Bridget berichtete von dem Besuch des Wirtes aus dem neuen Pub in St. Applewood.

„Dachte, das würde dich interessieren. Was ist mit meinem versprochenen Lohn? Ich habe alles so gemacht, wie du wolltest. Die Schriftstücke, die du mir gegeben hast, habe ich zu Hause verbrannt. Das war doch sehr nett, wir beide zusammen in der alten Hoskinsvilla. Hab´ dem hübschen Kerl auch nichts von dir erzählt. Obwohl ich eine Menge erzählen könnte", sagte Bridget. Sie warf die alte Kippe fort und steckte sich eine neue Zigarette an.

Der Mann stand auf und schien zu überlegen.

„Ich könnte nach St. Applewood fahren und mich ein bisschen umhören bei dem Hübschen. Was denkst du?", fragte Bridget. „Das kostet aber extra. Wir beide könnten auch mal wieder einen schönen Abend zusammen verbringen, oder? Wie gefällt dir das? Hast mir doch damals genug in den Ohren gelegen. Aber der gute Sean war schneller." Sie rückte nah zu dem Mann heran, der sich wieder gesetzt hatte, und lächelte anzüglich.

Der Mann drehte sich blitzschnell zu Bridget um.

„Mach dich nicht lächerlich. Deine Zeit ist lange vorbei. Damals warst du ein süßes Ding, aber jetzt? Hast du dich mal im Spiegel gesehen?"

Bridgets Miene verzog sich zu einer Fratze.

„Mein Geld. Gib es mir jetzt, sofort, oder ..."

„Oder was?", fragte leise der Mann.

Barrington reckte sich unter seinen warmen Decken. Es war spät geworden am Abend vorher. Sogar der alte Chadwick, der sonst immer als Erster ging, war bis zum Ende auf seinem Platz geblieben und hatte den Gesprächen an den Tischen zugehört.

Barrington führte diese Tatsache auf seinen neuen Angestellten zurück. Die Bewohner des Ortes wollten den Neuen im Dorf natürlich ausgiebig begutachten. Ob man ihn akzeptieren würde, musste noch entschieden werden. Das konnte dauern. Sogar sein bester Freund Rick, der einige Jahre zur Ausbildung in Edinburgh gewesen war, wurde noch nicht wieder als einer der ihren angesehen. Man war da sehr eigen, wenn es die Dorfgemeinschaft betraf.

Verwunderlich war, dass Frau Pfarrer Clement noch

nicht im Pub erschienen war. Aber Barrington war sicher, sie würde noch kommen und versuchen, den Jungen für ihre Zwecke einzuspannen, dem Kampf gegen den Alkohol.

Er stand auf, reckte sich ausgiebig und ging ins Bad. Ein etwas zerknitterter Pubwirt sah ihm aus dem Spiegel entgegen. An die neuen Uhrzeiten musste er sich noch gewöhnen. Als er noch bei seinen Eltern gewohnt hatte, war er nie so spät ins Bett gekommen. Aber seine Entscheidung, einen Pub zu eröffnen, bereute er nicht. Barrington ging nach unten.

Der Junge war bereits in der Küche und bereitete das Frühstück zu. Farlan entwickelte sich zu einem unentbehrlichen Angestellten, für Barrington aber eher zu einem Freund. Er fühlte sich irgendwie nicht wohl in der Rolle eines Chefs.

Rufus kam durch die offene Küchentür aus dem Garten herein. Entweder kam er von einem nächtlichen Ausflug oder von einem Morgenspaziergang. Wer konnte das schon wissen?

„Morgen, Farlan, gut geschlafen?", fragte Barrington und setzte sich an den großen Holztisch in der Mitte der Küche.

Farlan stellte ihm sofort einen Becher Tee und einen Teller Sandwiches hin. Dann setzte er sich zu ihm und löffelte Porridge aus einer Schüssel.

Barrington konnte mit diesem Brei nichts anfangen. Er bevorzugte am Morgen etwas Herzhaftes.

„Danke, Farlan. Was steht heute auf dem Programm?"

„Das wollte ich eigentlich dich gerade fragen, Barrington. Du bist doch der Chef", sagte Farlan nuschelnd und mit vollem Mund.

„Barri, bitte, mein Name ist viel zu lang."

„Warum nimmst du dann nicht einen anderen von deinen Vornamen? Hast doch genug Auswahl." Farlan schob sich einen weiteren Löffel Porridge in den Mund.

„Das ist ein Ding zwischen mir und meiner Mutter. Sie mag den Namen nicht und ich ärgere sie damit ein bisschen. Ich verstehe bis heute nicht, wie meine Eltern auf diesen Namen gekommen sind. Wenn ich danach frage, hüllen sich beide in Schweigen und haben plötzlich ganz wichtige Dinge zu tun."

Die beiden kauten eine Weile schweigend weiter. Barrington hatte gehofft, dass der Junge sich auch einmal zu seiner Vergangenheit äußern würde, aber Fehlanzeige.

Nach dem Abwaschen besprachen sie die nächsten Schritte.

„Sehen wir uns doch mal im Garten und in der Scheune um. Anschließend muss ich nach Girvan fahren. Etwas überprüfen", sagte Barrington. Farlan sah ihn beunruhigt an.

„Ich weiß nicht. Warum gibst du es nicht auf? Die Polizei wird den Schuldigen schon finden. Es könnte doch auch gefährlich werden, oder?"

Barrington lächelte.

„Ich kann gut auf mich aufpassen. Das hier ist mein Pub und mein Dorf. Ich muss es einfach selbst in die Hand nehmen. Soll ich dir etwas sagen? Irgendwie macht mir Detektiv spielen sogar Spaß."

Farlan verdrehte die Augen.

„Komm mit, Rufus, lieg nicht auf der faulen Haut",

sagte der Junge zu dem Kater, der ihn ansah, als ob man ihm etwas Unaussprechliches vorgeschlagen hätte. Barrington und Farlan standen auf und gingen aus der offenen Küchentür hinaus in den Garten.

Die beiden kämpften sich durch das Gras, das nun im Winter zwar grau und braun am Boden lag, aber riesige Matten bildete. In der Nacht hatte es wieder geschneit.

Die Scheune war kaum zu sehen. Große alte Apfelbäume versperrten die Sicht vom Hauptgebäude aus. Barringtons Vater hatte ihm nichts davon erzählt, als er mit ihm die Brauerei inspiziert hatte.

„Siehst du? Die sieht noch ganz okay aus. Das Dach ist dicht und ich denke, es haben sich keine Untermieter eingenistet", sagte Farlan, als die beiden mit Kater vor der alten Scheune standen.

„Bis auf einen", erwiderte Barrington schmunzelnd.

„Entschuldige", sagte Farlan leise.

Rufus sah nicht zufrieden aus, schüttelte seine nassen Pfoten und lief schnurstracks zurück in Richtung der warmen Küche.

Farlan ging zu dem einen Torflügel und zog daran. Mit einem knarzenden Geräusch öffnete sich die eine Seite des großen Holztors. Barrington spähte hinein. Das Erste, was er sah, war eine alte zerschlissene Decke an der Seite und eine aufgeschnittene, leere Dose Katzenfutter auf dem Boden. Er sah kopfschüttelnd zu Farlan.

„Junge, du hättest dich wirklich früher bei mir melden können."

„Woher sollte ich denn wissen, was du für ein Mensch bist?", fragte der Junge traurig.

Barrington verstand. Der Junge musste schlimme Dinge erlebt haben und sein Vertrauen zu gewinnen, war eine langwierige Angelegenheit. Er gab Farlan einen freundschaftlichen Klaps auf die Schulter.

„Na los, sehen wir uns etwas um."

In der hinteren Ecke, dort, wo sich außen der hohe Schornstein befand, stand ein riesiger Brennkessel. Davor sah Barrington eine Fruchtpresse. Alles war mit einer dicken Staubschicht bedeckt.

In einer anderen Ecke stapelten sich Maischefässer. Es duftete nach Äpfeln.

Die riesigen Apfelsaftfässer, in denen der Saft gären musste, waren verschwunden. Mr Hoskins hatte alles, was nur eben ging, zum Verkauf angeboten. Einige besondere Sorten waren zur Gärung in Holzfässern im Keller der Brauerei gelagert worden. Der leicht prickelnde Cider war in der gesamten Gegend beliebt gewesen. Dass die Hoskins-Brauerei damals hatte Konkurs anmelden müssen, verstand Barrington bis heute nicht.

Das war also der große Raum. Dann gab es noch ein paar kleinere Lagerräume voller leerer, schmutziger Flaschen, Korken und alter Etiketten. In einer Ecke entdeckte Barrington tatsächlich noch eine zum Versand verpackte Kiste mit gefüllten Ciderflaschen. In den vielen Jahren seit der Schließung war dieser Wein sicher ungenießbar geworden.

„Hier müssen wir mal ordentlich aufräumen. Der große Raum ist wunderschön mit der geschwungenen Holzbohlendecke. Da könnte man etwas daraus machen. Vielleicht einen Tanzsaal. Was denkst du, Farlan?"

Der Junge nickte eifrig.

„Klingt prima!"

Sie verließen die Scheune und sahen sich noch kurz in der Streuobstwiese um. Farlan hatte wirklich eine Menge Ahnung, stellte Barrington fest.

In den nächsten fünfzehn Minuten erklärte Farlan ihm zu jedem Baum, an dem sie vorbeigingen, welche Sorte das sein könnte. Im Winter sah man natürlich keine Früchte zum Abgleich.

„Zuerst muss das hohe Gras weg. Dann können wir die Bäume schneiden", sagte Farlan.

„Das wird dann aber erst im Frühjahr sein. Ich werde meinen Onkel John bitten, dabei zu helfen. Das bekommen wir hin und dann sieht es auch hinter dem Pub gut aus", meinte Barrington.

„Man könnte im Sommer hinten in der Streuobstwiese Tische und Stühle aufstellen. Dann könnten die Leute draußen sitzen, wenn es warm wäre. In die Bäume hängen wir Lampions", sagte Farlan. Der Junge war kaum zu bremsen. Barrington lächelte.

„Ich mache mich auf den Weg nach Girvan. Das ist eine Fahrt von gut ein und einer halben Stunde. Bis zur Öffnung bin ich wieder zurück."

„Schau, ob du in Girvan frischen Fisch kaufen kannst!", rief Farlan. „Dann könnte ich eine *Cullen Skink* machen."

„Fischsuppe? Bist du sicher, dass du das hinbekommst?"

Farlan machte ein böses Gesicht.

„War ja nur eine Frage", sagte Barrington und hob entschuldigend die Arme. „Ich sehe, was ich tun kann."

Er ging zurück, um das Haus herum zu seinem Wagen und stieg ein.

Girvan.

Nach fast zwei Stunden erreichte Barrington endlich die Hafenstadt an der Mündung des *Water of Girvan*. Er hatte die Fahrtzeit unterschätzt. Inzwischen schneite es ununterbrochen und die Straßenverhältnisse waren ziemlich schwierig gewesen.

Unterwegs war ihm ständig ein altes Lied im Kopf herumgegangen. Darin beschrieb ein Sänger mit tiefer Grabesstimme die Legende von Alexander *Sawney* Bean. Im fünfzehnten Jahrhundert soll dieser gesetzlose Wegelagerer mit seinem Familienclan hier in der Nähe in einer Höhle gelebt haben. In der Legende war die Rede von Kannibalismus. Schließlich endete die gesamte Familie am Galgen oder auf dem Scheiterhaufen. Niemand konnte noch sagen, was wahr oder erfunden war.

Barrington schüttelte sich. Grauenhaft. Die schottischen Legenden strotzten nur so vor solchen gruseligen, blutigen Geschichten.

Er folgte der Glendoune Street, die bis zum Hafen führte. Von weitem sah er verschiedene Küstenschiffe am Kai ankern. Er parkte den Defender in der Nähe und ging zu Fuß zu den Booten.

Fischer waren dabei, ihren Fang von der Nacht an Land zu bringen. Andere beschäftigten sich mit dem Flicken kaputter Netze.

Barrington sprach auf gut Glück einen der Fischer an, einen älteren Mann, die Mütze schief auf dem Kopf, eine qualmende Pfeife im Mund und einen weißen dichten Vollbart im Gesicht. Das Klischee eines Fischers, das jeder Tourist gerne sehen würde.

„Hallo, Sir, darf ich Sie etwas fragen? Ich suche einen alten Freund", versuchte er es vorsichtig.

Der Mann sah ihn abschätzend an.

„Wer will das wissen?"

„Mein Name ist Brandon. Ich komme aus St. Applewood. Mein Freund heißt Warren Smith. Er soll hier am Hafen gearbeitet haben."

„Kein besonders häufiger Name, Smith, oder mein Junge?", fragte der Fischer mit einem verschmitzten Lächeln.

„Wissen Sie denn irgendetwas?", fragte Barrington.

„Kann schon sein. Willst du Fisch kaufen?", kam die Gegenfrage von dem Mann.

Barrington verzweifelte langsam. Diese Ermittlung ging ins Geld. Aber Farlan hatte ja gesagt, er solle Fisch kaufen.

„Ich würde Ihnen gern Fisch abkaufen."

„Aye! Das ist ein Wort, mein Junge."

Der Fischer stand auf, klopfte seine Pfeife an seinen hohen Stiefeln leer und stieg auf sein Schiff. An der Seite konnte Barrington *Swimming Lioness* lesen. Was für ein Name für ein kleines Schiff. Es war ungefähr zwanzig Meter lang, hatte eine winzige Ruderkabine und einen schwarz gestrichenen Schornstein.

Der Kapitän der *Lioness* kam mit einer Kiste zurück. Er stellte sie auf den Kai und stieg dann von Bord.

„Wie wäre es mit einem schönen Schellfisch? Schau mal, Junge, der ist sogar schon geräuchert. Was willst du kochen?"

„Cullen Skink Suppe."

„Na bitte, da brauchst du geräucherten Schellfisch. Ich bin wie das Orakel von Delphi. Ich weiß im Voraus, was die Kunden wollen." Der Fischer lachte schallend über seinen Witz. Dann packte er den Schellfisch in eine Papiertüte und reichte sie Barrington, der ihm das Geld hinhielt.

„Und was ist mit meiner Information?"

„Ich weiß, wen du meinst. Aber ich bin ein Einzelkämpfer. Brauche keinen Mitarbeiter, der faul in der Ecke sitzt, Aye. Geh mal zu George, das ist die *Swinging Molly*. Bei dem hat Warren ´ne Weile gearbeitet."

Barrington dankte ihm, obwohl der Seebär ihn in dem Glauben gelassen hatte, dass er mehr wusste. Jeder musste zusehen in diesen harten Zeiten. Gerade den Fischern ging es nicht besonders gut in der letzten Zeit. Barrington hatte gehört, dass Leute darüber nachdachten, in Girvan eine Whiskydestillerie aufzubauen. Das wäre wunderbar. Dann könnte er in seinem Pub Whisky aus der Region anbieten.

Die *Swinging Molly* war etwas größer als das Schiff des alten Kapitäns vorher. Ein Mann war an Bord und ordnete Netze.

„Sir, entschuldigen Sie. Darf ich Sie etwas fragen?"

Der Mann richtete sich auf und sah Barrington genauso abschätzend an, wie der Mann vorher. *Hoffentlich muss ich nicht noch einmal Fisch kaufen*, dachte Barrington.

„Hat dich der alte Tintenfisch schon abgefangen und seinen Fisch an den Mann gebracht, wie ich sehe." Er deutete auf die Tüte mit dem Fisch. „Was willst du wissen?", fragte der Fischer.

122

„Ich suche Warren Smith. Wissen Sie vielleicht, wo ich ihn finden kann?"

„Was willst du von ihm?", fragte der Mann.

Es war einfach niemand bereit, eine Frage immer sofort zu beantworten. Er beneidete die Polizei nicht. Er wäre schon verzweifelt.

„Seine Schwester macht sich Sorgen", antwortete er auf gut Glück. Das war das Beste, das ihm gerade einfiel und was unverfänglich klang.

„Wundert mich, dass sich irgendjemand Sorgen um den Faulpelz macht. Er war nur ein paar Wochen bei mir. Vor drei Monaten ist er verschwunden. Ein guter Seemann würde nicht aus ihm werden. Das habe ich ihm schon nach ein paar Tagen erklärt. Am Ende hat er sich beschwert, dass es ständig nach Fisch riechen würde. Wonach sollte es denn riechen, nach Chanel Nummer fünf? Hab' ihn zum Teufel gejagt."

„Sie wissen also nicht, wohin er gegangen ist, oder vielleicht haben Sie eine Adresse für mich?", fragte Barrington. Diese Fahrt nach Girvan brachte scheinbar überhaupt nichts, außer einem Schellfisch für die Suppe. *Das wird eine teure Suppe,* dachte Barrington.

„Frag in der Ballybroke Street nach. Er hat dort bei Henrietta Fraser gewohnt, die Nummer weiß ich nicht. War 'ne Freundin von ihm."

Na, das war doch etwas. Barrington bedankte sich und lief zurück zu seinem Auto. Er stieg ein, startete und fuhr zurück. Die Ballybroke Street verlief parallel zur Glendoune Street.

In seiner Eile sah er den Mann nicht, der aus dem Schatten einer Einfahrt kam, nachdem Barrington gegangen war, an den Kapitän der *Molly* herantrat und ihn fragte, was der Fremde eben von ihm wissen wollte. Wahrscheinlich würde der Mann einen Fisch kaufen müssen.

Barrington sah sich in der Straße um und fand endlich, nach langem Suchen, den Namen Henrietta Fraser an einem Schild neben einem Klingelknopf.

Nachdem er mehrmals geklingelt hatte und schon wieder gehen wollte, öffnete doch jemand die Tür.

Die Dame im Türrahmen sah nett aus. Sie lächelte ihn an und fragte, was er wolle.

„Ich suche Warren Smith. Können Sie mir helfen?"

Sofort gefror das Lächeln auf den Lippen der Dame.

„Was wollen Sie denn von dem? Wer sind Sie?"

Es war zum Verzweifeln. Barrington atmete tief ein und aus, um sich zu beruhigen. Er stellte sich kurz vor.

„Seine Schwester macht sich Sorgen um ihn." Diese Ausrede war so gut wie jede andere.

„Wundert mich, dass sich jemand Sorgen um diesen Betrüger macht!", rief die Dame. Das waren fast genau die gleichen Worte, die der Kapitän der *Molly* gebraucht hatte. Aus den Erzählungen der Sekretärin Miss Porter hatte er nicht erwartet, dass Warren Smith so ein seltsamer Vogel war. Bis jetzt hatte er niemanden gefunden, der sich, abgesehen von Miss Porter, positiv über ihn auslassen wollte. Somit blieb er auf der Liste der Verdächtigen.

„Kommen Sie schon rein oder wollen Sie die Nachbarn mithören lassen?", fragte Miss Fraser und winkte Barrington ins Haus. Bevor sie die Tür wieder schloss, sah sie kurz auf die Straße. Als würde sie sicher sein wollen, dass niemand bemerkt hatte, wie sie einen fremden Mann hereinließ.

Henrietta Fraser war eine Dame in den Dreißigern, hatte ein volles, hübsches Gesicht und Polster an den richtigen Stellen. Ihr langes rötliches Haar trug sie zu einem Knoten gebunden am Hinterkopf.

Warren Smith hat scheinbar ein Faible für rothaarige Ladys, dachte Barrington.

Sie führte ihn in das Wohnzimmer, einen kleinen, aber sehr gemütlich eingerichteten Raum mit einer Unmenge an Nippes auf den Kommoden und Tischen.

„Tee?", fragte sie.

„Das wäre sehr nett", sagte Barrington und er meinte es so. Die Kälte draußen war ihm bis in die Knochen gefahren und seit dem Frühstück hatte er nichts mehr getrunken.

Die Dame verschwand kurz und kam nach ein paar Minuten mit einem Tablett in den Händen zurück. Barrington sprang auf und nahm es ihr ab. Er wollte es auf den Salontisch stellen, fand aber zwischen den ganzen Nippesfiguren keinen Platz.

Miss Fraser schob ein paar Figuren zur Seite und lächelte Barrington entschuldigend an.

„Ich kann nicht anders. Seit meinem fünfzehnten Lebensjahr kann ich an keinem Laden vorbeigehen, der diese Dinger führt."

Barrington setzte das Tablett ab und die Dame goss den Tee in zwei große Keramikbecher. Sie reichte ihm einen Becher und fragte, ob er Milch und Zucker mochte. Barrington bediente sich selbst.

Sie setzten sich.

„Ich glaube, das war auch ein Grund, warum Warren mich verlassen hat. Die vielen Nippesfiguren."

Sie sah sich schmunzelnd um und rückte ein paar tanzende Keramikfeen mit zarten Flügeln und wehenden Kleidern auf dem Tisch gerade.

„Das kann ich mir gar nicht vorstellen, Miss Fraser. Wenn man jemanden liebt, nimmt man doch so einiges in Kauf."

„Warren war kein Mensch, der irgendetwas in Kauf nahm. Er hat nicht sehr lange bei mir gewohnt, nur bis vor ungefähr zwei Monaten. Vorher logierte er in einer kleinen Pension am Hafen. Er kam aus Irland rüber, wissen Sie das?"

Barrington nickte. Er dachte an die Karte aus Dublin, die Mrs Smith bekommen hatte. Er musste keine Fragen stellen. Miss Fraser war anscheinend froh, jemandem die Geschichte ihrer großen Liebe zu erzählen. Sie schien ein sehr einsamer Mensch zu sein.

„Ich habe ihn in einem Imbiss am Hafen kennengelernt. Ich holte mir Fish and Chips und Warren brachte gerade eine Kiste mit Fisch. Ist doch romantisch, oder?" Sie lächelte. „Jedenfalls kamen wir ins Gespräch und verabredeten uns wieder. Wir gingen ins Kino und in einen Pub. Es war schön. Dann zog er eines Tages bei mir ein. Von da an ging alles schief. Die Nachbarn haben sich die Mäuler zerrissen, weil wir nicht verheiratet waren."

Sie nahm einen Schluck Tee und sah in eine weite Ferne. Eine kleine Träne lief aus einem ihrer hübschen grünen Augen.

„Er wollte einfach alles ändern. Die Wohnung war hässlich, das Essen hat nicht geschmeckt und ... und ich war ihm zu dick." Das hatte sie einige Überwindung gekostet. Barrington war erschüttert. Wie konnte ein Mann seiner Freundin so etwas an den Kopf werfen? Zumindest irgendetwas hatte Warren doch an Henrietta gefallen, sonst hätte er sich nicht bei ihr einquartiert. Oder war das irgendein irrsinniger Plan gewesen, den Warren verfolgte?

„Eines Morgens war er verschwunden. Mit meinem Ersparten." Henrietta Fraser begann unkontrolliert zu schluchzen. Die Tränen liefen wie ein Wasserfall.

Barrington tat sie unendlich leid, aber was konnte er tun? Er reichte ihr sein Taschentuch.

„Nehmen Sie es sich doch nicht so zu Herzen, Lady. Sie finden einen netten Mann. Da bin ich sicher. Hat er viel mitgehen lassen, wenn ich fragen darf?"

„Fünfhundert Pfund", sagte die Dame und hielt sich das Taschentuch an die tränenden Augen. „Entschuldigen Sie bitte, ich bin eigentlich nicht so mitteilsam und weinerlich, aber gerade heute musste ich an Warren denken. Mit dem ersparten Geld wollte ich in eine schönere Wohnung ziehen. Und der Vermieter hat mir heute Morgen abgesagt, da ich die Anzahlung nicht machen konnte." Sie blickte zu der Anrichte an der Wand, wo neben den unvermeidlichen Nippesfiguren auch einige gerahmte Fotografien standen. Barrington folgte ihrem Blick.

„Was denken Sie, wo Warren hingegangen ist?", fragte er vorsichtig.

„Ich weiß es nicht. Er war einfach fort, über Nacht."

Das war wohl eine Masche dieses Herrn, über Nacht mit dem Geld anderer zu verschwinden. Warren Smith wurde Barrington immer unsympathischer. Nicht zu glauben, dass er so eine liebe Schwester in St.

Applewood hatte.

Barrington trank seinen Tee aus und erhob sich.

Er ging zu der Anrichte und besah sich die Fotos.

„Ist das Warren?", fragte er Henrietta. Auf dem Bild war eine fröhliche Henrietta mit einem Mann zu sehen, der düster und unglücklich wirkte. Er hatte bräunliches Haar und einen breiten Schnauzbart.

„Haben Sie von diesem Foto eventuell einen Abzug, den Sie mir überlassen könnten?", fragte Barrington.

„Das ist eine seltsame Frage. Ich dachte, Sie suchen nach ihm für seine Schwester. Da müssen Sie ihn doch kennen", sagte die Dame und Barrington wurde da erst klar, dass er einen Fehler gemacht hatte. Aber er wäre kein Brandon, wenn er keine Ausrede parat hätte.

„Ich habe ihn ewig nicht mehr gesehen. Er sieht jetzt ganz anders aus. Vor allem der große Schnauzbart, den hatte er früher nicht. Wenn ich ihn weiter suchen möchte, macht es Sinn, eine aktuelle Fotografie zu haben."

Henrietta nahm das Foto, löste es aus dem Rahmen und gab es Barrington. Er sah sie fragend an.

„Ich will das Foto nicht mehr sehen. Nehmen Sie es mit." Dann brachte ihn die Dame zur Tür. Bevor sie öffnete, schaute sie durch ein kleines Fenster, ob jemand von den Nachbarn draußen war. Dann erst öffnete sie. *Wie konnte Warren Smith dieser netten Lady nur so etwas antun?*, überlegte Barrington.

„Wo arbeiten Sie, Miss Fraser?", fragte er am Ende noch.

„Ich arbeite in einem Lebensmittelmarkt und nebenbei mache ich für Leute die Steuererklärung, sonst würde ich nicht zurechtkommen."

Er gab Miss Fraser eine von seinen nagelneuen Visitenkarten, die er sich vor einiger Zeit machen lassen hatte. Darauf waren sein Pub und die Adresse. Sein Freund Richard Tabbs hatte ihm eine wunderbare Zeichnung vom Pub gemacht, die er darauf drucken lassen hatte. Die Karten hatten sich bereits bei den Verhandlungen mit Cider- und Bierlieferanten bezahlt gemacht.

Sie nickte ihm dankbar zu und versprach, sich zu melden, wenn sie etwas hören würde.

Barrington sah auf seine Uhr. Es war spät. Er musste dringend zurück nach St. Applewood.

Zumindest wusste er jetzt einiges mehr über Warren Smith. Dessen Schwester sollte er erst einmal nichts davon erzählen. Das würde sie sicher belasten. Vielleicht sollte er es seiner Mutter anvertrauen. Sie wüsste, was man tun könnte.

Als Barrington in sein Auto stieg, schlug ihm das Aroma von geräuchertem Fisch entgegen. Der ganze Wagen roch danach. Das würden zwei lange Stunden zurück werden. Barrington war kein besonders großer Fischfreund. Zum Glück hatte es aufgehört zu schneien. Vielleicht würde die Heimfahrt besser laufen.

Im Pub *Five Apple Kernels* war alles in Ordnung. Barrington hätte sich keine Sorgen machen müssen. Farlan war eine Perle. Was für ein Glück, dass er ihn entdeckt hatte. Oder hatte der Junge ihn entdeckt?

Die Tische waren abgewischt, die Gläser gespült, auf dem Herd brodelte der Ansatz für die Suppe und auf dem Tisch stand unter einer Haube ein Stapel Sandwiches bereit. Barrington überreichte Farlan den Fisch, der ihn sofort für die Suppe vorbereitete.

Rufus saß auf seinem Platz vorn im Gastraum. Er hatte eines der Fenster nach vorn in Besitz genommen, also hatte ihm Barrington ein Kissen in das breite Fensterbrett gelegt. Aber ein Dankeschön war von Rufus natürlich nicht gekommen. Undankbare, vierbeinige Samtpfote. Barrington mochte ihn.

Gegen siebzehn Uhr erschien, wie immer als einer der Ersten, Chadwick. Der alte Herr gehörte neben dem Kater und Richard, dem Buchhändler und besten Freund Barringtons, ebenfalls bereits zum Inventar. Jeder Pub sollte ein paar schräge Gesellen sein Eigen nennen können. Rick durfte natürlich niemals erfahren, dass Barrington ihn als schräg eingestuft hatte. Kater Rufus dagegen war das egal.

Barrington brachte Chadwick sein Ale.

„Wie wär's mit einem Teller heißer Suppe, *Cullen Skink*?", fragte er den alten Herrn. Chadwick sah ihn abschätzend an.

„Der Junge hat viel zu viel gekocht, alter Freund, soll ich sie heute Abend lieber wegkippen?" Barrington wusste genau, dass der Alte nie genug Geld hatte. Das tägliche Ale sparte er sich vom Mund ab.

„Wenn das so ist, wäre nett von dir, ist verdammt kalt draußen", sagte Chadwick lächelnd. Farlan kam bereits mit einer großen Schüssel Suppe und auf einem Teller ein Stück frisches Brot.

„Weißt du, Chadwick, ich hätte da eine Idee. Was hältst du davon, wenn du unser Vorkoster wirst? Das brauchen wir unbedingt. Du bist doch jeden Tag hier der Erste. Wenn du dann die Speisen probieren würdest, wäre das wirklich nett von dir. Ich habe dafür keine Zeit und der Junge ist noch unbedarft im Kochen", sagte Barrington und zwinkerte Farlan zu. Der verstand sofort, war ein schlaues Kerlchen.

„Ja, richtig, ich fange erst an zu lernen, was gut und was richtig ist beim Kochen. Das wäre eine unbeschreibliche Hilfe für uns. Bitte, Chadwick, sei so gut", flehte Farlan und Barrington hoffte, dass das nicht zu viel des Guten wäre.

Aber Chadwick lachte.

„Ach, ihr beiden Anfänger. Das mache ich sehr gerne. Meine Luci, Gott hab sie selig, war eine fantastische Köchin. Und backen konnte die, meine Güte." Seine Zunge leckte über die Lippen.

Barrington war zufrieden.

„Wunderbar, jetzt lass es dir schmecken. Der Fisch kommt ganz frisch aus Girvan, habe ich selbst geholt", erklärte er.

„Dann mache ich mal eine Ausnahme, bin eigentlich kein Fischfreund. Irgendwo muss noch ein altes Rezeptbuch von meiner Luci liegen. Das bringe ich dir mit, mein Junge. Wir machen aus dir einen richtig guten Koch", sagte Chadwick freudestrahlend und löffelte seine Suppe. Er hob nach kurzer Zeit den Daumen. Die Suppe war genehmigt.

In Lintie gab es für einen kleinen Jungen ein ganz anderes Abenteuer zu bestehen.

Kurz nach dem Mittag war eine Horde Kinder, von der Schule kommend, in den kleinen Park der Stadt eingefallen, um Verstecken zu spielen. Dabei war es besonders wichtig, so laut wie möglich zu sein.

Eine ältere Dame mit einem Pekinesen an der Leine versuchte, sich bei den Kindern über den Lärm zu beschweren, kam aber aufgrund des Lärms nicht damit durch und verließ zornig schimpfend den Park.

Der kleine zehnjährige Tom, ein dünnes Kerlchen mit Asthmaproblemen, hatte sich tief in einem Busch versteckt. Er ging immer weiter rückwärts, da er auf dem Weg den Sucher kommen sah.

Dann hockte er sich hin und spähte zwischen den dichten Zweigen hindurch. Er hatte eigentlich nicht mitmachen wollen, es war kalt und dicke Flocken fielen vom Himmel. Seine Mutter wäre nicht amüsiert, wenn sie wüsste, wo er war.

Zum Verstecken war es auch nicht gerade leicht, da an den Bäumen und Büschen kaum noch Blätter hingen. Aber sein bester Freund Lines hatte ihn überredet. Tom fühlte in seiner Jackentasche nach der kleinen Flasche mit den Asthmatropfen. Die musste er ständig dabeihaben. Verdammtes Asthma.

Er machte einen weiteren Schritt hinein in das Buschwerk und machte sich ganz klein. Der Sucher sah in seine Richtung, erspähte ihn aber nicht. Tom kicherte und wäre fast nach hintenübergekippt. Er konnte gerade noch seine Hand aufstützen.

Er fühlte etwas Glattes an der Hand. Als er sich umsah, erkannte er eine rosafarbene Damenhandtasche. Sie lag halb unter dem heruntergefallenen Laub. Tim griff danach und zerrte sie hervor. Das war gar nicht so leicht und er atmete schwer. Irgendetwas hielt seine Trophäe fest. Er zerrte und zerrte. Eine bleiche Hand kam zum Vorschein, die die Tasche fest im

Griff hatte. Und als Tim weiterzog, zeigte sich der Arm und schließlich der Kopf einer Frau. Der Schrei, der aus seinem Mund kam, war für einen asthmakranken Jungen schon außergewöhnlich laut. Er schrie die ganze Kindermeute zusammen.

Lines war als einer der Ersten bei ihm, griff seine Hand und holte ihn aus dem Buschwerk heraus. Da schrie Tim nicht mehr, sondern hatte einen bösen Asthmaanfall. Zum Glück wusste Lines, was zu tun war. Er holte die Flasche aus der Tasche des Jungen und tropfte ihm mittels der Pipette etwas von der Flüssigkeit in den verkrampften Mund. Zwei, drei Sekunden und Tim begann, sich langsam zu entspannen.

„Alter, was war denn los?", fragte der lange Wullie, ein für sein Alter ziemlich hochgewachsener Drittklässler. Tim zeigte nur mit der Hand in den Busch.

Eine kleine Gruppe traute sich hinein und kam schneller wieder heraus, als man gedacht hätte. Die Kinder diskutierten wild durcheinander.

Die Aktion hatte ein älterer Herr beobachtet und war zu der Kindergruppe gekommen.

„Alles in Ordnung mit euch, Jungs?", fragte er.

Tim bekam wieder Luft und setzte sich auf.

„Da liegt eine tote Frau!", rief er panisch und atmete dabei schwer und krampfhaft ein und aus.

Der alte Herr lief zur nächsten Telefonzelle und alarmierte die Polizei. Vorher hatte er den Jungs eingeschärft, keinen Schritt mehr zu machen und zu warten.

Nach etwas mehr als einer halben Stunde beugte sich der Rechtsmediziner Dr. Wallace über die Leiche der Frau. In einiger Entfernung saß Constable True neben dem kleinen Tim und nahm seine Aussage auf.

Sie hatte eine sehr ruhige Art und das war gut für den Jungen. Er und sein Asthma hatten sich beruhigt.

Detective Inspector Marlow sah dem Doktor bei der Arbeit zu.

„Was denken Sie, Doktor?", fragte er.

„Ich denke sehr viel, mein guter Inspector."

Inspector Marlow verdrehte die Augen.

„*Mors omnibus communis*, alle müssen sterben, aber diese Frau hat es zu früh getroffen. Stumpfes Trauma am Hinterkopf und Würgemale am Hals. Mord, wie er im Buche steht. Gewehrt hat sie sich auch, Partikel unter den Fingernägeln, wie ich sehe. Warten wir die Obduktion ab. Und fragen Sie mich nicht, wann sie gestorben ist. Es ist eiskalt, die Leichenstarre hat eingesetzt. Das bedeutet, man kann es nicht genau sagen. Vielleicht etwa acht Stunden."

Inspector Marlow nickte. Ein Polizist reichte ihm eine Tüte, in der eine rosafarbene Damenhandtasche aus billigem Plastik lag.

„Hat die Spurensicherung schon daran gearbeitet?", fragte er den Polizisten. Der nickte.

Der Inspector nahm die Tasche aus der Tüte und öffnete sie. Er griff zu der Geldbörse und sah hinein. Ein bisschen Kleingeld, mehr nicht. Neben der Börse lagen ein knallroter Lippenstift, eine halb leere Schachtel Zigaretten, Taschentücher und der Ausweis.

Er las.

Bridget Watts, wohnhaft Brams.

„Woher kenne ich den Namen Watts?", fragte er.

„Von der Sache in St. Applewood, Sir. In der Liste der Angestellten der ehemaligen Brauerei gab es mehrere mit diesem Namen, aber keine Bridget Watts", antwortete Constable True, die mit den Aussagen der Jungen fertig geworden war und nun neben dem Inspector auf die Leiche hinabblickte.

Eine aufgeregt wirkende Frau erschien am Tatort.

„Tom, was hast du wieder angestellt", schimpfte sie und bückte sich unter dem Absperrband hindurch.

Anstelle des verängstigt auf einer Bank sitzenden Tom antwortete Constable True.

„Alles in Ordnung, Ihr Sohn hat eine Tote entdeckt und fühlt sich natürlich nicht besonders. Sie können ihn mitnehmen. Ich habe Ihre Adresse notiert."

Toms Mutter wurde blass, griff zur Hand ihres Sohnes und verließ mit ihm langsam den Park.

Am Abend erschien Constable McDonald im Pub. Er bestellte ein Cider und stellte sich zu Richard Prescott an den Kamin.

Eine Weile blickte er versonnen in die Flammen und wärmte seine klammen Finger am Feuer. Dann, als Barrington mit seinem Ciderglas kam, setzte er sich zu dem Buchhändler, der nun sein Buch zur Seite legte und ihn prüfend ansah.

„Sie sehen ganz schön mitgenommen aus, Constable, ist alles in Ordnung?", fragte er.

„Nein, es ist überhaupt nichts in Ordnung", sagte er und stöhnte.

Barrington setzte sich zu den beiden und reichte dem Polizisten das Glas.

„Was ist passiert?", fragte er.

„Eine ganze Menge. Ich bin vor einer halben Stunde aus Lintie gekommen. Die Obduktion der Ciderleiche hat nun zweifelsfrei ergeben, dass es sich tatsächlich um Mr Hoskins handelt. Kein Zweifel. Die Zahnarztunterlagen waren sehr hilfreich. Du hast es ja auch vermutet, Barri. Mein Gott, wie lange der Mann da drin gelegen haben muss. In Lintie hat heute Mittag ein kleiner Junge die Leiche einer Frau im Park gefunden. Darum wurde ich nach Lintie beordert. Es handelt sich um die rote Bridget. Stellt euch das vor. Bridget Watts wurde in Lintie ermordet."

Barrington war erschüttert.

„Das kann doch nicht wahr sein! Sie wusste also mehr, als sie mir gesagt hat." Barrington merkte im gleichen Augenblick, dass der Constable nun wusste, was er in der letzten Zeit so trieb.

„Du sollst dich nicht in die Polizeiarbeit einmischen, mein Junge. Du siehst, wo das enden kann. Wer weiß, wen Bridget verärgert hat. Das hat sie dann mit dem Leben bezahlt", erklärte Constable McDonald.

„Ich habe die furchtbare Aufgabe, es ihrem Mann zu sagen. Ich fahre gleich hin."

Barrington dachte nach.

„Nimm jemanden vom Jugendamt mit, ich bitte dich. Es gibt dort zwei Kinder, ein völlig verwahrlostes Mädchen im Alter von höchstens fünf und ein Baby. Das Mädchen ist noch nicht mal das leibliche Kind von Sean Watts. Ich befürchte, er lässt seine Wut an den Kindern aus, wenn er erfährt, was passiert ist."

„Wo soll ich denn jetzt jemanden vom Jugendamt herbekommen?", fragte der Constable traurig.

„Deine Mutter sollte mitfahren. Sie hat Ahnung von Kindern und arbeitet bei einem Arzt", sagte Rick.

„Gute Idee!", rief Barrington. Er ging zum Telefon und sprach mit seiner Mutter, erklärte ihr die Sachlage und sie war sofort bereit, zu helfen.

So kam es, dass das kleine Mädchen endlich den verkommenen Bauernhof und den Schläger der Familie Watts verlassen durfte und mit dem Baby in Lintie in einem Kinderheim untergebracht werden konnte.

Constable McDonald hatte am selben Abend alle Hebel in Bewegung gesetzt, um den Kindern einen Platz zu besorgen.

Norma Brandon musste keine Sachen für die Kinder einpacken, es gab keine. Ihr kamen die Tränen, als sie das sogenannte Kinderzimmer gesehen hatte.

Sean Watts dachte nicht einen Moment an die Kinder. Er haderte mit seinem eigenen Schicksal und hatte dem Constable sogar Prügel angeboten, weil der ihm die schlimme Botschaft gebracht hatte. Seine Alkoholfahne war unverkennbar. In der Spüle lagen diverse leere Whiskyflaschen und in der alten Scheune wurde vermeintliches Diebesgut entdeckt. Das würde ihm in der nächsten Zeit eine Anklage einbringen. Vorerst durfte er, bis zur Klärung, auf dem Hof bleiben.

Als der Polizist und Barringtons Mutter an dem alten Bauernhof angekommen waren, hatten sie die Kinder erst einmal suchen müssen.

Das kleine Mädchen hatte sich zusammen mit dem Baby in einem Stall vor dem Schläger Watts versteckt. Als sie dem Kind erklärte, dass Bridget Watts tot war und man die beiden in ein Kinderheim bringen würde, umarmte das Mädchen Mrs Brandon. Sicher war ein Kinderheim für die beiden nicht der angenehmste Platz, aber die beiden Kinder waren noch sehr klein und vielleicht ergab sich in der nächsten Zeit der Platz in einer Pflegefamilie. Alles war besser als das Leben bei den Watts.

Wenigstens hatte dieser furchtbare Tag zwei Kindern etwas Gutes gebracht.

Viscount Millweard Woodland lässt bitten

Barrington sah am nächsten Morgen auf seine Verdächtigenliste. Nur noch drei Namen standen dort.

Sam Watts, Warren Smith und stellvertretend für den Namen des Liebhabers der Mrs Hoskins hatte er ein Strichmännchen mit einem riesigen Schnauzbart auf das Papier gemalt. Eigentlich sah es wie ein Bart mit Beinen aus. Er war noch nie ein großer Maler gewesen.

Sam Watts war in Glasgow und ging seinen eigenen krummen Geschäften nach. Warum sollte er so viele Morde riskieren und was sollte nach dieser langen Zeit das Motiv sein? Barringtons Gefühl sagte ihm, dass Sam nicht der Täter sein konnte.

Andererseits fiel ihm auch kein Motiv ein, das Warren Smith zu diesen Taten bewogen haben könnte. Man konnte ihm höchstens schlechtes Benehmen gegenüber seiner Familie, seiner Freundin und dem Fischer in Girvan vorwerfen. Er war eben ein echter Hitzkopf, der sein Leben nicht auf die Reihe bekam. Natürlich hatte das auch mit der Schließung der Brauerei zu tun. Aber war sein hitziges Gemüt ein ausreichendes Motiv, um den alten Hoskins umzubringen? Und würde man, weil das Leben einem dumm mitgespielt hatte, so viele Menschen dafür töten?

Sackgasse.

Barrington legte seine Liste auf die Seite und trank seinen starken Kaffee aus. Heute Morgen hatte er Kaffee, schwarz, stark und süß, gebraucht. Farlan hatte mit dem Kopf geschüttelt. Der Junge saß am Tisch in der Küche, Rufus auf dem Schoß, und sah in ein altes, zerfleddertes Buch. Chadwick hatte ihm heute Morgen das Rezeptbuch seiner verstorbenen Frau gebracht. Bevor er es ihm gegeben hatte, hatte er mit dem Zeigefinger gedroht. Farlan solle vorsichtig mit dem Buch umgehen. Der Junge hatte es versprochen.

„Mrs Chadwick hat hier eine riesige Menge Suppen aufgeschrieben. Das ist doch genau das Richtige, oder Chef?", fragte er, während Rufus wohlig schnurrte. „Einer ordentlichen Pub-Suppe kann niemand widerstehen." Farlan sah zu Barrington. Hatte er ihn gehört? Sein Chef schien in Gedanken versunken.

„Barri? Hast du verstanden?", fragte er erneut.

Barrington sah auf.

„Was? Entschuldige. Ich bin heute noch nicht ganz einsatzfähig", sagte er und goss sich frischen Kaffee ein.

„Weißt du, Barri, ich kann später zu Mrs Smith gehen und frisches Gemüse holen. Oder soll ich lieber zu deinem Onkel auf den Bauernhof? Da bekommt man doch sicher eher etwas. Manchmal ist eine ganz neue Quelle besser, da komme ich vielleicht auf gute Ideen für unsere heutige Pub-Suppe. Was meinst du?"

Barrington sah ihn interessiert an.

„Was hast du eben über eine ganz neue Quelle gesagt?"

„Na, ich meinte, dass es gut ist, wenn man auch einmal eine andere Quelle für unser Gemüse sucht. Direkt vom Bauern ist doch sicher besser. Das meinte ich, aber dann musst du mir Geld geben, bitte."

„Du bist genial!", rief Barrington und sah auf seine Uhr. Es war neun Uhr vorbei, etwas früh für einen Besuch bei Maureen Hastings.

„Ach ja? Dass ich genial bin, hat mir noch niemand gesagt. Aber klingt gut", sagte Farlan.

„Eine neue Quelle. Das ist eine gute Idee. Ich denke, ich werde mich mal mit den Woodlands unterhalten. Die leben doch so lange hier in St. Applewood. Könnte sein, dass einer ihrer Vorfahren schon bei der *Schlacht von Duns* im vierzehnten Jahrhundert dabei gewesen ist und von den schottischen Bauern mit viel Lärm und spitzen Mistgabeln in die Flucht geschlagen wurde. Kann man alles nicht wissen", sagte Barrington und grinste.

„Ich nehme dem alten Viscount eine Flasche Cider mit, von der guten Sorte. Er liebt den, sein Butler Slander leider auch, also brauche ich zwei Flaschen. Hoffentlich komme ich überhaupt an dem vorbei. Das ist nicht so ein netter Zeitgenosse wie dieser Butler Beanstock, der neulich hier war."

Barrington griff in seine Tasche und legte dem Jungen einen Geldschein auf den Tisch. Er nickte ihm zu und ging nach oben in sein Schlafzimmer, um sich umzuziehen. Als er in seinem guten Anzug und Krawatte erschien, pfiff Farlan durch die Zähne.

„So fein habe ich dich ja noch nie gesehen. Gibt´s da auf der Burg eine Maid zu erobern?", fragte er.

Barrington räusperte sich.

„Hol deine Jacke, frecher Kerl. Ich lasse dich am Hof meines Onkels raus und hole dich danach dort wieder ab. Sag meiner Tante, dass du von mir kommst. Sie kennen dich ja noch nicht. Da kannst du dich in Ruhe auf dem Hof umsehen."

Rufus war mit diesem Arrangement nicht einverstanden, fauchte kurz und verließ den warmen Platz auf Farlans Schoß. Er lief nach vorn in den Gastraum und kuschelte sich auf sein weiches Kissen auf dem Fensterbrett.

Barrington fuhr mit seinem Wagen auf den Hof der Johns und stoppte. Farlan stieg aus.

Tante Luise stand mit einer Schüssel inmitten gackernder Hühner und streute mit einer ausholenden Bewegung Futter unter die Schar hungriger Schnäbel. Sie war eine kleine rundliche Person mit hellbraunem Haar und einem gewinnenden Lächeln im rosigen Gesicht.

Barrington kurbelte das Fenster auf seiner Seite herunter und begrüßte sie. Dadurch konnte er seiner Tante den neuen Mitarbeiter auch gleich selbst vorstellen.

„Morgen, Tante Lu. Das ist Farlan ...", sagte er und bemerkte plötzlich, dass er den Nachnamen des Jungen immer noch nicht kannte. Er nahm sich vor, heute Abend mit ihm zu sprechen. So ging das nicht weiter.

Farlan war inzwischen ausgestiegen und reichte Luise John die Hand.

„Ich habe noch etwas zu erledigen und hole ihn dann wieder ab. Er möchte Gemüse oder so kaufen", sagte Barrington.

„Maureen Hastings?", fragte seine Tante und wies mit ihrer Hand auf den feinen Anzug.

Woher wusste Tante Luise das nun schon wieder? Hatte er ein Schild an der Stirn, auf dem Maureen stand? Das war immer schon so gewesen. Sie kannte ihren Neffen einfach zu gut und hatte ihm schon früher immer auf den Kopf zugesagt, was er für Unsinn planen würde.

„Wenn du dich so schick gemacht hast, wirst du wohl kaum zu mir kommen, um Eier zu kaufen, mein Junge", erklärte sie lächelnd. Sie drehte sich zu Farlan um und winkte ihm, ihr zu folgen. Farlan nahm den großen Weidenkorb aus dem Auto und folgte ihr.

Barrington wendete den Wagen und fuhr nach rechts auf die Straße in Richtung Brams und Lintie. Nach einigen Minuten erreichte er den Landsitz der Woodlands.

Das Haus der Woodlandsippe war 1840 im Stil des *Scottish Baronial* umgebaut worden, einem Baustil, der sich an der Architektur des Mittelalters anlehnte. Drei wehrhafte Türme mit Wehrgängen verbanden die Wohnkomplexe dazwischen. Die Gebäude bestanden aus dem heimischen Granit. Nach hinten hatte der vorherige Viscount im Jahre 1850 mehrere Terrassen anbauen lassen. Er hatte sich mit seiner angetrauten Lady nicht besonders gut verstanden. Deshalb hatte er Terrassen, für jeden eine eigene, bauen lassen. Im Ganzen gab es drei davon mit einer Terrasse in der Mitte, die ihn weit genug von seiner Gattin entfernt hielt. Auf der durfte der kleine Millweard Woodland spielen. Die Handwerker hatten sich köstlich amüsiert und im ganzen Ort St. Applewood herumerzählt, dass der Viscount verrückt geworden sei. Im Haus zeugte noch heute ein quer durch Salon und Eingangshalle gezogener Strich von dieser ehelichen Fehde. Der heutige Viscount verteidigte mit Vehemenz diesen hässlichen Strich, sollte Mrs Partridge einmal, mit Eimer und Lappen bewaffnet, versuchen, daran herumzuscheuern.

Das große schmiedeeiserne Tor mit dem Woodlandwappen darin stand weit offen und Barrington fuhr langsam am Torhaus vorbei auf den Vorplatz. Bing, der Gärtner und Knecht, stand auf dem Platz und harkte den Kies.

Barrington kannte den netten jungen Mann nur unter dem Namen Bing. Er war mit ihm zur Schule gegangen. Bing war ein paar Klassen unter ihm gewesen. Er konnte sich gut erinnern, dass man Bing ständig gehänselt hatte, weil er langsam und anders war. Barrington dachte an seinen besten Freund Richard Prescott. Wenn der damals nicht aufgetaucht wäre, wäre vieles für ihn auch schlimmer gewesen. Bing hatte es sicher nicht leicht gehabt im Leben. Als Kind sieht man viele Dinge anders. Barrington hätte ihm helfen sollen, aber damals in der Schule hatte er mit seinen Problemen genug zu tun gehabt.

Bings Eltern hatten bei den Woodlands gearbeitet und im Torhaus gewohnt. Nun hatte Bing ihre Aufgaben übernommen und kümmerte sich um den Garten und was eben so anfiel.

Barrington parkte und stieg aus. Er griff zu seinem Mantel und zog ihn an. Es war eiskalt.

„Morgen, Bing!", rief er dem jungen Mann zu.

Bing sah von seiner Arbeit auf und lächelte Bar-

144

rington an. Dann versuchte er zu antworten, was ihm nicht sofort gelang. Barrington konnte warten.

„Morgen, Barri ... zu ... wem ... willst ... du?", fragte Bing.

„Ist Maureen da? Ich möchte gern mit ihr reden. Wenn es geht, nicht über den Umweg Butler Slander", antwortete Barrington. Warum der Knecht den Kies so ausgiebig harken musste, fragte Barrington nicht. Die Erklärung würde zu lange dauern. Er vermutete, dass es eine Anweisung des Butlers war.

Bing nickte wissend.

Wer auf diesem Anwesen konnte diesen Butler überhaupt leiden? Wahrscheinlich nur der Viscount und er ließ es nicht zu, diesen unfähigen Mann zu entlassen.

„Miss Maureen ... ist im ... Garten", brachte Bing mit viel Mühe heraus.

„Danke dir, Bing, bis später", sagte Barrington, nahm die beiden Cider Flaschen aus dem Wagen und ging am Eingang vorbei zur Rückseite.

Der Garten träumte im Winterschlaf vom kommenden Frühling. Eine dünne Schneedecke lag auf Bäumen und Büschen. Die Wege hatte Bing ordentlich frei gefegt. So kam er trockenen Fußes im Garten an.

Maureen stand auf einer der Terrassen und befüllte ein Futterhäuschen für die Wildvögel. Sie war in einen langen Wollmantel gehüllt, hatte eine dicke Mütze auf dem Kopf und um den Hals einen langen, feuerroten Schal gewunden. Barrington erkannte sofort die Arbeit von Raelyn McNeedle. Die hiesige Wollverarbeitung war überall im Dorf präsent.

„Tag, Maureen, hast du einen Moment Zeit?",

fragte er, als er bei ihr angekommen war.

„Sicher. Komm mit hinein. Ich bin vollkommen durchgefroren, trotz der dicken Sachen. Lassen wir uns einen Tee bringen, was denkst du? Oder willst du mich auf einen Cider einladen?", fragte sie und deutete auf die Flaschen in seinen Händen.

„Die sind für deinen Onkel und wer es sonst noch gern mag", sagte Barrington lächelnd und folgte ihr über die Terrasse und durch die geöffnete Tür in den Salon. Er schloss die Tür schnell wieder, damit die Kälte draußen blieb.

Maureen ging quer durch den Raum zur Tür und zog an dem langen bestickten Band, das dort von der Decke herabhing. Nach ein paar Minuten trat eine kleine Person mit schneeweißem Haar, die Hausdame Mrs Partridge, ein. Sie fragte, was sie für Maureen tun könne, und verließ dann den Salon, um das Gewünschte zu besorgen.

Maureen Hastings schälte sich Stück für Stück aus ihren dicken Sachen und legte sie auf einen Sessel neben einen Sekretär, der vor einem der bodentiefen Fenster stand. Barrington tat es ihr nach und legte seinen Mantel über den Sessel am Kamin.

Die Einrichtung des Salons war, wie das gesamte Haus, alt und vielleicht teilweise überholt, aber gut gepflegt. Maureen achtete auf diese Dinge. Sie kannte jedes Möbelstück im Haus. Ihr entging so schnell kein Riss im Bezugstoff oder ein aus den Fugen geratener Stuhl. Barrington bewunderte sie. Ohne die Nichte des Viscounts würde hier sicher schon alles zusammen-gefallen sein. Denn ihr Onkel hatte andere Dinge im Kopf, die ihm ungemein wichtig waren. Seine Experimente und im Sommer seine Schmetterlingsjagd.

„Setz dich, Barri, was kann ich für dich tun?", fragte Maureen und ließ sich in einen Sessel neben dem Kamin fallen, in dem ein lustiges Feuer brannte.

Die Tür wurde geöffnet und Viscount Millweard Woodland persönlich trat ein. Er schien niemanden zu sehen und ging schnurstracks auf die Terrassentür zu. Er trug, zu Barringtons Überraschung, einen sommerlichen karierten Anzug mit Knickerbockerhosen, einen Panamahut und in der Hand ein Schmetterlingsnetz.

„Onkel Millweard? Wo willst du bei diesem Wetter denn hingehen?", fragte Maureen und sprang auf.

Barrington beobachtete die Szene amüsiert. Im Ort war allgemein bekannt, dass der Viscount seltsame Allüren an den Tag legte. Da war das Hissen der schottischen Flagge an jedem Morgen und das Singen der englischen Nationalhymne noch eine Kleinigkeit. Zur gleichen Zeit hisste am anderen Ufer, gegenüber von Woodland Manor, Barringtons Freund, der Maler Richard Tabbs, ebenfalls die schottische Flagge und sang dazu die schottische Nationalhymne. Er verwendete seit einiger Zeit zu diesem Zweck ein Sprachrohr aus Metall, das er sich besorgt hatte. Das wiederum ärgerte den Viscount und er würde sich etwas einfallen lassen müssen. Diese Fehde zwischen den beiden Männern war uralt und niemand wusste, um was es wirklich ging.

Manch ein Bürger aus St. Applewood hatte sich bei der Polizei schon über den unglaublichen Lärm beschwert. Aber Constable McDonald zuckte nur die Schulter und meinte, die Kirchenglocke sei viel lauter.

Zumindest hielt man dem Viscount zugute, dass er

147

nicht den englischen Union Jack hisste.

„Es ist Schmetterlingszeit, mein Mädchen", erklärte der Viscount freudestrahlend. „Habe von meinem Turmfenster den Hauhechel-Bläuling, *Polyommatus icarus*, gesehen. Der fehlt in meiner Sammlung."

Maureen stöhnte.

„Es ist Dezember, Onkel Millweard. Der Bläuling fliegt nur bis Oktober herum, jetzt schläft er irgendwo und überlegt sich, wie er im Frühjahr deinem Schmetterlingsnetz entgehen kann. Du bist viel zu kühl angezogen. So kannst du nicht hinausgehen."

Viscount Millweard sah an sich hinunter.

„Das ist aber sehr schade. Ich könnte schwören, den Hauhechel-Bläuling gesehen zu haben. Dann also später. Sag mir, wenn es Frühjahr ist, mein Kind. Hallo, Barrington, schön dich zu sehen. War Teddy nicht gerade da? Dachte, seine überspitzt nörgelnde Stimme gehört zu haben", sagte er und rauschte aus dem Salon. Beinahe hätte er die Hausdame umgerannt, die mit dem Teetablett kam.

Maureen ließ sich in den Sessel zurückfallen und stöhnte erneut.

Mrs Partridge kam kopfschüttelnd mit dem Tablett herein und stellte es auf dem Tisch vor dem Kamin ab.

„Danke, wir bedienen uns schon selbst", sagte Maureen. „Nehmen Sie doch bitte die beiden Flaschen Cider mit in die Küche." Mrs Partridge nickte kurz, griff zu den Flaschen und verschwand. Leise schloss sie die Tür hinter sich.

„Du hast es nicht leicht, Maureen", sagte Barrington und goss zwei Tassen Tee ein. „Magst du Zucker oder Milch?", fragte er.

„Heute nehme ich zwei Stück Zucker, ich brauche das jetzt", sagte sie. „Nun erzähl, was dich herführt."

Sie griff in die Schale mit den Shortbreadkeksen. Die Köchin, Mrs Rissole, war eine begnadete Bäckerin. Barrington griff ebenfalls zu.

„Vielleicht hast du gehört, dass der Tote in der Brauerei Mr Hoskins gewesen ist. Du weißt, ich habe dort den Pub eröffnet. Es wirft ein schlechtes Licht auf mich, dass da im Keller ein Toter über dreißig Jahre lang herumlag. Ich muss die Sache aus der Welt schaffen. Das ist schlecht fürs Geschäft.

Ich habe mich unter den ehemaligen Mitarbeitern umgehört. Bis auf Warren Smith, den Bruder von unserer Mrs Smith aus dem Landwarenladen, habe ich so gut wie alle Namen eliminiert. Mir gehen die Optionen aus. Da wollte ich mit deinem Onkel reden. Er kennt doch alles und jeden hier. Vielleicht fällt ihm ein Grund ein, warum jemand den alten Hoskins, seine Frau und jetzt auch noch die rote Bridget umgebracht hat."

Maureen kaute gedankenverloren an ihrem Keks.

„Findest du es gut, einem dreifachen Mörder hinterherzusteigen? Das solltest du der Polizei überlassen."

„Du kannst dir nicht vorstellen, wie erschüttert mein Vater gewesen ist, als wir die Leiche gefunden haben. Nein, ich werde etwas tun müssen", sagte Barrington.

Maureen grinste breit.

„Du hast Spaß daran gefunden, ist es nicht so?"

Barrington fühlte sich ertappt. Maureen war nicht dumm. Er lächelte.

„Dann sollten wir mit meinem Onkel reden. Aber

du hast gesehen, wie durcheinander er manchmal ist. Er will im tiefsten Schneegestöber einen blauen Schmetterling gesehen haben." Sie trank ihren Tee aus und stand auf.

„Lass uns zu ihm gehen." Sie griff sich das Tablett und Barrington öffnete ihr die Tür zur Eingangshalle.

Mrs Partridge kam aus einem der Zimmer und nahm ihr sofort das Tablett ab. Sie räusperte sich.

„Das ist meine Aufgabe, Lady Maureen."

„Eigentlich wäre es die Aufgabe von Slander, Mrs Partridge, aber der ist mir heute noch nicht begegnet", antwortete Maureen.

Sie winkte Barrington, ihr zu folgen und sie gingen durch die große eiskalte Vorhalle zur Treppe, die sich breit und ausladend nach oben zog.

In der ersten Etage angekommen, hielt sich Maureen rechts, ging durch einen langen Flur und zur nächsten Treppe, die sich in einer engen Spirale nach oben wand. Sie befanden sich nun in einem der Türme. Oben angekommen, standen die beiden vor einer Tür.

Maureen klopfte an und öffnete sie.

Barrington stand in dem Allerheiligsten des Viscounts, dem Labor, das kaum jemand bis jetzt zu Gesicht bekommen hatte.

Maureens Onkel arbeitete konzentriert an einem langen Tisch, der mit einer Unmenge Glasgefäße in allen Größen und Formen vollgestellt war. Unter einigen Glaskolben standen Bunsenbrenner. Flammen loderten aus ihnen heraus. Es brodelte rot, grün und vor allem blau in den Gefäßen. In einem besonders großen Glaskolben stiegen seltsame violettblaue Blasen nach oben und zerplatzten mit einem schmatzenden Geräusch. Das war wahrscheinlich der blaue Schmetterling, den der alte Herr gesehen hatte.

An den Wänden standen deckenhohe Regale mit Glastüren, in denen sich eine Apothekerflasche mit Glasstopfen an die andere reihte. An der Vorderseite waren sie mit weißen, teils vergilbten Etiketten versehen. Die lateinischen Namen sagten Barrington nichts. Dann gab es auch verschieden große Mörser, Glaskolben und Porzellangefäße. Auf einem weiteren Tisch standen Mikroskope, Messingwaagen mit allerlei Gewichten dazu und seltsame Glasspulen, in denen es rosa und violett waberte. Und über allem lag ein eigenartiger chemischer Geruch, den Barrington noch nicht als schlecht oder gut einordnen konnte.

Der Viscount trug einen langen weißen Kittel, ellenbogenlange rote Lederhandschuhe und eine seltsame Schutzbrille vor den Augen, die Barrington an eine alte Fliegerbrille erinnerte. Sein halblanges weißes Haar stand wirr vom Kopf ab und durch die Brille sahen seine Augen vergrößert aus.

„Onkel, Barrington möchte dich sprechen", sagte Maureen und tippte dem Viscount auf die Schulter.

„Ich bin mitten in einem wichtigen Experiment!", rief er zornig aus. Aus dem Nebenraum erschien der verloren geglaubte Butler Slander. Er war ein hagerer Mann, hatte schütteres, bräunliches Haar und einen verschlagenen Blick. Mit diesem Blick bedachte er vor allem Barrington, der sich sofort unwohl in seiner Haut fühlte.

„Seine Lordschaft hat wichtige Arbeiten. Es passt jetzt wirklich nicht, My Lady", erklärte er mit einer seltsamen, hohen Flüsterstimme und brachte damit

Zornesröte auf das Gesicht von My Lady.

„Was erlauben Sie sich schon wieder! Ich denke, Sie haben anderweitige Aufgaben zu erfüllen!", rief Maureen.

Slander sah zu dem Viscount, der sich nicht äußerte und nur mit seinen vergrößerten Augen hinter der Brille von einem zum anderen schielte. Der Butler beugte leicht den Kopf und verließ das Turmzimmer. Die Tür fiel hinter ihm ins Schloss und Barrington atmete wieder normal.

„Was hast du an diesem Kerl nur gefunden, als du ihn eingestellt hast? Er macht mich wahnsinnig!", rief Maureen.

Viscount Millweard setzte seine Pilotenbrille ab und streichelte den Arm seiner Nichte.

„Hab´ mich an ihn gewöhnt. Er muss bleiben. Tut mir leid, Liebes."

Maureen schluckte ihre Wut hinunter.

„Barrington ermittelt im Fall des toten Mr Hoskins. Vielleicht kannst du dich an einen Vorfall erinnern, der damit zusammenhängen könnte. Ein Streit oder so etwas. Du warst doch öfter bei den Hoskins´ zu Besuch. Ich erinnere mich, dass er mit seiner aufgedonnerten Ehegattin auch hier im Haus war. Barri hat dir zwei Flaschen Cider mitgebracht. Den liebst du doch so."

Viscount Woodland lächelte und schob die beiden Besucher vor sich her in den Nebenraum, als würde er nicht wollen, dass sie etwas sahen, was geheim wäre. Hier befand sich ein Büro mit einem Schreibtisch und Regalen an den Wänden. Überall lagen Papierrollen gestapelt, Bücher in recht zerfleddertem Zustand und

Notizen, fast unlesbar hingekritzelt. Barrington sah keinen einzigen Platz, auf dem nichts lag. Das perfekte Chaos.

„Großer Gott! Der alte Hoskins war ein Dummkopf!", rief der Viscount. „Nimmt sich so eine junge Frau und wundert sich dann, wenn sie das Geld zum Fenster rausschmeißt. Er hat mir einmal erzählt, er vermutet, dass die Dame einen Liebhaber hat, den sie mit seinem Geld aushält. Es kam nie raus, wer es war. Aber ich erinnere mich genau, dass auch Cider in größeren Mengen verschwunden war. Über Nacht sozusagen."

Barrington war überrascht, dass der verwirrte Viscount Woodland doch noch so viel wusste. Das hätte er nach dem Vorfall mit den Schmetterlingen nicht erwartet. Manchmal hatte er den Eindruck, der alte Schlaumeier tat nur so, als ob er nichts verstehen würde, um seine Ruhe zu haben.

Wieder einmal kam dieser Liebhaber ins Spiel, von dem er schon gehört hatte. Seltsam nur, dass niemand einen Namen oder eine Beschreibung geben konnte. Den Leuten war nur der große Schnauzbart aufgefallen. Die rote Bridget hätte vielleicht mehr dazu sagen können. Sie war als junges Mädchen oft in der Brauerei gewesen und hatte alle, die nur im entferntesten wie Männer aussahen und zum Flirten taugten, gekannt. Aber sie hatte nichts verraten und nun war es zu spät.

Aber er war immer mehr davon überzeugt, dass alle drei Morde zusammenhingen. Entweder hatte Warren Smith oder dieser namenlose Liebhaber damit zu tun.

„Ich habe gehört, dass der Mann einen riesigen Schnauzbart gehabt haben soll", sagte Barrington.

„Ach, Humbug, damals hatte doch fast jeder Mann so ein Ding im Gesicht und manch eine Matrone sicher auch. Ich selbst hatte auch einen schönen Schnauzer, ist mir bei einem Experiment angesengt worden, musste ihn stutzen und habe ihn dann lieber ganz entfernt. Bunsenbrenner und Schnauzbärte vertragen sich nicht. Sprich doch mal mit der roten Bridget, die wird wissen, wer sich da außer dem alten Hoskins um die Dame des Hauses, gekümmert hat", sagte nun der Viscount. „Ein leckeres Mädchen war das." Der alte Herr sah mit glänzenden Augen in eine weit entfernte Vergangenheit.

„Bridget Watts ist tot, Onkel Millweard. Das habe ich dir doch heute Morgen beim Frühstück erzählt", sagte Maureen.

„Stimmt, sehr schade, das hast du, meine Liebe, und nun raus. Ich habe zu tun", rief er, setzte sich die Pilotenbrille auf und verschwand mit langen Schritten und wehenden Kittelschößen durch die offene Tür im Labor. Mit einem Knall fiel sie ins Schloss.

„Du hast noch einen guten Tag erwischt, Barri. Er ist in der letzten Zeit mehr verwirrt, als ich sagen kann. Ich denke manchmal, dass er zu viel diesen Dämpfen im Labor ausgesetzt ist und daher seine zunehmende Verwirrtheit herrührt. Hoffentlich experimentiert er nicht auch noch mit Arsen und Zyankali und bringt uns alle hier um."

Sie öffnete eine Tür, die aus dem Büro direkt in das Treppenhaus dahinter führte, und die beiden stiegen die Wendeltreppe hinab.

„Was war eigentlich neulich los? Ich habe dich auf dem Vorplatz mit einem Mann streiten sehen. Der mit dem weißen Sportwagen. Ich wollte schon anhalten und fragen, ob er dich belästigt", sagte Barrington.

Maureen stoppte und sah ihn aufmerksam an.

„An dir ist wohl doch ein echter Detektiv verloren gegangen. Der Kerl war Teddy. Ted Rooper ist mein Cousin und macht sich Hoffnungen, der nächste Viscount Woodland zu werden. Wie du weißt, können nur männliche Nachkommen den Titel und das Anwesen erben. Und da mein Onkel nie geheiratet und zwei Schwestern hat, geht der Titel an den nächsten männlichen Verwandten. Zum Glück ist vor Teddy noch mein Bruder Edward dran. Er hat ältere Vorrechte und er ist weitaus netter. Teddy ist ein unangenehmer Mensch. Bildet sich was ein auf sein Aussehen und rennt wie ein Mannequin auf dem Catwalk durch die Gegend. Er war hier, wie er sagte, um sein Anwesen in Augenschein zu nehmen. Na, dem habe ich was erzählt. Er hat mich als Kind schon immer geärgert, wenn er die Ferien hier auf Woodland Manor verbracht hat."

Barrington bewunderte Maureen Hastings. Was für eine engagierte, mutige Frau.

„Ich kann mich an den Kerl nicht erinnern, obwohl ich doch auch oft bei euch als Kind rumgelungert habe", sagte Barrington.

„Er ist älter als ich und hat den Grundherren raushängen lassen, wenn er hier war. Hat sogar Bing rumkommandiert, das musst du dir vorstellen", sagte Maureen.

Er sah auf seine Uhr.

„Es ist schon ganz schön spät. Ich muss los."

„Willst du nicht zum Essen dableiben?", fragte

Maureen. Inzwischen waren sie wieder in der eiskalten Vorhalle angekommen. Barri holte seinen Mantel aus dem Salon, wo er ihn zum Tee abgelegt hatte, und entschuldigte sich.

„Tut mir leid. Ein anderes Mal gern. Pass auf dich auf und lass dich mal in meinem Pub sehen. Ich würde mich freuen." Im Hintergrund knarrte eine Tür und fiel scheppernd ins Schloss. Maureen formte mit dem Mund den Namen Slander und sah zornig in die Richtung, in der der Butler wahrscheinlich gestanden und gehorcht hatte.

Barrington verließ das Haus, stieg in den Defender und fuhr zurück zum Bauernhof seines Onkels. Er hatte den armen Farlan ganz schön lange dort sitzen lassen. Aber wie er seine Tante kannte, hatte die ihn sofort zum Arbeiten angestellt.

Er fuhr auf den Hof, musste den Hühnern ausweichen und bekam ordentlich Gebell von Shelly, dem Hofhund, der sich als Beschützer für alles, was kreuchte und fleuchte, verstand.

Barrington stieg aus, streichelte Shelly und entschuldigte sich dafür, dass er das Federvieh erschreckt hatte. Shelly trollte sich und legte sich auf seinen Platz neben dem Stall, wo es immer etwas wärmer war.

Barrington ging zur Haustür und öffnete sie. Aus der Küche hörte er fröhliche Stimmen.

Er betrat die Küche seiner Tante und sah Farlan am Tisch sitzen, ein Messer in der Hand, Kartoffeln schälend. Sein Onkel John, nicht größer als seine Gattin, mit hellrotem Haar und Vollbart, stand am Herd und rührte in einem bauchigen Topf, aus dem es verführerisch duftete.

Tante Luise häkelte an einem Schal in ihrem bequemen Ohrensessel, der in der Ecke neben dem Ofen stand, und lächelte still vor sich hin.

„Da hast du ja wieder alle angestellt, Tante Lu", sagte Barrington, zog seinen Mantel aus, schnappte sich ein Messer und half Farlan, Kartoffeln zu schälen. Barrington nannte seine Tante meist nur kurz Lu.

„Du willst doch sicher mitessen, mein Junge, oder? Dann muss man etwas dafür tun. Ich muss endlich den Schal fertig bekommen, den ich deinem Cousin versprochen habe", sagte sie und häkelte weiter.

„Wo ist Fenton eigentlich?", fragte Barrington.

Fenton, der Sohn der Familie, war neunzehn Jahre alt und sollte den Hof einmal übernehmen. Barrington wusste aus Gesprächen mit ihm, dass ihn das nicht besonders reizte. Er wollte kein Leben als Bauer führen und hatte es seinen Eltern scheinbar immer noch nicht klargemacht. Malen, das war sein Traum. Fenton nahm heimlich Unterricht bei Richard Tabbs. Und der Zeichenlehrer war guter Hoffnung, dass sein Schüler auf einem guten Weg war. Barrington war der Einzige in der Familie, der davon wusste, und würde es Tante und Onkel sicher nicht verraten. Der Ärger war vorprogrammiert.

„Fenton ist im Ort und besucht alte Schulfreunde. Er wird sicher gleich kommen und Caitlyn, na du kannst es dir denken. Sie versorgt die Tiere. Sie liebt sie", erklärte Onkel John. Wenn er wüsste, dass Fenton und Caitlyn sich bereits einig waren, dass nämlich die Tochter der Johns den Hof übernehmen wollte, würde er in die Luft gehen. Dann würde man ihn sicher bis nach St. Applewood schreien hören.

„Immer schön rühren, John, die Kartoffeln müssen jetzt dazu. Na, macht schon, Männer, ich habe Hunger. Farlan, du schmeckst den Eintopf ab. Da lernst du gleich was", sagte Tante Luise in ihrer Häkelecke.

Nach gut einer halben Stunde saß die gesamte Familie John mitsamt Barrington und Farlan an dem großen langen Holztisch in der Küche und ließ sich den leckeren Eintopf schmecken.

Am Abend, der Pub war bereits gut gefüllt, ging die Tür auf und Constable McDonald erschien. Er sah gar nicht fröhlich aus und stellte sich neben den Tresen, wo Barrington gerade Cider zapfte.

Die Lieferungen kamen endlich pünktlich. Es hatte eine ganze Weile gedauert, bis Barrington sich mit den Brauereien und Whisky Anbietern geeinigt hatte. Aber nun hatte er seine Verträge unter Dach und Fach und konnte aufatmen.

Mit der Bank war auch alles geklärt. Wenn es so gut mit dem Geschäft weiterging, würde er den Kredit bald abbezahlt bekommen. Erst dann würde er sich wirklich im neuen Leben als Wirt eines Pubs angekommen fühlen. Er konnte es kaum erwarten.

Er zapfte ein Ale für den Constable, stellte es ihm hin und bekam von ihm das Geld.

„Was gibt es Neues? Was ist bei der Obduktion von Mrs Hoskins und der armen roten Bridget rausgekommen? Und wie geht es vor allem den Kindern? Ich muss oft an die beiden denken", sagte Barrington und hoffte, einen Hinweis zu bekommen, dem er nachgehen könnte. Es lief nicht besonders gut mit seinen Ermittlungen. Sein Hauptverdächtiger war immer noch

Warren Smith. Aber der Mann war einfach nicht aufzutreiben.

Constable McDonald nahm einen ordentlichen Schluck Ale, wischte sich den Mund mit seinem Taschentuch ab und stellte das Glas zurück auf den Tresen.

„Mrs Hoskins wurde erschossen. Eine Kugel direkt ins Herz. Sehr effektiv, wenn es schnell gehen muss. Die rote Bridget dagegen wurde erdrosselt", erklärte der Polizist und senkte dabei die Stimme. Das musste niemand hören, obwohl die Besucher des Pubs allesamt die Ohren spitzten.

„Wahrscheinlich wollte der Täter Lärm vermeiden, als er die Frau im Park umgebracht hat. Da ist es gut, die Kehle zuzuschnüren", sagte Barrington und polierte dabei Gläser. Der Constable sollte nicht auf die Idee kommen, dass Barrington ihn aushorchen wollte.

„Da hast du sicher recht, mein Junge. Aber wieso Bridget Watts? Ihr Mann Sean wurde inzwischen vom Verdacht, seine Gattin umgebracht zu haben, freigesprochen. So betrunken, wie der am Vorabend war, wäre der nirgends mehr hingefahren. Das kleine Mädchen hat das auch bestätigt, obwohl seine Aussage nicht wirklich ernst genommen wurde. Ich glaubte dem Kind. Als wir die beiden ins Kinderheim brachten, hat sie mir erzählt, wie stockbetrunken Sean Watts am Abend des Mordes gewesen war. Sie hatte sich mit dem Baby die ganze Nacht verstecken müssen und hatte den Kerl herumschreien und rumoren hören."

Barrington nickte.

„Das Mädchen ist ein schlaues, kleines Ding. Die

lässt sich nicht die Butter vom Brot nehmen. Und sonst habt ihr noch keinen einzigen Anhaltspunkt, warum Bridget an jenem Abend in diesem Park gewesen ist?"

Constable McDonald schüttelte den Kopf.

„Es gibt da ja noch die neue Villa von Mrs Hoskins in Lintie. Aber die Beamten haben dort bis jetzt nichts gefunden."

Der Polizist sah Barrington abschätzend an.

„Du machst doch keine Dummheiten auf eigene Faust? Lass das sein, Barrington. Dafür ist die Polizei da. Außerdem haben sie einen Verdächtigen. Nach ihm wird gefahndet. Gib mir noch ein Ale, mein Bester."

„Ich soll Dummheiten machen? Ich doch nicht. Hab´ genug mit meinem Pub zu tun", sagte Barrington und in seinem Kopf ratterten die Gedanken durcheinander. *Na klar, Mrs Hoskins hat in Lintie eine neue Villa. Daran habe ich noch gar nicht gedacht.*

Ein neuer Ansatz.

Aber immer wieder flogen seine Gedanken zu dem heutigen Gespräch mit dem Viscount. Was war es, was ihm da nicht mehr einfallen wollte? Ständig kam ihm dieses Gespräch in den Sinn. Als hätte er etwas gehört oder gesehen, was wichtig gewesen wäre. Er sollte sich unbedingt einen Notizblock mit Stift zulegen. So wie die Privatdetektive in den Filmen. Irgendwann würde ihm schon einfallen, was so wichtig gewesen war.

„Wer ist denn so dumm, verdächtig zu erscheinen?", fragte Barrington und stellte dem Constable ein weiteres frisch gezapftes Ale auf den Tresen.

Constable McDonald trank einen großen Schluck.

„Du bist ganz schön neugierig. Ich kann es aber verstehen. Schließlich hat alles hier in deinem brandneuen Pub begonnen und dein Vater hat hier lange gearbeitet."

Barrington machte große Augen und wurde blass.

„Ihr verdächtigt meinen Vater? Ist dieser Inspector Marlow von allen guten Geistern verlassen?", fragte Barrington.

Der Constable lächelte.

„Aber nicht doch. Das wäre ja wirklich verdammt falsch. Nein, ein ehemaliger Mitarbeiter hat sich über die Jahre mehr als verdächtig verhalten, war einige Zeit in Irland und ist vor Monaten zurück nach Schottland gekommen. Du kennst den Mann nicht."

Der Constable griff zu seinem Glas und ging in die Kaminecke, wo Richard über einem Buch brütete, das ihm scheinbar Kopfschmerzen bescherte. Er sah nicht sehr zufrieden aus. Der Polizist setzte sich zu ihm und sie begannen ein Gespräch.

Barrington war begeistert. Das zeigte er nur nicht offen. Er hatte Warren Smith schon viel früher als Verdächtigen eingekreist. Aus ihm wurde bestimmt ein guter Detektiv. Und es war irgendwie prickelnd.

Villa Hoskins in Lintie

Barrington stand am nächsten Tag vor einem seltsamen Bauwerk. Er fragte sich allen Ernstes, ob das wirklich ein Wohnhaus war. Er hätte es eher für den Sitz einer Geheimorganisation gehalten, die hier im Dunkeln Aktionen plante. Oder es handelte sich, ganz einfach, um einen Bunker. Weil er es so empfunden hatte, war er an dem Haus auch mehrmals vorbeigefahren, ohne auf die Hausnummer zu achten. Manchmal war ihm seine ausufernde Fantasie im Weg.

Nun stand er aber vor dem Haus mit der Nummer zehn, hielt den Kopf etwas schief und überlegte, was das war, was man dort hingebaut hatte.

Eigentlich war es ein großer Würfel aus Beton. Es gab keinerlei Rundungen und auch keine Fenster. Er sah jedenfalls keine größeren Öffnungen. Eine Tür konnte man gerade noch ausmachen an der Vorderseite. Sie war so grau wie der Beton der Wände.

Gut zu verteidigen, dachte er. Barringtons Fantasie schlug erneut Purzelbäume. Er sah Rob Roy mit seinen Mannen und ausführlichem Gebrüll auf die Betonmauern zustürmen.

So war es schon in seiner Kindheit gewesen, wenn er sonntags mit seinem Vater Fred zum Angeln gefahren war. Die beiden hatten stundenlang am

Wasser gesessen, ohne etwas zu sagen.

Langweilig.

Der kleine Barrington hatte sich dann Geschichten ausgedacht. Von einem Seeungeheuer, das mit Gebrüll aus dem dunklen See auftauchte und nach seinem Vater schnappte. Barrington würde dem Untier zeigen, wie man sich verteidigt. Er war aufgesprungen, hatte wild mit der Angelrute herumgefuchtelt und war einmal sogar im See gelandet. Fred Brandon hatte seinen Sohn schief lächelnd von der Seite angesehen, wenn so etwas passiert war.

„Du und deine Fantasie. Damit verscheuchst du den letzten Fisch, der eventuell zu einem Abendessen taugen könnte. Packen wir zusammen und kaufen unterwegs Fisch. Das wird deine Mutter kaum merken und wir stehen gut da." Die Angelausflüge waren langweilig gewesen, aber er hatte sie trotzdem geliebt.

Aber dieses Haus? Das sollte die neue Villa von Mrs Hoskins sein? Barrington kannte viele Leute, die nach dem Krieg plötzlich nicht mehr romantisieren und sich ein Haus im neuen Stil bauen lassen wollten. Alles schön aus Beton, kalt und abweisend. Aber in diesen Dingern gab es wenigstens Fenster. Diese neue Sachlichkeit in der Architektur war nicht nach Barringtons Geschmack.

Er sah sich in der Straße um. Es war eine sehr ruhige Nebenstraße am Stadtrand von Lintie. Hierher verlief sich sicher kaum jemand. Kein Mensch war zu sehen.

Barrington ging zur Haustür, sah sich nochmals prüfend um und lief dann auf einem Betonplattenweg zur Rückseite. Er wollte sich lieber nicht an der Haustür zu schaffen machen. Ein zufällig vorbeikommender Nachbar würde die Polizei rufen. Sicher war hier allgemein bekannt, dass die Eheleute Hoskins keinen Tee mehr trinken konnten.

Die Rückseite des Hauses sah etwas einladender aus, auch wenn es hier wiederum reichlich Beton gab.

Eine große Terrasse beherrschte diese Seite des Gebäudes. Dahinter gab es auch endlich ein paar Fenster, die nun wieder vollkommen übertrieben riesig waren. Sie nahmen die gesamte Länge und Höhe des Erdgeschosses ein. In der ersten Etage gab es nur ein paar schmale längliche Fenster. Sehr eigenartig. Überall auf dem Rasen standen Betonklötze herum, aus denen braunes Gestrüpp wuchs. Irgendwann hatte man hier Blumen angepflanzt. Aber dann hatte sich niemand mehr darum gekümmert.

Hinter dem Haus, im Anschluss an ein weitläufiges Rasenstück, schloss sich ein kleines Wäldchen an. Es waren keine neugierigen Blicke zu erwarten. Deshalb machte sich Barrington auch keinerlei Illusionen, dass eventuell einer der Nachbarn den Liebhaber der Dame des Hauses kannte.

Barrington zog sich die mitgebrachten Handschuhe an. Er wollte vermeiden, dass ein übereifriger Spurensicherer plötzlich seine Fingerabdrücke finden und sein Name in einer Verbrecherkartei landen würde.

Er ging über die Terrasse zu der Glaswand.

Dort gab es eine große Schiebetür. Sie stand einen Spalt offen. Was für ein Glück. Vielleicht hatte jemand von den Beamten nicht aufgepasst und vergessen, die Tür richtig zu schließen. Er schob die Tür langsam noch etwas weiter auf. Als der Spalt groß genug war, schob er sich hindurch ins Innere.

Das musste der Salon sein. Hässliche, farbige Plastikmöbel waren im gesamten Raum verteilt. Sogar die Grünpflanzen waren aus Plastik. Barrington befühlte eine der Pflanzen und schüttelte sich angewidert. Auf den Blättern hatte sich eine dicke Staubschicht gebildet. Der Fußboden war mit einem hochflorigen Teppichboden ausgelegt, der jeden Schritt dämpfte. Über die Farbe war sich Barrington nicht sicher, vielleicht eine Art blaurosagrau mit einem Hauch grün? Der Teppichboden sah aus, als ob eine Schafherde durchgetrampelt wäre. Da hatte wohl jemand vergessen, die Füße abzutreten. Mrs Hoskins würde das nicht mehr stören.

Die Spurensicherung hatte ganze Arbeit geleistet. Überall waren abgepinselte Fingerabdrücke zu sehen. *Dem zukünftigen Makler wird das Herz bluten*, dachte Barrington.

Er sah sich kurz um. Links führte eine Treppe nach oben, sicher der Schlafbereich. Neben der Eingangstür gab es eine weitere Tür. Barrington öffnete sie und stellte fest, dass sich dahinter die Treppe zum Keller befand. Da unten war es stockdunkel. Das Licht ging nicht und er hatte seine Taschenlampe vergessen. *Ein richtig guter Detektiv muss jederzeit alles Notwendige dabeihaben*, dachte Barrington und ärgerte sich über sich selbst am meisten. *Taschenlampe, Stift und Notizblock sind wichtig. Auf eine Lupe á la Sherlock Holmes und diese seltsame Mütze mit den Schlappohren kann man allerdings getrost verzichten.*

Zuerst also die obere Etage. Er betrat die erste Treppenstufe, die natürlich ebenfalls aus Beton war, und wollte nach oben gehen.

Das Geräusch eines fallenden Gegenstandes kam von oben. Wie ein großes Buch, das zu Boden fiel, dumpf und hart. Barrington stoppte sofort. Er war nicht allein.

Vorsichtig nahm er eine Stufe nach der anderen in Angriff, immer darauf bedacht, leise zu sein.

Oben angekommen, blickte er vorsichtig nach links und rechts. Es gab hier mehrere Türen. Sie standen offen. Sicher hatten die Polizisten nach der Durchsuchung die Türen einfach offen gelassen.

Er ging zur linken Seite und blickte in die Zimmer. Zuerst war da ein riesiges Badezimmer mit einer in den Boden eingelassenen Wanne, die die Dimension eines kleinen Pools hatte. Ringsum standen künstliche Pflanzen und auf den Konsolen Flakons und Döschen mit buntem Inhalt. Auf jeder noch so kleinen Oberfläche standen Duftkerzen. So etwas hatte Barrington noch nie gesehen. Die Dame hatte es sich hier aber richtig schnuckelig gemacht. Fehlte nur noch, dass sie wie die schöne Kleopatra in Eselsmilch gebadet hatte. Wer konnte das jetzt noch sagen? Mrs Hoskins würde nie wieder baden.

Der nächste Raum war ein Schlafzimmer mit einem überdimensionalen Doppelbett. Hier schien sich niemand zu verstecken. Zum Glück gab es ein schmales Fenster zum Garten, durch das etwas Licht hereinfiel. Also betrat Barrington das Zimmer, sah in die Schubladen der Kommoden und in die großen Einbauschränke. Außer Bekleidung und Kosmetik war hier nichts Interessantes zu sehen. Es war keine Herrenbekleidung zu entdecken. Immer gefasst darauf, dass vielleicht irgendwo jemand auf ihn zugesprungen käme, arbeitete er sich vorsichtig durch den Raum.

Nun nach rechts. Zu der Seite, die ohne Tageslicht auskommen musste, da sie nach vorn zur Straße zeigte. Irgendwo müsste doch sicher eine Art Büro sein.

Er sah in den Raum neben dem riesigen Bad. Es war ein Ankleidezimmer, das konnte er im schummrigen Licht, das aus dem Flur hereinfiel, erkennen. Es sah aus, als ob eine ganze Schar Frauen im Haus gewohnt hätten. Der Raum quoll über von Kleidern, Pelzmänteln und Schuhen in allen Farben und Formen. Nun war ihm klar, warum die Brauerei damals hatte Konkurs anmelden müssen. Aber woher war das ganze Geld gekommen? Hatte der alte Hoskins heimlich alles beiseitegeschafft und dann verkündet, er könnte die Löhne nicht mehr zahlen? Sehr eigenartig, aber nachvollziehbar, wenn man diesen Luxus hier betrachtete.

Wo war der Eindringling, den Barrington im Haus vermutete? Er sah in den nächsten Raum, das musste ein Büro sein. In der Mitte machte er einen Schreibtisch aus. In diesem Moment bekam er einen Schlag von hinten in den Rücken und fiel der Länge nach in das Büro. Jemand lief in Richtung Treppe.

Barrington stand auf und folgte ihm, wenn es denn ein Mann war. Am Fuß der Treppe kam der Angreifer ins Straucheln und fiel. Es war tatsächlich ein Mann. Barrington sprang, immer zwei Stufen nehmend auf der Treppe abwärts. Inzwischen hatte sich der Kerl aufgerichtet und sah sich nach ihm um. Barrington erhaschte einen Blick auf das Gesicht, in dem ein riesiger, zottliger Schnauzbart zu sehen war.

„Warren, bleib stehen, ich will doch nur mit dir

reden!", rief Barrington laut, aber der Mann verschwand bereits durch die offene Terrassentür nach draußen, hastete unglaublich schnell über den schneebedeckten Rasen und verschwand in dem Wäldchen dahinter. Barrington folgte ihm noch bis zum Waldrand, dann war er verschwunden. Er konnte keine Spuren entdecken. Hier im Wald lag viel weniger Schnee als auf dem Rasen.

Das war eindeutig Warren Smith gewesen. Barrington hatte ihn aufgrund des Fotos, das er von der ehemaligen Freundin Warrens erhalten hatte, sofort erkannt.

Warum lief er weg? Das war ein Schuldeingeständnis. Aber Barrington war sich immer noch nicht im Klaren, was dieser Mann nach dieser langen Zeit für ein Motiv haben sollte. Das war sehr undurchsichtig. Sollte er noch einmal mit Mrs Smith, Warrens Schwester, reden?

Er sah sich vorsichtig um, ob irgendjemand die Verfolgung bemerkt hatte. Es blieb ruhig.

Barrington ging zurück ins Haus und durchsuchte die Küche, die nur aus einem breiten Tresen an einer Seite des Salons bestand, nach einer Taschenlampe. Er wurde fündig, probierte, ob sie noch intakt war, und ging dann nach oben zurück. Irgendetwas musste Warren gesucht haben. In seinen Händen hatte Barrington nichts sehen können, vielleicht hatte er es noch nicht entdeckt.

Das Büro, das aus einem kleinen dunklen Raum bestand, war vollkommen durchwühlt worden. Das war sicher nicht die Polizei gewesen. Akten waren aus den Regalen geworfen worden und Blätter lagen auf dem Boden verstreut. Die Schubladen des Schreibtisches waren herausgezogen und der Inhalt auf den Boden gekippt worden.

Ein Safe.

Die Dame des Hauses hatte doch sicher einen Safe für ihre Juwelen und wichtigen Unterlagen. Reiche Leute hatten meist mehr Angst, alles zu verlieren, als ein armer Mensch, der vielleicht nur froh war, dass er sich einen Wellensittich halten konnte. Barrington leuchtete an jede Wand und hinter jedes Bild.

Er entdeckte ihn hinter einem Gemälde, auf dem ein alter Salon abgebildet war mit allem Drum und Dran, bis hin zur Uhr auf dem Kamin und einem gedeckten Teetisch davor. Romantik pur.

Die Polizei hatte ihn sicher auch entdeckt, aber wohl nicht öffnen können. Sonst hätte sie den Inhalt mitgenommen und sicher offen gelassen. Das bedeutete, dass die Herren hier noch nicht fertig waren und jederzeit vor ihm stehen könnten. Er sollte sich beeilen.

Warren hatte ihn wohl auch nicht aufbekommen oder er hatte ihn noch nicht entdeckt und war durch Barrington gestört worden.

Er stellte das Bild auf den Boden und sah sich die Schließvorrichtung genauer an. Es war ein normaler Safe mit einem Zahlenrad.

Barrington überlegte.

Er brauchte mindestens drei Ziffern. Im ersten Moment dachte er schon, *gib es auf, Barri, das wird nichts. Du bist kein Safeknacker*. Aber dann kam ihm eine brillante Idee. Mrs Hoskins hatte er nicht als unglaublich intelligente Dame in Erinnerung. Er könnte sich durchaus vorstellen, dass sie nicht mit Zahlen umgehen und sich die Kombination nicht merken konnte. Sie hatte sich einen Hinweis gebastelt.

Barrington griff nach dem Gemälde und sah es sich genau an. Es war das einzige Bild im Haus, das nicht modern war. Alle anderen Bilder bestanden aus einem wirren Durcheinander von Formen und Farben.

Dieses Bild war eher romantisch.

Es zeigte einen Salon im Stil der viktorianischen Zeit mit einem Tisch, auf dem zur Teatime gedeckt worden war, und einem schönen verzierten Kamin an einer Wand. Auf dem Kaminsims stand eine alte englische Uhr. Aber so wie ihre Zeiger angeordnet waren, konnte die Uhrzeit nicht stimmen. Der große Zeiger war auf der zwölf, der kleine Zeiger zwischen drei und vier und der Sekundenzeiger zwischen acht und neun.

„Zwölf, vierunddreißig, neunundachtzig!", sagte Barrington und lächelte.

Er drehte das Rädchen an dem Schloss zuerst nach links und hörte das vertraute Knacken. Das hatte er schon als kleiner Junge im Büro der Direktorin seiner Schule gesehen und gehört, als er mal wieder hatte nachsitzen müssen. Mrs Hights hatte sich auch keine Kombination merken können und in das oberste Fach ihres Schreibtisches einen Zettel geklebt, auf dem die Zahlen gestanden hatten. Sehr gefährlich.

Vor allem, wenn man einen Jungen mit Barringtons Ideen allein im Zimmer gelassen hatte. Er hatte den Safe damals geöffnet, aber nichts gefunden, was er hätte verwenden können. Nur langweilige Papiere und eine Tüte Bonbons. Was hatten die in einem Safe zu suchen? Er hatte damals die Tüte um etliche Bonbons erleichtert. Mrs Hights hatte sich gewundert, als sie zurückkam und den kleinen Barrington ein Bonbon lutschen sah. Aber kombiniert hatte sie nicht, dass es aus ihrem Safe stammte.

Nachdem er alle drei Nummern eingegeben hatte, ließ sich der Safe öffnen.

Barrington griff hinein. Er holte einige Hefter heraus und eine Schatulle. In dem Schmuckkästchen war, wie erwartet, Schmuck der teuersten Sorte. Das interessierte ihn eher nicht. Er hatte noch nie verstanden, warum sich reiche Leute teuren Schmuck zulegten, der dann im Safe verschimmelte, weil sie Angst hatten, man würde ihn stehlen. Was für ein Unsinn. Er stellte die Schatulle zurück.

Die Hefter sah er sich genauer an.

Obenauf war das Signet der alten Brauerei Hoskins. Darin Listen mit Zahlen und Aufstellungen von Cider-verkäufen. Im nächsten Hefter waren genau die gleichen Listen. Was war daran so brisant, dass man es in einen Safe tun müsste? Barrington blickte nicht durch. Er fasste einen Entschluss, der ihn den Kopf kosten könnte. So hätte sich sein Freund Rick wahrscheinlich ausgedrückt.

Er nahm die Hefter, drei an der Zahl, und steckte sie in seine Manteltasche. Dann schloss er den Safe ordentlich wieder ab, die Polizei sollte auch noch etwas zu tun bekommen, und hängte das Gemälde zurück an seinen Platz. Als er die Zahlenreihen gesehen hatte, war ihm sofort sein Freund Richard Prescott eingefallen. Der konnte mit Zahlen jonglieren und kannte sich wahrscheinlich besser damit aus.

Was hatte Warren Smith hier gesucht? Barrington

konnte sich nicht vorstellen, dass Warren nach dem Schmuck gesucht haben sollte. Den Safe hatte er vielleicht gar nicht entdeckt. Denn das Büro sah aus wie nach einem Wirbelsturm. Das war sicher nicht die Polizei gewesen. Dann hatte Warren Barrington unten gehört und nur noch verschwinden wollen.

Barrington verließ das Haus durch die hintere Glastür. Er überlegte, ob er sie schließen sollte. Wenn Warren sie geöffnet hatte, würde die Polizei wissen, dass jemand hier gewesen war. Aber vielleicht war sie ja von einem unzuverlässigen Polizisten vergessen worden. Er entschied sich, sie zu schließen.

Vorsichtig ging er zurück zur Vorderseite, sah sich nach neugierigen Leuten um und stieg dann in seinen Wagen. Die Straße lag ruhig da.

Es hatte wieder begonnen zu schneien. Gut. Dann würden die verräterischen Spuren auf dem Rasen, die er und Warren bei der Verfolgungsjagd hinterlassen hatten, unter einer Schneedecke verschwinden.

Das Geschäft seines Freundes Richard Prescott stand in der Nähe des Wollladens auf einem Eckgrundstück. Dahinter sah man in einiger Entfernung die Brauerei und die Streuobstwiese. Alles war mit Schnee überzuckert. Es schien noch länger schneien zu wollen. Der Himmel sah rosafarben aus und dicke Wolken kamen aus Richtung der Berge.

Barrington parkte den Wagen, stieg aus und sah zum Himmel. In zwei Wochen war Weihnachten. Noch viel Arbeit im Pub. Er hatte vor, in diesem Jahr eine Feier für die Dorfbewohner auszurichten. Es sollte etwas ganz Besonderes werden. Barrington war froh,

Farlan an seiner Seite zu haben. Der Junge machte sich prächtig.

Heute Abend sollte er mit ihm schon einmal die Vorbereitungen für das große Weihnachtsfest durchsprechen. Wenn er an seine Geldbörse dachte, wurde ihm ganz schummrig. Der Junge hatte tolle Ideen, aber meistens gingen die ins Geld. *Alles wird sich fügen*, dachte er und schmunzelte. Der Lieblingssatz seines Freundes Rick.

Barrington öffnete die Tür, hörte das vertraute Dingdong der Türglocke und betrat die Buchhandlung. Er war gern hier. Sein Freund hatte aus dem alten Schuhmacherladen seiner Eltern ein Schmuckstück gemacht. Es duftete immer noch nach Leder und Klebstoff. Die glänzend polierten Holzregale an den Wänden standen voller interessanter Bücher, die nur darauf warteten, gelesen zu werden. Ein ganzes Regal war mit den Werken der wundervollen Agatha Christie gefüllt und bekam immer wieder Zuwachs, wenn sie ein neues Meisterwerk geschrieben hatte. Gleich daneben standen die Bücher von Arthur Conan Doyle. Man merkte, wo Ricks Vorlieben lagen.

Richard Prescott stand an einem der Regale und sortierte neu eingetroffene Bücher ein.

„Hallo, Rick, was gibt es Neues auf dem Buchstabenmarkt?", fragte Barrington fröhlich.

Sein Freund drehte sich zu ihm um, machte ein verdrießliches Gesicht und brummte kurz.

„Was ist passiert?", fragte Barrington. „Ist die neue Literatur nicht nach deinem Geschmack?"

„Hör bloß auf. Ich habe zum ersten Mal danebengelegen. Diese Bücher werde ich im Leben nicht los.

Was habe ich mir dabei gedacht, die zu bestellen? Zum Glück passiert das nur selten", erklärte Rick.

Barrington ging zu ihm und nahm ein Buch von dem Stapel. Er sah sich den Titel an.

„Schnee auf dem Antlitz des Pharaos? Von Millisand April Osterburne? Klingt nach einem Krimi, oder?", fragte Barrington.

„Genau das hatte ich auch gedacht. Der Klappentext sah interessant aus, es spielt in Ägypten und wenn das Wort Pharao im Titel erscheint, kaufen die Leute gern einmal ein Buch. Dachte ich. Ich habe es gestern begonnen zu lesen und nachdem ich mich durch das dritte Kapitel gearbeitet hatte, habe ich es in die Ecke geschmissen. Es ist furchtbar! Diese Dame kann nicht schreiben und außerdem ist es ein erotischer Roman. Sie erzählt dauernd von Liebesabenteuern an den Ufern des Nils, von leicht bekleideten Tempeltänzerinnen und aufreizenden Gigolos im Lendenschurz. Das Ganze hat sie in die heutige Zeit verlegt. So etwas gibt es gar nicht in einem islamischen Land. Ich bin so sauer!"

„Vielleicht ein Aprilscherz von dem Verlag", versuchte Barrington, ihn zu beruhigen. „Kannst du die Bücher nicht zurückgeben? Oder stell sie erst mal ins Schaufenster mit einer Ankündigung, um was es sich handelt. Du wirst sehen, wenn da erotischer Roman steht, werden die Leute schon aus Neugier kaufen."

„Bis du wahnsinnig? Ich sehe schon Frau Pfarrer Clement auf ihrem Besen hier hereinreiten. Mit den Schwestern Pullman im Schlepptau. Die bringen mich doch auf den Scheiterhaufen."

Er ließ sich resignierend auf das Sofa sinken.

„Tee?", fragte er nach einer Weile.

„Klar, alter Freund", sagte Barrington.

Rick erhob sich schwer atmend und ging in die kleine Küche hinter dem Laden. Barrington hörte Geschirr klappern und nach einer Weile das Pfeifen des Wasserkessels. Kurz darauf erschien sein Freund, schon wieder fröhlicher, mit einem Tablett in den Händen. Er stellte es auf dem runden Tisch vor dem Sofa ab. Sie setzten sich und Rick goss duftenden Tee ein. Er nahm sich drei Stück Zucker, das war für Rick wenig, er war ein Schleckermaul.

„Also, nun sag schon, warum du hier bist. Ich sehe dir an der Nasenspitze an, dass du kaum noch an dich halten kannst", sagte Rick.

Er kannte Barrington einfach zu lange und zu gut.

Barrington nahm die Hefter aus seiner Tasche und reichte sie seinem Freund.

„Könntest du dir diese Listen mal ansehen und mir dann erklären, was daran so brisant ist, dass es in einen Safe gehört?"

Rick warf einen kurzen Blick in die Hefter und nickte sofort mit dem Kopf.

„Das schau ich mir an. Ich finde es seltsam, dass eigentlich in jedem Hefter die Abrechnungen der gleichen Zeiträume sind."

„Wie meinst du das?", fragte Barrington.

„Nun, man macht einmal eine Abrechnung und schickt sie zum Finanzamt. Vielleicht macht man sich eine Kopie, um etwas in der Hand zu haben, aber nicht dreimal die gleiche Abrechnung und in dem Ausmaß. Verstehst du? Das ist Unsinn. Da stimmt etwas nicht. Ich sehe hier diese dreifachen Listen über viele Jahre.

Da muss ich mich mit beschäftigen. Woher hast du das?"

Barrington kratzte sich verlegen am Kopf.

„Oh mein Gott! Ich will es gar nicht wissen!", rief Rick, als er den Blick seines Freundes sah.

„Ich komme heute Abend in den Pub, dann weiß ich sicher mehr", erklärte der Buchhändler. Er seufzte und stand auf.

„Zurück an diese unsäglichen Bücher. Ich versuche es einfach und stelle sie wirklich mal ins Schaufenster. Einen Versuch ist es wert. Du hast recht."

Barrington verabschiedete sich, verließ den Laden und wollte in seinen Wagen steigen. Aus Richtung des Wollladens kam ein schwarz-weißer Border Collie gelaufen. Als er Barrington erreicht hatte, hielt er nicht an, sondern beschleunigte noch.

„Hey, Bluebell, wohin so schnell und bei diesem Wetter? Geh lieber nach Hause, mein Freund!", rief er dem Hund nach. Der ließ sich nicht beirren und verschwand kurz darauf im Schneetreiben.

Als sich Barrington in seinen Wagen setzen wollte, sah er einen Mann kommen, der dem Hund scheinbar folgte. Ian McNeedle kam aus Richtung des Ladens seiner Frau gelaufen.

„Ian, was ist los? Dein Hund ist hier wie vom Blitz getroffen vorbeigelaufen. Probleme?"

Der Schäfer hielt kurz an, strich sich den Schnee aus Haar und Bart und rang nach Luft.

„Dieses verdammte störrische Schaf. Es ist schon wieder auf und davon. Das zweite Mal diese Woche", sagte er und rang nach Luft.

„*Little* Erna?", fragte Barrington. Ian nickte.

„Schon als sie zur Welt kam, habe ich gewusst, dass es ein Fehler war, ihr einen deutschen Namen zu geben. Aber Raelyn hat darauf bestanden. Sie meinte, das Tier sieht wie eine kleine Erna aus. Nun haben wir es. Sie ist neugierig, folgt und hört nicht. Hat ihren Kopf für sich. Letztens war sie im Landwarenladen bei Mrs Smith."

„Vielleicht wollte sie für euch Tee kaufen", sagte Barrington. Ian konnte nicht lachen.

Plötzlich hörten die beiden Herren lautes Gebell aus Richtung der alten Steinbrücke.

„Er hat sie!", rief der Schäfer und rannte los.

Barrington setzte sich in seinen Wagen, wendete und fuhr ihm nach. Tatsächlich hatte Bluebell den Ausreißer an der Brücke gestellt. Er versuchte *Little* Erna zu halten, indem er ständig um sie herum lief. Das Schaf verteidigte sich mit Blöken und versuchte, den Hund zu rammen. Das störte Bluebell nicht. Er wusste genau, dass Ian auf dem Weg war, und seine Aufgabe war es, das Tier so lange aufzuhalten.

Barrington hielt an und stieg aus.

Ian war inzwischen bei seinem Hund angekommen. *Little* Erna war ein wirklich sehr klein geratenes Cheviot-Schaf. Der Schäfer griff sie und hielt sie fest auf dem Arm. Sie blökte ausgesprochen wütend, bemerkte Barrington. So ein kleiner Ausreißer.

„Sie wollte wohl Viscount Woodland besuchen. Ihr ist sicher langweilig im Stall. Vielleicht solltest du ihr Spielzeug hinlegen oder ein Radio aufstellen. Dann könnte sie die Hörspiele der BBC verfolgen", sagte Barrington. Ian konnte auch darüber nicht lachen.

„Soll ich euch nach Hause fahren? Es sieht aus, als

ob es noch länger schneien würde", sagte er zu Ian.

„Danke, Barrington, es ist ja nicht weit, ich komme zurecht."

Ian McNeedle legte sich das Schaf über die Schulter und stapfte mit seinem Hund Bluebell in Richtung *The Fluffy Woolcave* davon. Barrington hörte, dass der Schäfer auf Erna einredete. *Little* Erna würde das nicht stören. Sicher plante sie schon wieder den nächsten Ausbruchsversuch. Was für ein Schaf.

Ein Abend der Erkenntnisse

Farlan hatte ganze Arbeit geleistet. Auf dem Herd in der Küche brodelte ein duftender Eintopf nach einem Rezept aus dem Kochbuch der Mrs Chadwick. Gemüseeintopf mit frischem Brot, das er selbst gebacken hatte. Barrington wollte ihm zuerst nicht glauben, aber dann sah er den Zustand der Küche und verstand. Es sah aus, als hätte jemand eine Tüte Mehl ausgekippt. Farlan entschuldigte sich. Er war gerade dabei aufzuräumen, als Barrington die Küche betrat. Das Brot sah etwas unförmig aus, aber es duftete wunderbar.

„Das ist schön, dass du es versucht hast, aber wir sollten doch für Backwaren jemanden suchen, der das profimäßig kann. Leider gibt es in St. Applewood keinen Bäcker. Ich muss mit meiner Mutter reden. Vielleicht kennt sie jemanden, der sich etwas nebenbei verdienen will."

Farlan nickte. Kater Rufus sah irgendwie weiß überpudert aus und nieste dauernd.

„Das wäre auch besser für Rufus", sagte Barrington schmunzelnd. Dann half er dem Jungen beim Saubermachen.

Der Abend kam und mit ihm Chadwick, der Vorkoster.

Er bekam seine Suppe. Farlan wartete an seinem angestammten Platz neben der Tür und sah ihm interessiert beim Löffeln zu. Nach einer Minute hob der alte Chadwick grinsend und kauend zugleich den Daumen der linken Hand. Farlan freute sich wie ein Kind über das Lob.

Kurz nach zwanzig Uhr öffnete Constable McDonald die Tür zum Pub und brachte einen Schwall kalter Luft und Schneeflocken mit herein. Hinter ihm erschien Inspector Marlow. Chadwick sah sie böse an.

Der Inspector ging zum Tresen und bestellte Ale für sich und den Constable. Barrington zapfte und sah dabei nervös zu dem Constable, der ihn nur anlächelte. Das bedeutete, sie waren nicht wegen ihm hier. Seinen ungenehmigten Ausflug nach Lintie hatte also niemand bemerkt. Barrington atmete erleichtert auf.

„Wie sieht es aus, Inspector, gibt es schon eine Verhaftung im Fall der Morde?", fragte er. In diesem Moment kam Rick durch die geöffnete Tür, bekam einen bösen Blick von Chadwick und schloss die Tür schnell. Draußen schneite es ununterbrochen. Der Buchhändler schüttelte sich Schnee von seinem Mantel. Er winkte Barrington und hielt die Hefter hoch. Dann sah er den Inspector und den panischen Blick seines Freundes.

Die Hefter verschwanden hinter seinem Rücken. *Das hätte schief gehen können*, dachte Barrington.

Rick ging zu seinem Platz am Kamin.

Die beiden Polizisten hatten keinen Verdacht geschöpft. Nur der Constable sah dem Buchhändler interessiert nach. Dann griff er zu einem der Äpfel, die in einem Korb auf dem Tresen lagen, und biss hinein.

Der Constable war ganz versessen auf diese Früchte.

„Erstens darf ich nicht mit Privatpersonen über laufende Ermittlungen reden und zweitens haben wir eine Fahndung nach einem Verdächtigen herausgegeben. Das kann ich Ihnen sagen, mehr nicht", antwortete Inspector Marlow, legte das Geld auf den Tresen, griff nach seinem Bier und winkte dem Constable, ihm an einen Tisch zu folgen.

Constable McDonald nahm sein frisch gezapftes Bier und lehnte sich über den Tresen.

„Die kriegen ihn einfach nicht zu fassen. Hatten eine Spur in Girvan verfolgt, die im Sande verlief. Niemand hat ihn dort gesehen. Der Inspector hat sich bitterlich beschwert, weil ein Fischer ihm nur etwas sagen wollte, wenn er von ihm Fisch kauft. Hat er nicht, also gab´s keine Auskunft. Aye. Engländer, verstehst du?", sagte er und zwinkerte Barrington verschwörerisch zu.

Barrington war auf sich selbst stolz. Er war mit seinen Ermittlungen schon weiter. Er hatte den Verdächtigen sogar selbst gesehen. Das konnte er natürlich nicht berichten.

„Und ihr habt sonst niemanden auf eurer Verdächtigenliste?", fragte er neugierig.

Der Constable sah sich kurz zu seinem Vorgesetzten um. Der war aber mit seinen Notizen beschäftigt.

„Es gibt da Anhaltspunkte, dass Mrs Hoskins einen Liebhaber gehabt hatte. Das ist aber dreißig Jahre her. Der ist nicht aufzutreiben und niemand will ihn gekannt haben. Ich denke, das ist eine Sackgasse. Wir waren heute nochmal in der alten Hoskinsvilla hier im Ort. Da hat sich jemand ausgetobt. Im Büro war alles

181

durcheinandergeschmissen. Im Kamin lagen haufenweise verbrannte Akten und Papiere. Nichts mehr davon zu gebrauch ..."

Er wurde unterbrochen. „Constable McDonald!", rief der Inspector ungehalten und wedelte mit der rechten Hand.

Der Polizist nahm sein Bier und ging zu dem Tisch des Mannes.

Barrington zapfte ein Cider von dem süßen Hochprozentigen, den Rick so mochte, und brachte das Glas zum Tisch seines Freundes.

Er stellte das Glas auf den Tisch und flüsterte seinem Freund ins Ohr, dass sie warten sollten, bis die Polizei aus dem Haus wäre. Rick nickte.

Eine halbe Stunde später erhoben sich die Polizisten und gingen. Der Constable winkte Barrington zum Abschied. Er wirkte nicht sehr fröhlich. Mit dem Inspector war nicht gut Kirschen essen oder im Falle St. Applewood nicht gut Äpfel knabbern.

Heute Abend war der Pub nicht so gut besucht wie an den vorhergehenden Tagen. Das lag sicher am Wetter. Da legte man sich lieber zu Hause an den warmen Ofen, anstatt im Schneetreiben herumzulaufen. Sogar der alte Chadwick war früher gegangen.

Barrington überließ Farlan den Tresen und ging zu seinem Freund am Kamin. Er setzte sich zu ihm.

„Hast du was herausfinden können?", fragte er ihn.

„Das ist ein selten krummes Ding. Da hat jemand scheinbar über viele Jahre die Bücher dahingehend frisiert, dass man ordentliche Geldbeträge am Finanzamt vorbeimanövrieren und in die eigene Tasche stecken konnte. Man müsste die Kontobücher der Brauerei einsehen. Da hat jemand Ahnung vom Betrugsgewerbe gehabt. Nur weil es die zwei Ausfertigungen von den gleichen Zeiträumen gibt, konnte ich die Masche erkennen. Schau her", sagte Rick und hielt Barrington zwei der Listen hin. Barrington sah nur Zahlen über Zahlen. Er sah seinen Freund hilfesuchend an.

Rick verdrehte die Augen.

„Hast immer geschlafen im Matheunterricht, mein Freund. Wie willst du einen Pub führen?", fragte er.

„Tu doch bitte so, als müsstest du es einem Kind erklären", bat Barrington. „Und für meine Abrechnungen habe ich meine Mutter, die hilft mir."

„Sieh dir die ersten Zahlen an und das Datum oben am Rand. Gut. Nun sieh dir in dem anderen Hefter die Zahlen in der ersten Reihe an und oben das Datum. Du wirst feststellen, das Datum ist auf beiden Blättern identisch. Aber die Summe am Ende des Monats ist auf keinen Fall gleich", erklärte Rick.

Barrington sah es nun endlich auch.

„Oh, wow, das sind ganz gewaltige Unterschiede. Allein im Monat Dezember 1920 berechne ich mindestens eintausend Pfund Unterschied in den Listen. Kein Wunder, dass die Brauerei Pleite ging. Wenn man bedenkt, dass es nur ein paar Listen sind über vielleicht fünf Jahre, frage ich mich, wann das angefangen hat. Die Geschäftsbücher wären wirklich interessant. Constable McDonald hat mir soeben verraten, dass jemand in der alten Villa hier im Ort Mengen von Papieren verbrannt haben muss. Das könnten die Geschäftsbücher gewesen sein. Vielleicht war da auch irgendein Hinweis auf denjenigen, der sie gefälscht hatte. Im Haus von Mrs Hoskins waren die Bücher jedenfalls

183

nicht."

„Ich habe allein über die Monate dieses einen Jahres eine Summe von über zehntausend Pfund errechnet, die man an der Steuer vorbei abgezapft hat. Aber warum hat Mrs Hoskins diese Beweise aufgehoben? Das hätte sie doch schwer belastet, wenn man das gefunden hätte", fragte Rick.

„Ganz einfach. Sie brauchte eine Rückversicherung. Ich denke nicht, dass sie diese Geschichte allein gemacht hat. Sie hatte einen Helfer, der sich mit Finanzen und vor allem mit dem Frisieren von Büchern gut auskannte. Die Sekretärin Miss Porter hat sicher nichts gemerkt. Und der alte Hoskins? Ich habe das Gefühl, dass wir das Motiv für den Mord an ihm entdeckt haben. Vielleicht war er so blauäugig bei seiner jungen Frau, dass er es erst bemerkte, als die Brauerei am Ende war. Man hatte ihn ordentlich hinters Licht geführt. Sicher war dieser Helfer auch für die verschwundenen Ciderflaschen verantwortlich. Dann war der alte Hoskins entbehrlich geworden. Mrs Hoskins hat diese Beweise aufbewahrt, damit sie, falls ihr Komplize ihr dumm kommen würde, etwas in der Hand hätte."

„Aber wer hat Mrs Hoskins umgebracht?", fragte Rick.

„Es ist das alte Lied, mein Freund. Erpresser leben nicht lange genug, um sich an dem Reichtum zu erfreuen. Ich meine, Mrs Hoskins hat ihrem Komplizen gedroht und das war das nächste Mordmotiv."

„Hast du irgendjemanden in Verdacht?", fragte Rick und nippte an seinem Cider. Er hatte nach dem vielen Zahlengewusel eine trockene Kehle.

184

„Weißt du, ich komme irgendwie zu der Erkenntnis, dass es Warren Smith nicht gewesen sein kann. Der hat doch niemals die Bücher in der Brauerei gefälscht oder mit der Frau vom Chef was am Laufen gehabt. So viel ich herausbekommen habe, war er zu der Zeit hinter der roten Bridget her. Darum glaube ich auch nicht, dass er sie umgebracht hat. Das wird genau wie bei Mrs Hoskins gewesen sein. Bridget war ein geldgieriges Persönchen. Sie hat denjenigen erpresst und das war ihr Todesurteil. Vielleicht war sie dem Mörder bei der Entsorgung der Akten in der Villa behilflich. Sie kannte ihn genau. Und das bringt mich zu diesem ominösen Liebhaber zurück. Warren war es nicht, denke ich. Er war heute in der neuen Villa. Ich habe ihn überrascht und er ist geflohen."

„Aber was hat Warren dann in dem Haus gesucht?", fragte Rick.

Barrington kratzte sich am Kopf.

„Genau das passt nicht ins Bild. Aber ich bleibe dabei, wir müssen den ehemaligen Liebhaber der Hoskins finden. Dann haben wir den Mörder", sagte er und bekam ein Kopfschütteln von seinem Freund.

„Sag nur nicht immer wir, mein Guter. Ich steh gern bereit, wenn es hart auf hart kommt, aber der Detektiv bist eindeutig du."

Die Pubtür flog auf, ein Schwall Schneeflocken kam hereingeflogen und ein Mann betrat den Pub.

„Ein später Gast. Willst du noch einen Cider, Rick?", fragte Barrington und erhob sich. Der Buchhändler nickte. Die Hefter ließ er bei seinem Freund auf dem Tisch zurück.

„Was darf es denn sein? Da haben Sie sich ein

Wetter ausgesucht. Ich kann Ihnen eine warme Suppe empfehlen", sagte Barrington, als er wieder hinter seinem Tresen stand. Er drehte sich zu Farlan um, der gespülte Gläser in das Regal einordnete.

„Geh doch schon schlafen, Junge. Es ist spät und heute kommen nicht mehr viele Gäste."

Farlan nickte und gähnte zur Unterstützung. Er ging in Richtung Eingangstür, nahm den schlafenden Rufus von dessen Stammplatz auf dem Fensterbrett und ging durch die hintere Tür in die Küche.

„Nun, was darf ich Ihnen anbieten?", fragte Barrington erneut den fremden Gast.

„Ein Glas von Ihrem besten Whisky, der wird genügend wärmen", sagte der Herr und legte Geld auf den Tresen. „Einen schönen Pub haben Sie hier. Was war das früher?"

„Eine Brauerei", sagte Barrington, griff zu einem Glas und schenkte aus einer bauchigen Flasche goldbraune, duftende Flüssigkeit ein.

„Wirklich hübsch. Lohnt es sich denn hier in dem kleinen Ort?", wollte der Mann wissen. Er war ein schlanker, gut gekleideter Herr. Barrington schätzte ihn auf etwa fünfzig Jahre. Sein volles graues Haar sah gepflegt aus und an seiner Sprechweise erkannte Barrington, dass es sich wohl nicht um einen Schmied oder Fischer handeln würde.

„Ich bin zufrieden. Was führt Sie in unseren Ort? Durchreise?", fragte er den Herrn.

„Ich bin auf dem Weg nach Edinburgh. Der Schnee hat mich überrascht und nun gedenke ich, hier in der Nähe zu übernachten. Können Sie mir etwas empfehlen? Vielleicht hier in Ihrem Pub?"

186

„Ich habe leider keine Zimmer zur Übernachtung. Da sollten Sie nach Lintie weiterfahren. Das ist eine halbe Stunde Fahrt. Dort gibt es ein recht gutes kleines Hotel. Fahren Sie auf der Hauptstraße durch den Ort und bis zu dem Hauptplatz. Gegenüber dem Theater finden Sie das Hotel. Ich rufe gern für Sie an und frage nach einem Zimmer, wenn Sie mögen?"

„Das wird nicht nötig sein. Ich trinke meinen Whisky und bin schon verschwunden", erklärte der Herr, nahm sein Glas und ging in Richtung Kamin. Er setzte sich zu Rick.

Barrington sah, dass er ein Gespräch mit seinem Freund anfing und Rick lachen musste. Na, die beiden verstanden sich scheinbar.

Nach einer halben Stunde erhob sich der Herr, verabschiedete sich von Rick und verließ den Pub. Barrington verfolgte seine Schritte auf dem Vorplatz. Er stand am Fenster und sah ihn in einen Wagen steigen. Durch das Schneetreiben konnte er das Kennzeichen und den Typ des Autos nicht genau erkennen.

Es schien ein alter *Vauxhall Ten* zu sein. Ein Automobil, das vor dem Zweiten Weltkrieg produziert worden war, alt, aber zuverlässig.

„Rick, ich schließe. Heute wird sich niemand mehr heraustrauen. Komm, ich bringe dich mit dem Defender nach Hause. Sonst gehst du mir noch verloren."

„Oh gut, danke. Der nette Herr eben hatte mir angeboten, mich mitzunehmen. Das war ein lustiger Vogel. Hat mir einen Witz nach dem anderen erzählt. Aber ich hatte keine Lust. Mutter hat immer gesagt, geh nicht mit Fremden", sagte Rick und zog seinen dicken Mantel an.

Barrington nahm die Hefter und legte sie unter den Tresen. Dann verließen die beiden den Pub. Er schloss die Tür sorgfältig ab und sie liefen zum Wagen.

Nach zehn Minuten war Barrington zurück und froh, in sein Bett zu kommen. Gut, dass er die moderne Heizung einbauen lassen hatte. Es war angenehm warm in seinem Pub. Nachdem er Vorder- und Hintertür abgeschlossen hatte, wollte er zu Bett gehen. Einer inneren Stimme folgend, ging er noch einmal zurück in den Gastraum und nahm die Hefter mit sich in seine Wohnung. *Diese Beweismittel sollten hier nicht herumliegen*, dachte er.

Was für ein ereignisreicher Tag. Er konnte nicht sofort einschlafen. Zu viele neue Erkenntnisse gingen ihm durch den Kopf. Sein Resümee lautete, er musste Warren Smith finden.

Mrs Smith verliert die Nerven

Am Morgen lag eine geschlossene Schneedecke in St. Applewood. Die Kinder würden sich freuen, nach der Schule Schneeballschlachten schlagen und am Nachmittag bis spät in die Nacht in der Nähe der Kirche den großen Hügel mit ihren Schlitten unsicher machen zu können. Das hatten Barrington und Rick vor vielen Jahren schon so gemacht. Und bereits damals hatte es Ärger mit dem Pfarrer gegeben, weil er meinte, dass durch das Kindergeschrei die Totenruhe gestört werden würde. Aber der Hügel gehörte nicht zur Kirche und war somit Niemandsland. Die ewigen Beschwerden von Pfarrer Clement würden auch in Zukunft nichts ändern.

Barrington saß in der Küche und trank seinen starken Kaffee. Er hatte sich in den letzten Tagen morgens Kaffee angewöhnt. Es wurde meist sehr spät am Abend vorher und da war ihm morgens eine Aufwachhilfe angenehm.

Farlan trank Tee und löffelte Porridge.

„Du hast ja gesehen, dass gestern mein Freund Rick hier war. Stell dir vor, er fragte mich nach deinem Nachnamen und ich konnte ihm nichts dazu sagen. Das ist doch unangenehm, oder?", versuchte Barrington mit einer Lüge etwas aus dem Jungen herauszubekommen.

Farlan sah ihn an und löffelte dabei weiter seinen Haferbrei. Wieder einmal keine Antwort.

„Und woher kennst du eigentlich den guten Rufus? Seid ihr beiden schon lange zusammen?", versuchte es Barrington erneut.

Farlan sah zu seinem Kater, der auf dem Boden saß und sich nach seinem Frühstück ausgiebig putzte.

„Wir sind schon lange zusammen. Ich habe ihn aus einer Wildererfalle befreit. Oben in der Nähe von Greenock. Das war eine böse Sache. Ich habe ihn gesund gepflegt und es ist nichts zurückgeblieben", sagte Farlan stolz über seine heilenden Fähigkeiten und gab endlich etwas aus seiner Vergangenheit preis. Er überlegte ein paar Minuten. Wahrscheinlich war er sich nicht sicher, was er erzählen sollte und ob Barrington wirklich vertrauenswürdig wäre. Das war wohl nicht einfach für den Jungen.

„Und Mr Prescott aus dem Buchladen kannst du sagen, dass mein Nachname Kidd ist. Dazu wird ihm sicher sofort eine Geschichte einfallen", sagte Farlan, stand abrupt auf und begann mit viel Lärm abzuwaschen. So, als hätte er nun genug erzählt und Barrington sollte lieber nicht mehr fragen.

Sehr seltsam. Der Junge musste wirklich sehr schlimme Dinge gesehen oder erlebt haben. Aber Barrington hatte Zeit und Geduld. Er wollte Farlan auf keinen Fall wieder verlieren. Dieser Junge war der geborene Pubkoch. Eine Perle sozusagen.

„Hast du eine Idee für heute? Was willst du auftischen?", fragte Barrington, um die Situation zu entschärfen.

Sofort sah man ein Lächeln über das Gesicht des

Jungen huschen. Immerhin konnte er nicht lange schmollen, das war ein gutes Zeichen.

„Heute will ich ein *Rumbledethumps* versuchen. Das ist ein Auflauf aus Kartoffeln, Kohl und reichlich Zwiebeln. Das Rezept habe ich im Buch von Mrs Chadwick entdeckt. Ein einfaches schottisches Essen. Ich habe von deiner Tante einen riesengroßen Kohlkopf bekommen, der kommt da rein." Farlan rieb sich vor Schaffensdrang die Hände.

Barrington lächelte.

„Gut, mein Freund. Ich fahre kurz zu Mrs Smith in den Landwarenladen. Brauchen wir noch irgendetwas?"

Farlan überlegte.

„Na ja, frisches Brot. Das brauchen wir eigentlich jeden Tag. Dann kann man jederzeit neben dem warmen Essen Sandwiches anbieten. Mein Selbstgebackenes hat nicht schlecht geschmeckt. Aber es war doch ziemlich fest und am Abend konnte man jemandem mit dem Ding ein Loch in den Kopf schlagen", sagte der Junge und lachte schallend.

Barrington nickte, griff zu seinem dicken Mantel und wollte die Küche durch die hintere Tür verlassen. Er musste feststellen, dass das nicht möglich war. Vor der Küchentür türmten sich Schneeberge und die Streuobstwiese sah wie verzaubert aus. Vorn würde es genauso aussehen.

„Wir müssen zuerst den Schnee wegräumen. Ich hole Schaufeln und wir fangen am besten auf dem Vorplatz an. Sonst kommt hier heute Abend niemand ins Haus. So viel Schnee hatten wir lange nicht", sagte er zu Farlan, der sofort in sein Zimmer lief, um sich seinen dicken Mantel anzuziehen. Norma Brandon hatte ihm den Mantel mitgebracht. Barrington war er seit langer Zeit zu klein geworden, aber dem Jungen würde er perfekt passen, hatte sie gemeint.

Es dauerte eine ganze Stunde, dann sah der Vorplatz des Pubs wieder vorzeigbar aus. Der Defender stand zum Glück in der Garage. Dadurch konnte er sofort los. Er winkte dem Jungen und fuhr in Richtung des Landwarenladens davon.

Als Barrington die Tür zum Laden öffnete, erklang das bekannte Dingdong der Glocke.

Mr Smith saß auf seinem hohen Hocker vor dem Postregal und sortierte Briefe, die das Postauto mitnehmen musste, wenn es einmal in der Woche kam. Es machte ihm Freude und er überlegte schon, wie er seine nächste Tour gestalten musste. Wie an jedem Tag sah er aus, als hätte er gerade frisch gebadet. Seine Wangen leuchteten rosa und sein dunkelbraunes Haar war exakt in der Mitte des Kopfes zu zwei Seiten eines geraden Scheitels gebürstet. Darauf legte Mr Smith wert.

Er war der Meinung, als Postbote hatte man einen gewissen Standard zu vermitteln. Exaktheit, Pünktlichkeit und vor allem musste man zuhören können. Das konnte Mr Smith und versorgte seine Gattin und somit alle Besucher des Ladens mit den neuesten Nachrichten. Er kam einmal in der Woche durch das gesamte Dorf.

Manchmal war es allerdings anders. Zum Beispiel war der *Hogmanay* Tag eine Ausnahme. Da konnte es bisweilen vorkommen, dass Mr Smith nach seiner morgendlichen Runde am Abend immer noch nicht zu

Hause war. Seine Gattin machte sich keine Sorgen. Sie wusste, was passiert war. In jedem Haus, das von Mr Smith Post geliefert bekam, musste er einen Moment verweilen und auf das neue bevorstehende Jahr anstoßen. Man wollte ja höflich sein. Das dauerte etwas und bedeutete, dass Mr Smith an diesem Tag früh im Bett lag, um seinen Rausch auszuschlafen.

Mrs Smith war nicht im vorderen Teil des Ladens. Barrington hörte sie im Lager herumlaufen.

„Ist etwas für mich dabei, George?", fragte Barrington. Der Postbote sah in das Fach, das er neu für den Pub eingerichtet hatte, und schüttelte dann den Kopf. „Nichts, Barrington, leider mein Junge."

Manchmal hatte Barrington das Gefühl, Mr Smith entschuldigte sich für fehlende Post. Der Mann ging in seinem Beruf wirklich auf. Hoffentlich würde hier in St. Applewood niemals eine Filiale der *Royal Mail* gebaut werden. Das würde dem armen Mr Smith das Herz brechen.

„Ist doch gut, keine neuen Rechnungen", sagte Barrington lächelnd zu ihm.

Mrs Smith kam aus dem Lager mit einem Karton, aus dem eine bunte Girlande herausschaute.

„Geht es schon an die Weihnachtsdekoration? Da hinke ich noch hinterher, fürchte ich. Aber gut, dass du mich daran erinnerst", sagte Barrington zu Mrs Smith.

„Was kann ich denn heute für dich tun?", fragte sie.

„Zwei Laibe Brot benötige ich. Ich wollte dich gern etwas fragen, Selma, weiß aber nicht so recht, wie ich es anstellen soll. Ich möchte dir nicht zu nahe treten."

Mr Smith hob interessiert den Kopf und sah zu seiner Gattin. Selma Smith hatte sich nach dem Brot umgedreht und hielt nun in der Bewegung inne.

„Du kannst mich alles fragen, was du willst. Ich kann mir schon denken, um was oder, besser gesagt, um wen es geht. Hier im Ort wird genug getuschelt." Sie warf einen strengen Blick zu ihrem Mann, der sich sofort wieder konzentriert dem Sortieren der Briefe widmete. „Es geht um Warren, nicht wahr?"

Barrington nickte. War es wirklich nötig, Warrens Schwester von ihrem Zusammenstoß zu erzählen? Aber wie sollte er sonst beginnen? Das könnte ziemlich schmerzhaft für sie werden. Gut, dass George noch nicht zu seiner morgendlichen Postrunde aufgebrochen war.

Also erzählte Barrington alles wahrheitsgemäß. Von seinem Besuch in Garvin, der ehemaligen Freundin ihres Bruders, von dessen Arbeit als Fischer, von dem Verschwinden und dem Treffen in der Villa der Mrs Hoskins bis hin zu dem Moment, wo Warren ihn gestoßen hatte und fortgelaufen war. Er erzählte auch von seinem Verdacht und dass er inzwischen nicht mehr glauben würde, dass Warren eine Schuld traf.

Selma Smith stand kalter Schweiß auf der Stirn und Tränen kullerten aus ihren Augen. Sie schluchzte unkontrolliert.

George sprang auf und lief zu ihr. Er befürchtete, sie könnte umfallen vor Schmerz. Er sah Barrington böse an.

„Musste das wirklich sein? Ist die Arme nicht genug gestraft? Woher willst du wissen, dass es Warren war? Du kennst ihn doch gar nicht, warst damals viel zu klein", schimpfte er.

Barrington hatte ein schlechtes Gewissen. Hatte er

sich einfach zu sehr auf diese Geschichte eingelassen? Das war doch gar nicht seine Aufgabe. Er hatte einen Pub eröffnen wollen und dort seine Arbeit machen. Warum drängte er sich zwischen die Polizei und ihre Ermittlungen?

Die Selbstzweifel in Barringtons Kopf nahmen plötzlich riesige Formen an. Und dann kam ein Satz von Selma, der ihn auf den Boden zurückbrachte.

„Lass ihn, George, er hat recht. Ich erkenne meinen Bruder kaum wieder. Erst verschwindet er bei Nacht und Nebel mit unserer Kasse, dann taucht er in Garvin wieder auf, ohne mich zu kontaktieren, tut dem armen Mädchen dort weh und verschwindet schon wieder mit gestohlenem Geld. Er greift Barrington an, obwohl der nur reden will, und läuft wieder davon. Das ist nicht der Warren, den ich großgezogen habe!", rief Selma am Ende laut. Sie war mit ihren Nerven am Ende.

Ihr Mann reichte ihr ein Taschentuch und ging in die Küche, um ein Glas Wasser zu holen.

„Was ist nur passiert?", sagte Selma Smith leise und setzte sich auf einen Stuhl hinter ihrem Tresen.

George reichte ihr das Glas und sie trank. Dann sog sie tief Luft ein und strich sich ein letztes Mal über die tränenden Augen.

„Weißt du, Barrington, unsere Eltern sind früh gestorben. Da war ich sechzehn und Warren erst elf. Ich habe mich um ihn gekümmert. War das alles falsch? Es gab eine glückliche Zeit, als er die Aussicht hatte, den Beruf des Braumeisters zu erlernen. Mit der Pleite der Brauerei fielen seine Träume in sich zusammen. Ich habe ihm angeboten, erst einmal im Laden zu helfen. Wir würden schon etwas anderes für

195

ihn finden. Aber das war nicht genug für ihn, denke ich.

Und dann war da noch dieses Flittchen, Bridget. Hätte er sich nur nicht auf die eingelassen. Ich glaube immer noch, dass sie Schuld an der Misere hatte. Sie hat ihn ständig um Geld angebettelt und ihn sicher verführt, für sie zu stehlen. Dann hatte sie sich plötzlich mit den Watts eingelassen, hat Warren abserviert und später sogar einen von diesen Verbrechern geheiratet."

„Ich habe von seiner Freundin aus Garvin ein Foto bekommen, George. Nur, weil du gefragt hast, woher ich ihn kenne. Kannst du dir vorstellen, Selma, wo sich Warren hier in der Nähe verstecken würde? Ich bin von seiner Unschuld im Falle der Morde überzeugt, aber das Geld, das er genommen hat, belastet ihn natürlich. Damit hat er alles noch schlimmer gemacht. Die Polizei ist überzeugt von seiner Schuld. Das ist ein Grund, warum ich mit ihm reden sollte. Vielleicht kann ich ihm helfen. Er hat sicher irgendwelche Anhaltspunkte, die den richtigen Mörder betreffen. Verstehst du, Selma? Es ist gefährlich für ihn, wenn er etwas weiß und es für sich behält", erklärte Barrington.

Mrs Smith dachte nach.

Ihr Mann George hatte zwischendurch einfach das Schild an der Tür und den Schlüssel umgedreht. Niemand sollte seine Frau so aufgebracht sehen. Aber jetzt standen die Schwestern Pullman vor der abgeschlossenen Tür und blickten durch das Fenster.

Sie beschwerten sich lautstark, wieso sie nicht hineindürften, obwohl Barrington im Laden war. Mr Smith verdrehte die Augen.

„Schließ wieder auf, mein Bester. Die geben nicht

auf. Neugierig sind sie auf jeden Fall", sagte Mrs Smith und winkte Barrington, in das Lager mitzukommen.

Sie redete leise weiter.

„Ich könnte mir denken, dass er bei seinem alten Freund in Brams untergekrochen ist. Du wirst ihn nicht kennen. Er hat früher auch in der Brauerei gearbeitet. Peter Petrel war ein netter unscheinbarer Junge damals. Ich weiß nicht, was aus ihm geworden ist. Er müsste so alt wie Warren sein, etwa fünfzig Jahre. Damals wohnte er bei seiner Großmutter in der Portland Road. Da würde ich es zuerst versuchen.

Ich hatte vor einiger Zeit darüber nachgedacht, Peter nach meinem Bruder zu fragen, aber mein Stolz spielt da nicht mit. Wenn mein Bruder nicht an seine Schwester denkt, dann will ich ihn nicht bedrängen", flüsterte Mrs Smith. Barrington nickte ihr zu und sie gingen gemeinsam zurück in den Verkaufsraum.

Mr Smith hatte alle Hände voll zu tun, die Schwestern davon abzuhalten, ins Lager zu folgen. Die beiden alten Damen reckten neugierig ihre Hälse und versuchten, irgendetwas zu erhaschen, was sich als interessant herausstellen und weiter getratscht werden könnte.

Barrington nahm sein Brot vom Tresen, legte das Geld passend hin, nickte den Pullman-Schwestern lächelnd zu und sagte: „Meine Damen! Fallen Sie nicht in die nächste Schneewehe. Man könnte Sie bis zum nächsten Frühjahr vergessen und Sie würden als tiefgefrorene Pullman-Eisklötze ins Museum wandern." Die beiden Schwestern bekamen den Mund vor Erstaunen nicht mehr zu. Mr Smith kicherte.

Barrington setzte seine Mütze auf, nickte Mr und

Mrs Smith zu und verließ den Laden.

Brams also. Hoffentlich waren die Straßen einigermaßen befahrbar. Bis zum Woodland-Anwesen würde alles offen sein. Er wusste, dass sein Onkel John mit dem Viscount eine Vereinbarung hatte. Der Bauer würde mit seinem schweren Gerät den Weg vom Schnee räumen. Dafür bekam er einen Teil der Pacht erstattet.

Onkel John hatte sogar bis zum Ausgang von St. Applewood den Schnee zur Seite geschoben. Wahrscheinlich wusste der Bauer, dass ansonsten Miss Chervil, die örtliche Kräuterhexe, ihr Haus nicht verlassen könnte. Nett von ihm.

Nach dem Wald gab es bis Brams offenes Land. Der Wind hatte hier freie Bahn gehabt und den Schnee an den Seiten zu hohen Bergen aufgetürmt. In der Mitte gab es noch eine schmale Fahrbahn. Barrington überlegte, was wohl geschah, wenn es weiterhin so viel Schnee geben würde. Er sah durch die Windschutzscheibe seines Wagens zum Himmel, während er vorsichtig und langsam die Straße entlangfuhr. Der Himmel war verhangen und sah aus, als ob er noch mehr Schnee zu verschenken hätte.

Abwarten, dachte Barrington. Das wäre auch für seinen Pub nicht so gut, da in den letzten Tagen sogar Gäste aus Brams und den umliegenden Dörfern von St. Applewood den Pub besucht hatten. Es hatte sich herumgesprochen, dass es hier einen guten neuen Pub gab. Das machte Barrington stolz. Der Bankkredit kam ihm sofort in den Sinn. So richtig aufatmen könnte er erst, wenn der abbezahlt sein würde.

Brams kam in Sicht und ab dem Ortseingang war

der Schnee zum Glück zur Seite geräumt. Barrington konnte etwas schneller fahren. Er wusste in etwa, wo sich die Portland Road befand. Hoffentlich wohnte Peter Petrel dort überhaupt noch.

Er musste einigen Schneebergen ausweichen, bevor er einen freien Parkplatz gefunden hatte.

Die Anwohner hatten den Schnee von ihren Grundstücken einfach auf die Straße geschoben. Barrington stieg aus und sah sich um.

Die Straße war lang und schmal. Hier standen noch viele ältere Häuser, die dringend eine Sanierung bräuchten. Es gab Reetdächer, teilweise uralt und löchrig wie ein Käse, die Häuser waren aus dunklen Natursteinen und die Fenster winzig. Wenn man die Türen betrachtete, fühlte man sich eher nach Tolkiens Hobbingen versetzt, so niedrig und winzig schienen sie zu sein. Einige wenige Häuschen hatten die Eigentümer versucht zu verschönern. Die Außenwände waren weiß getüncht und Fenster und Türen gestrichen. Aber jetzt, im Winter, sahen die Vorgärten natürlich ebenfalls nicht sehr einladend aus.

Barrington schlenderte langsam die Straße hinunter und las die Türschilder. Wie sollte es auch anders sein, es war das allerletzte Haus. Petrel stand am Briefkasten, der auch etwas Aufmerksamkeit bräuchte. Er hing ziemlich schief am Gartenzaun. Barrington öffnete das verrostete Eisentor und ärgerte sich sofort über den lauten Quietschton. Nun waren die Herrschaften im Haus sicher vorgewarnt.

Barrington klopfte an der Vordertür. Zuerst regte sich nichts dahinter, aber dann hörte er hinter dem Haus eine Tür zuschlagen und jemanden fortlaufen.

Knirschender Schnee war zu hören. Das war dann wohl Warren Smith gewesen. Fehlschlag. Es hatte keinen Sinn, ihm zu folgen. Er kannte sich hier nicht aus und würde ihn doch nicht einholen, obwohl er jünger war als Warren.

Die Eingangstür wurde aufgerissen. Im Türrahmen stand ein Männlein, anders konnte es Barrington nicht ausdrücken. Also war er scheinbar doch in Hobbingen gelandet.

„Peter Petrel?", fragte er bemüht freundlich.

„Wer will das wissen?", rief der kleine Mann an der Tür. Er war zwar schlank, neigte aber zu einer rundlichen Mitte, die seine Hose dazu brachte, direkt unter den Achseln zu sitzen. Sonst würde sie sicher nicht halten. Er trug ein kariertes Hemd, die Ärmel hochgekrempelt und sein Haar war, passend zu der knolligen Nase, feuerrot.

„Mein Name ist Brandon. Ich komme aus St. Applewood. Ich bin wegen Ihres Gastes hier, Warren Smith. Ich möchte ihm helfen, aber denke, dass er sich in diesem Moment aus dem Staub gemacht hat, oder?"

Mr Petrel verzog den Mund.

„Da liegen Sie richtig. Kommen Sie rein, bevor ich mir hier draußen die Zehen abfriere", sagte er.

Barrington warf einen Blick auf die Füße des Hausherrn und erwartete in seiner ausufernden Fantasie bereits Hobbitfüße, behaart und riesengroß. Mr Petrel stand in dicken bunten Strümpfen vor ihm.

Barrington betrat die winzige Diele und der Hausherr schob ihn, nachdem die Tür geschlossen war, durch den Flur in den nächsten und einzigen Raum im Erdgeschoss des Hauses. Die niedrigen Decken machten Barrington Probleme. Er hatte das Gefühl, nur noch gebückt gehen zu können.

„Setzen Sie sich. Tee?", fragte der Hausherr immer noch leicht unfreundlich und genervt.

„Ich denke nicht ..." Barrington wurde unterbrochen.

„Also Tee! Gebäck gibt es aber nicht!", rief der Mann.

Barrington setzte sich schnellstens. Er wollte den Mann nicht mehr als nötig provozieren. Peter Petrel würde sich sicher gut mit Miss Porter verstehen, der ehemaligen Sekretärin der Brauerei. Er musste an ihren bissigen Spitz denken und hatte das Gefühl, die spitzen Zähnchen zu spüren.

Ein paar Minuten später hatte Barrington einen Becher heißen Tee in der Hand und Peter Petrel setzte sich ihm gegenüber in einen Sessel.

„Also, was willst du von Warren und was geht dich das an?", fragte er ohne Umschweife.

„Ich bin Barrington Brandon, mein Vater war ..."

„Du bist der mit dem langen Namen! Dein Vater ist Fred Brandon, oder? Netter Kerl", sagte Peter Petrel und seine Stimme nahm einen weicheren Ton an.

„Ich will Warren nichts antun, ich will mit ihm reden und vor allem muss ich ihn warnen. Er hat sich da mit jemandem angelegt, der gefährlich werden kann. Wissen Sie, was er in der Villa von Mrs Hoskins gesucht hat?", fragte Barrington.

„Ach, dann warst du der Bengel da im Haus. Warren dachte, es ist jemand von der Polizei. Vor der rennt er nun schon eine Weile weg. Ich habe ihm gesagt, dass es keine gute Idee war, dort einzubrechen.

Er meinte, er würde nach einem Namen in den Papieren der Hoskins suchen wollen. Darum war er dort.

Er will herausbekommen, wer das seiner Bridget angetan hat. Er vermutet den damaligen Liebhaber der alten Hoskins. Ich erinnere mich jedenfalls nicht an den. Ich hatte ja auch mehr unten im Gewölbekeller beim Cider zu tun. Die Dame ist doch mit ihren Stöckelschuhen niemals zu uns in den Keller gestiegen."

„Diese Idee hatte ich ebenfalls. Aber ich glaube nicht, dass man in der Villa etwas gefunden hätte, was auf diesen Mann hinweist. Dafür waren die beiden, Mrs Hoskins und ihr Liebhaber, viel zu vorsichtig. Bridget hatte sich mit ihm eingelassen, wie sie so war, und hat ihre Geldgier mit dem Leben bezahlt. Da komme ich auf den Punkt. Warren sollte diesen Kerl auf keinen Fall allein sprechen und ihn vor allem nicht zu erpressen versuchen. Der ist mittlerweile wie ein verwundetes Tier. Gefährlicher denn je. Er muss zur Polizei gehen", erklärte Barrington.

„Das macht der Dummkopf niemals", sagte Mr Petrel. „Der ist stur wie ein alter Hammel. Immer nur, meine arme Bridget hier, meine arme Bridget da ... als ob die ihn groß angeschaut hat, als sie noch lebte. Hat doch diesen Gauner Watts geheiratet."

Barrington nickte. Er stand auf und wollte sich verabschieden. Hier würde er keine Antworten finden.

Mr Petrel brachte ihn zur Tür und öffnete sie für Barrington.

„Ist eigentlich ein guter Kerl, weißt du, er hat nur in seinem Leben die falschen Entscheidungen getroffen. Wäre wirklich schade, wenn ihm was passiert", sagte er ziemlich traurig.

„Wenn er sich hier wieder melden sollte, bitte reden Sie mit ihm noch einmal und schicken Sie ihn zur Polizei. Wenn er das nicht will, soll er zu mir in den Pub nach St. Applewood kommen. Ich versuche zu helfen, versprochen", sagte Barrington.

Peter Petrel nickte.

Als Barrington wieder in seinem Defender saß, überlegte er seine nächsten Schritte. Wieso konnte man den Namen dieses Mannes nicht herausbekommen? Es war zum Verrücktwerden. Irgendjemand musste ihn doch damals gekannt haben. Der Mann war wie ein Geist, am Tage wahrscheinlich ein unbescholtener Bürger, der nette Nachbar von nebenan, und in der Nacht auf Raubzug aus. Das Wort Geist ging Barrington für den Rest des Tages nicht mehr aus dem Kopf. Dieser Kerl hatte es geschafft, niemals aufzufallen und nur hervorzukriechen, wenn es wieder galt, jemanden um sein Leben zu betrügen.

Und Barrington hatte tatsächlich Angst bekommen. Er brauchte eine nette Unterhaltung. Also hielt er zuerst am Wollladen, *The Fluffy Woolcave*, in St. Applewood an.

Mrs McNeedle saß wie erwartet in ihrem bequemen Sessel neben dem Schaufenster und ... häkelte nicht! Auf dem Boden zu ihren Füßen türmten sich Kartons mit Weihnachtsschmuck. Sie nahm einzelne Kugeln aus einem der Kartons, polierte sie auf Hochglanz und legte sie dann in eine große Schüssel daneben. Im Fenster stand ein kleiner Tannenbaum, den Mr McNeedle sicher am Morgen besorgt hatte. Um die Zweige hatte sie silbrige und goldene Girlanden gewunden. An den Regalen im Verkaufsraum, die ihre

Wollschätze bewahrten, hingen Stechpalmenzweige und rote Kugeln. Es sah alles sehr hübsch aus und Barrington bekam ein wohliges Gefühl.

„Was darf´s denn heute sein? Brauchst du noch etwas für deinen jungen Freund?", fragte sie und stand auf. Dabei balancierte sie vorsichtig an den Kartons mit den Kugeln vorbei.

„Ich suche ein Weihnachtsgeschenk für meine Mutter. Hattest du nicht neulich hier so ein hübsches Schultertuch gehäkelt? So eins in hellem Blau?", fragte Barrington und suchte nach dem Stück, das er meinte, gesehen zu haben.

„Das wird eine Stola. Sie ist fast fertig, mein Freund. Warte, ich zeige sie dir. Sie ist sehr hübsch geworden. Miss Pullman, die Jüngere, überlegt noch, ob sie das hübsche Ding vielleicht kaufen will." Sie ging nach hinten in das kleine Lager und kam mit einer Stola zurück, die Barrington sofort gefiel. Die Farbe war wunderbar. Er befühlte die weiche hellblaue Wolle und nickte.

„Was meinst du?", sagte Raelyn McNeedle.

„Sie gefällt mir sehr gut. Wie viel soll sie kosten?", fragte Barrington.

„Wir werden uns schon einigen. Es fehlt nur noch die hübsche Kante, die ich mir ausgedacht habe. Dann ist die Stola fertig und wenn sie für deine Mutter sein soll, dann nenne ich sie *Norma´s Heaven*. Du weißt, ich gebe meinen Kreationen gern einen speziellen Namen. Dann ist es später leichter, wenn ich die Häkelanleitung suche ", erklärte lächelnd Raelyn.

„Danke, das klingt sehr gut. Dann bis bald", sagte Barrington und wollte gehen.

„Gehst du zu Richard?", fragte Raelyn McNeedle.

„Soll ich ihm etwas ausrichten?"

„Sag ihm bitte, seine warmen Stulpen sind fertig. Ich gebe es auf bei ihm. Er wird niemals stricken oder häkeln lernen. Der Wille war da, aber seine Finger sind einfach zu ungeschickt. Ich habe es versucht, weil er es unbedingt lernen wollte. Ich habe ihm geraten, bei seinen Büchern zu bleiben. Das ist sein Metier."

Barrington nickte ihr noch einmal zu und ging.

Rick hatte ihm gar nicht erzählt, dass er stricken und häkeln lernen wollte. Wahrscheinlich erschienen ihm diese Handarbeiten zu weiblich und er wollte sich nicht bloßstellen. Aber Barrington hätte ihn sicher nicht ausgelacht. Dieser Dummkopf mit seinen Befindlichkeiten.

Die paar Schritte ging er zu Fuß zum Buchladen. Rick stand mit einer Schippe davor und räumte Schneeberge zur Seite. Zum Glück war er gerade fertig geworden.

„Du hast wie immer den richtigen Zeitpunkt erwischt, du Faulpelz. Ich hätte dich sofort angestellt zum Schnee räumen. Willst du zu mir?", fragte Rick und stellte die Schippe an die Wand seines Ladens.

Barrington sah im Schaufenster neben einem schönen großen Gesteck aus Tanne, Stechapfel und bunten Kugeln tatsächlich die ungeliebten Bücher der Autorin Millisand April Osterburne: *Schnee auf dem Antlitz des Pharao.*

„Wie läuft es mit den Büchern?", fragte er und folgte seinem Freund in die Buchhandlung. Hier war es wohlig warm. Barrington rieb seine kalten Hände und zog seinen Mantel aus.

Richard Prescott ging nach hinten in seine Küche und setzte Teewasser auf. Das Klappern von Geschirr kam Barrington zu Ohren.

Nach ein paar Minuten erschien sein Freund mit einem Tablett, auf dem Teetassen, eine kleine Kanne und ein Teller mit Keksen standen. Der Duft nach Bergamotte und Earl Grey stieg ihm in die Nase. Rick machte den besten Tee.

„Du wirst es nicht glauben. Die ersten Käufer waren die Pullman-Schwestern. Na, die werden sich wundern, wenn sie das Buch lesen. Die Nächsten waren Mr und Mrs Smith und dann ging es Schlag auf Schlag. Ich habe nur noch die paar im Schaufenster. Was bin ich froh. Alles fügt sich", erklärte sein Freund.

„Wenn Mr Smith das Buch gekauft hat, kannst du darauf wetten, dass es im Nu im Ort bekannt wird. Das habe ich doch gesagt", sagte Barrington und nippte an seinem duftenden Tee.

Eine Weile sagte niemand etwas. Auch das gefiel Barrington an Rick. Man konnte mit ihm auch eine Weile schweigen, ohne dass es unangenehm wurde.

„Der Junge hat endlich ein paar Fakten zu seinem Leben rausgerückt. Ich hatte mir schon Gedanken gemacht, wie ich das gegenüber seiner Familie verantworten kann. Sicher wissen sie nicht, wo sich Farlan aufhält. Ich habe das Gefühl, ich beherberge einen Ausreißer", sagte Barrington.

„Mach dir keine Gedanken. Ich habe den Eindruck, der Junge kommt gut allein zurecht. Es wird einen Grund haben, warum er weggelaufen ist. Du solltest nicht versuchen, seine Familie zu kontaktieren. Damit könntest du in ein Wespennest stechen und am Ende verlierst du diesen guten Mitarbeiter", meinte Rick.

„Hast recht, er ist wirklich gut. Ich denke, er hat schon einmal in einem Pub gearbeitet. Damit komme ich zu meiner Frage. Er hat heute Morgen etwas Seltsames erwähnt. Ich habe ihm gesagt, du hättest seinen Nachnamen wissen wollen ..."

„Du verdammter Lügner! Wie konntest du mich da wieder mit reinziehen? Der arme Junge, was hat er gesagt?", fragte am Ende Rick, neugierig wie immer.

„Er meinte, sein Nachname wäre Kidd und du hättest da sicher sofort eine Geschichte parat. Verstehst du das?", fragte Barrington und goss sich erneut Tee ein.

Richard Prescott dachte eine Weile nach. Dann stand er auf und lief an seinen Bücherregalen vorbei. Schließlich blieb er in der Abteilung für historische Romane stehen und griff nach einem schmalen Band mit rotem Einband. Er begann darin zu blättern.

Er wird mich doch nicht über seiner Leserei vergessen?, dachte Barrington.

„Hier ist es. Der Name kam mir tatsächlich bekannt vor. Hat er vielleicht noch Greenock erwähnt?", fragte Rick und setzte sich wieder zu Barrington.

„In der Tat, das hat er", sagte Barrington überrascht.

„Es gibt da eine alte Legende. Ein gewisser William Kidd, geboren in Greenock, war ein schottischer Pirat, der sein Leben, wie es sich für Piraten so gehört, am Galgen beendete. Das ist aber ewig her. Die Legende stammt aus dem siebzehnten Jahrhundert und es muss sich hier nicht um einen bösen Vorfahren deines Farlan Kidd handeln", erzählte Rick, während er weiter in dem Buch blätterte.

„Laut diesem Bericht hatte dieser William Kidd ein aufbrausendes und hitziges Gemüt. Lach nicht, so hat man sich damals ausgedrückt. Er trieb sich zumeist in der Karibik herum und soll einen beträchtlichen Schatz in der Nähe der Insel Saint Marie vergraben haben. Aber da streiten sich die Geister. Auf jeden Fall wurde er in London im Mai des Jahres 1701 aufgeknüpft. Schlimm. Oh, interessant, es gab sogar eine Kurzgeschichte vom Meister der Gruselgeschichten, Edgar Allan Poe. Der Titel *Der Goldkäfer* weist auf die Auseinandersetzung mit Kidds Schatz hin. Das muss ich mir einmal genauer ansehen."

Barrington fand den Zufall, dass es einst diesen Piraten William Kidd gegeben hatte und dass Farlan Kidd aus Greenock stammte, schon eigenartig.

„Es könnte natürlich sein, dass es weit entfernte Verwandte dieses Piraten noch in Greenock gibt, die Herrschaften traditionsbewusst sind und so etwas Ähnliches wie Piraterie aufgezogen haben. Stell dir mal vor, es würde zum Beispiel dort einen Pub oder eine Pension geben, wo ahnungslose Reisende um ihr sauer verdientes Geld geprellt werden. Vielleicht sogar noch schlimmer, ihr Leben verlieren. Auf jeden Fall könnte das eine Erklärung für Farlans Wissen um die Organisation eines Pubs sein. Ist er deshalb dort fortgelaufen, weil seine lieben Verwandten ihn zu kriminellen Handlungen angestiftet haben?", sagte Barrington.

Rick sah von dem Buch auf. Dann klappte er es zu und setzte sich wieder zu seinem Freund.

„Du solltest ihn nicht mit dieser dummen Legende konfrontieren. Ich denke, der Junge wollte so einiges hinter sich lassen und deine komischen Spekulationen führen zu nichts. Du weißt nicht, was vorgefallen ist. Wenn ein Junge in diesem Alter Heimat und Familie einfach hinter sich lässt, hat das gute Gründe. Vielleicht wurde der Arme misshandelt. Sei vorsichtig, was du sagst", erklärte Rick.

Barrington nickte zustimmend.

„Du hast recht. Ich möchte nur nicht erleben, dass hier die Polizei aufmerksam wird oder ein fieser Verwandter sich einbildet, Farlan zurückholen zu können. Ich möchte den Jungen nur beschützen, verstehst du?"

„Verstehe. Die Polizei ist ein guter Einwand. Unser Constable ist ein verständnisvoller Mann und könnte vielleicht helfen. Es wäre fatal, wenn irgendein Amt aufmerksam werden sollte. Ich an deiner Stelle würde mal ein Wort mit McDonald wechseln. Aber sei vorsichtig."

Barrington stand auf und zog seinen Mantel an.

„Ach übrigens, mein Freund, deine Stulpen sind fertig, meinte Mrs McNeedle. Ich muss los. Es gibt noch viel Arbeit bis Weihnachten. Ich will Farlan auch nicht so lange allein schuften lassen. Also bis später", sagte er, öffnete die Tür zum Geschäft und trat in den klaren Wintertag hinaus. Er atmete tief die wunderbare Luft ein. Dann ging er zu seinem Wagen und fuhr zum Pub.

Als Barrington den Gastraum betrat, bot sich ihm ein interessantes Bild. Farlan saß auf dem Boden inmitten von Tannenzweigen, Stechapfel, rotem und grünem Schleifenband und versuchte, einen Tannenkranz mit Band zu umwickeln. Es gelang ihm nicht besonders gut und er fluchte leise, während Rufus, der Kater, sich wunderbar mit dem Stück Band amüsierte. Immer wenn der Junge versuchte, das Band um den Kranz zu wickeln, zog Rufus am anderen Ende und machte die Aktion zunichte.

„Was ist denn hier los?", fragte Barrington. „Wo kommt das Grünzeug her?"

Die Antwort ergab sich, als die Küchentür aufging und Maureen Hastings mit zwei Bechern in der Hand heraustrat. Barrington stutzte.

„Maureen, wie schön, dich zu sehen."

„Weißt du, ich wollte einfach mal weg von den Problemen in diesem großen Kasten und meinem Onkel und etwas Handfestes tun. Also hat mir Bing Tannenzweige und Stechapfel geschnitten und in den Wagen gepackt. Ich dachte mir, dass du in diesem Jahr vielleicht ein bisschen Unterstützung bei der Vorbereitung für Weihnachten benötigst. Kann aber auch wieder gehen", sagte sie und gab dabei Farlan einen der Becher. Der Junge schnüffelte und grinste.

„Hm, Kakao", sagte er. Diesen Moment nutzte Rufus aus, biss in das lose Band und lief damit davon.

„Verdammt, Rufus, gib das zurück!", rief Farlan, drückte Barrington den Becher in die Hand und verfolgte den Kater.

„Um Himmels willen bleib bitte hier, Maureen. Du siehst ja selbst", sagte Barrington.

Gemeinsam begannen die drei zu dekorieren und Kränze aufzuhängen. Nach einer Stunde war der Pub nicht wiederzuerkennen. Ein großer Tannenkranz mit Stechapfel und goldenen Kugeln, die Maureen ebenfalls beisteuerte, hing über dem Kamin. In jedes vordere Fenster kam ein Kranz und auf den Tresen und auf die Tische legten sie kleine Zweige mit rötlichen Kugeln. Es sah wundervoll aus. Barrington war begeistert.

Das Telefon klingelte.

„Du bist eine wahre Künstlerin, Maureen. Ich weiß nicht, wie wir dir danken sollen. Ich hoffe, du kommst zu unserer kleinen Weihnachtsfeier", sagte Barrington und nahm den Hörer vom Telefonapparat ab. Er meldete sich und sein Gesicht wurde zusehends ernster. Er warf einen ängstlichen Blick zu Maureen, die mit Farlan gerade noch einmal ein paar letzte Zweige in eine große Vase neben dem Eingang steckte.

„Maureen, komm bitte ans Telefon. Es ist Mrs Partridge", sagte er knapp und schüttelte den Kopf leicht.

Maureen nahm den Hörer, hörte der Stimme am anderen Ende zu und wurde blass. Tränen begannen aus ihren Augen zu tropfen. Sie schluckte schwer. Barrington sah Farlan traurig an, der nicht verstand.

Dann legte sie den Hörer langsam auf die Gabel zurück. Barrington hielt ihr ein Taschentuch hin.

„Was ist denn passiert?", fragte der Junge.

„Es geht um meinen Bruder Edward. Er hatte einen schweren Autounfall. Man nimmt an, dass er nicht mehr bremsen konnte und frontal an eine Mauer prallte. Ich verstehe das nicht. Er ist so ein vorsichtiger Fahrer. Gerade heute, bei diesem vielen Schnee, wäre er noch vorsichtiger gewesen. Das passt nicht zu ihm. Ich muss sofort los!", rief Maureen und griff zu ihrem Mantel.

„Du solltest nicht selbst fahren. Ich werde dich ins Krankenhaus bringen. Du bist viel zu aufgeregt", erklärte Barrington und zog sich ebenfalls seinen Mantel über. „Farlan, es ist jetzt vierzehn Uhr. Ich bin bis zur Öffnung zurück."

„Ich schaffe das. Außerdem kommt Chadwick als Erster, der wird gern helfen. Macht euch keine Sorgen und fahrt endlich."

Barrington nickte ihm lächelnd zu. Was würde er ohne den Jungen tun?

Maureen und Barrington gingen hinaus zu dem Defender, stiegen ein und fuhren in Richtung Lintie davon. Dort befand sich das nächste große Krankenhaus. Maureens Wagen könnte später abgeholt werden.

„Was ist mit deinem Onkel? Will er nicht mitkommen? Schließlich ist Edward ja sein Erbe", wollte Barrington wissen, während er vorsichtig an Schneebergen vorbei manövrierte.

Maureen schüttelte nur den Kopf.

„Ich denke, er ist beunruhigt, aber in ein Krankenhaus bekommst du meinen Onkel nicht. Er hat da so eine Virenphobie oder etwas Ähnliches. Er meint, in dem Moment, wenn er die Schwelle eines Krankenhauses übertritt, ist er bereits dem Tod geweiht. Ich liebe meinen Onkel, aber damit muss ich allein fertig werden. Wie immer", setzte sie leise hinzu.

Das Krankenhaus St. Michael und Rupert in Lintie war ein alter Bau aus rötlichen Klinkersteinen.

Barrington parkte den Defender auf dem Parkplatz und sie stiegen beide aus.

„Du kannst zurückfahren, Barri, ich komme schon zurecht", sagte Maureen.

„Kommt nicht infrage. Suchen wir nach der richtigen Abteilung. Dann sehen wir weiter."

Maureen nickte ihm dankbar zu.

Im Haus kam ihnen der bekannte Geruch nach Karbol in die Nase. Schwestern liefen emsig durch die Gänge, Tragen wurden von Pflegern zu den Stationen gefahren, mit oder ohne Patienten darauf, Telefone läuteten, es gab Durchsagen. Ein Baby schrie.

Barrington ging zur Rezeption, die sich gegenüber dem Eingang befand und fragte nach der Unfallstation. Man verwies ihn auf die erste Etage zu Doktor Eidel.

Sie stiegen in die erste Etage hinauf und je näher sie der Unfallstation kamen, umso näher drückte sich Maureen an Barringtons Schulter. Schließlich nahm er ihren Arm und hielt sie umfangen. Die starke selbstständige Maureen war heute alles andere als stark.

Barrington fragte nach dem Arzt und nach ein paar Minuten stand ein blutjunger Mann vor ihnen, der sich als Doktor Eidel vorstellte.

„Es geht um Edward Hastings, Doktor. Er ist mein Bruder. Wie geht es ihm?", fragte Maureen mit zitternder Stimme.

„Bitte kommen Sie in mein Büro. Das sollten wir nicht auf dem Flur besprechen. Ihr Bruder lebt, soviel kann ich sagen", sagte der Arzt und wies auf eine offene Tür an der rechten Seite.

Im Büro, das nur aus einem Schreibtisch, drei Stühlen und ein paar Aktenschränken bestand, wies der Arzt auf zwei Stühle und sie setzten sich. Maureen knetete nervös ihr Taschentuch.

„Ihr Bruder wurde heute Morgen mit schwersten Verletzungen eingeliefert. Er hat mehrere schwere Knochenbrüche, hauptsächlich an dem rechten Bein.

Ein paar Rippen sind angebrochen und er hat ein Schleudertrauma. Außerdem könnte die Milz Schaden genommen haben. Das wird im Moment geprüft.

Wir konnten ihn stabilisieren und er befindet sich noch im OP. Ich kann noch keine abschließende Prognose abgeben, aber ich weiß, dass er in den besten Händen ist. Wir haben ein sehr fähiges OP-Team. Sie müssen Geduld haben. In ein paar Stunden wissen wir mehr", erklärte der junge Arzt.

Barrington umfasste Maureens Schulter und versuchte, sie zu beruhigen.

Es klopfte an der Tür zum Büro.

„Herein!", rief der Arzt.

Eine Polizistin in Uniform betrat das Zimmer. Barrington kannte sie aus seinem Pub. Sie war damals mit Inspector Marlow nach St. Applewood gekommen und hatte die Befragungen im Fall des Toten im Cider durchgeführt.

„Ich habe gerade eine Besprechung mit der Angehörigen des Unfallopfers von heute Morgen. Können wir später reden?", fragte Dr. Eidel.

„Ich bin Detective Constable True. Ich müsste auch mit den Angehörigen sprechen. Vielleicht sollten wir hier im Büro reden. Es ist eine heikle Angelegenheit", erklärte Constable True.

Barrington stand auf und bat den Constable, Platz zu nehmen. Sie nickte ihm dankend zu und setzte sich. Dann zog sie einen Notizblock aus ihrer Tasche und klappte ihn auf.

„Sie sind eine Verwandte des Unfallopfers?", fragte sie an Maureen gewandt.

„Ich bin seine Schwester. Maureen Hastings." Maureen war sichtlich verwirrt. Was wollte die Polizei in diesem Moment von ihr? Soviel sie wusste, war niemand sonst in den Unfall verwickelt gewesen.

„Wir müssen Sie darüber informieren, dass der Unfall Ihres Bruders wahrscheinlich kein Unfall, sondern ein Mordanschlag gewesen ist. Die Spurensicherung hat eine Manipulation an den Bremsen festgestellt. Er hätte gar nicht stoppen können und bei diesem Wetter war ein Unfall unvermeidlich. Es tut mir leid, Ihnen das zuzumuten."

Maureen sah Barrington panisch an.

„Wer sollte denn meinen Bruder umbringen wollen? Das ist doch absurd. Er arbeitet für die Regierung, sitzt den lieben langen Tag in seinem Büro und bearbeitet Akten. Was soll das? Sie müssen sich irren!", rief Maureen.

„Wie wurden die Bremsen manipuliert?", fragte Barrington.

„Der Bremsschlauch war durchtrennt. Eine Frage der Zeit, wann sie nicht mehr funktionieren. Sein Glück war, dass er aufgrund des vielen Schnees nicht schnell fuhr", sagte Constable True. „Sie können sich also niemanden vorstellen, der einen Groll auf Ihren Bruder hat?"

Maureen schüttelte den Kopf.

Barrington kam sofort eine Idee, aber er wollte sich nicht in den Vordergrund schieben. Außerdem war er nicht sicher, ob seine Annahme stimmte. Maureen hatte ihm ein paar Tage vorher erzählt, dass ihr Bruder der nächste Viscount Woodland werden würde. Ihr Cousin Ted Rooper war der Nächste in der Reihe. Was wäre, wenn dieser Kerl etwas nachgeholfen hatte, damit er in der Erbfolge aufrücken würde? Das konnte er natürlich hier nicht sagen. Schon gar nicht zu Maureen, die das sicher nicht glauben würde.

Constable True erhob sich und klappte ihren Notizblock zu.

„Ich wünsche Ihrem Bruder alles Gute, Miss Hastings. Ich werde mich wieder melden, wenn wir neue Erkenntnisse haben. Inspector Marlow hat angewiesen, dass ein Polizist vor der Tür des Krankenzimmers, in dem ihr Bruder liegen wird, Wache hält. Wir können nicht sicher sein, ob der Täter nicht sein Werk vollenden möchte." Sie nickte den anderen zu und ging.

Dr. Eidel war erschüttert.

„Das sind keine guten Neuigkeiten. Ich werde sehen, wie es mit der Operation vorangeht. Vielleicht begeben Sie sich so lange in den Warteraum der Abteilung, Miss Hastings", sagte der Arzt.

„Danke, Doktor", sagte Maureen leise.

Der Arzt nickte ihr zu.

Barrington und Maureen verließen das Büro und gingen zum Warteraum. Beide hingen ihren eigenen Gedanken nach. Eine Schwester kam und fragte, ob sie gern eine Tasse Tee hätten. Beide verneinten.

„Wissen deine Eltern von dem Unfall? Ich habe mich schon gewundert, dass sie nicht hier sind", sagte Barrington.

„Sie sind verreist, wie immer in den letzten Jahren. Diesmal ist es wohl Südamerika. Keine Ahnung. Sie sind ständig fort, wenn man sie braucht. Das war immer schon so. Was denkst du, warum ich schon als Kind zu meinem Onkel gekommen bin? Meine Eltern hatten keine Zeit für ihre Kinder." Barrington konnte

Verbitterung aus diesen Worten heraushören.

„Was ist mit deinem Cousin? Wollen wir ihn anrufen, dann kann er dich unterstützen", sagte Barrington vorsichtig. Er würde gern mehr über diesen Mann erfahren. Er konnte sich nicht erinnern, ihn einmal bei Maureen oder im Ort gesehen zu haben.

„Teddy? Machst du Witze? Der war immer schon sich selbst der Nächste. Diese Modepuppe kann ich hier nun wirklich nicht gebrauchen. Er hat mich als Kind oft genug geärgert. Du siehst ja selbst, dass ich nicht gerade als Mannequin durchgehen könnte. Dafür sind meine Formen zu rundlich", sagte sie.

„Du bist eine sehr schöne, selbstbewusste und starke Frau, Maureen. Lass dir nichts anderes einreden."

„Danke, Barri. Ich bin froh, dass du hier bist."

Nach etwa einer Stunde kam Dr. Eidel zu ihnen. Er setzte sich mit ernstem Gesicht neben Maureen. Das ließ Barrington verzweifeln. Hoffentlich lebte ihr Bruder noch.

„Ihr Bruder ist aus dem OP und auf der Intensivstation. Sie können noch nicht zu ihm. Er hat die Operation gut überstanden. Die Milz war zum Glück nicht geschädigt. Die Knochenbrüche am Bein sind ebenfalls nicht so kompliziert wie erwartet. Es sieht gut für ihn aus. Im Moment ist er noch nicht aufgewacht. Ich schlage vor, morgen wiederzukommen. Wenn sich etwas ändern sollte, werde ich mich sofort bei Ihnen melden. Lassen Sie Ihre Nummer bei meiner Sekretärin", berichtete der Arzt.

Maureen atmete etwas ruhiger.

„Gut. Ich komme morgen früh zurück. Ist ein Polizist vor seinem Krankenzimmer?", fragte Maureen.

„Es ist alles organisiert. Keine Angst. Es wird sicher alles gut werden." Dr. Eidel erhob sich, nickte ihnen zu und ging zurück an seine Arbeit.

Die beiden gingen zum Wagen.

„Wer kann nur meinem Bruder etwas Böses wollen? Das verstehe ich nicht", sagte sie. „Vielleicht hängt es mit seiner Tätigkeit für die Regierung zusammen. Er wollte mir nie erzählen, was er wirklich dort macht."

Fehler sind da, um gemacht zu werden

Er blätterte das alte Fotoalbum zum wiederholten Male durch. Die junge Frau auf den Bildern war schön. Obwohl es alles schwarz-weiß Aufnahmen waren, war ihre Schönheit betörend. Eine Figur wie aus einem Modemagazin, glatte makellose Haut, das Haar lockig und lang, flatternd im Wind oder zu einer aufwendigen Frisur hochgesteckt und ein Lächeln auf den Lippen, das jeden zum Schwärmen bringen konnte.

Ganz vorn im Album waren noch ein paar andere, ältere Aufnahmen von der Frau. Ein Kind lächelte in die Kamera, mit dicken Zöpfen und Sommersprossen im Gesicht.

Aber sogar in diesen Kinderfotos erkannte man schon die spätere Schönheit und vor allem sah man in ihrem Gesichtchen den Ausdruck von Stolz und dass sie sich für etwas Besonderes hielt. Es gab keine Fotos von ihren Eltern. Er konnte es durchblättern, so oft er wollte, es gab sie nicht. Seltsam.

Aber wenn er sich die Lebensgeschichte der Frau ins Gedächtnis zurückrief, war das nicht verwunderlich. Aus der Schule geflogen wegen schlechten Benehmens, ein brutaler Vater, eine Mutter ohne Gefühl und ein Bruder, der sie verachtet hatte. Was erwartete man von einem Kind, das in diesem Umfeld aufgewachsen war?

Es hatte so kommen müssen.

Nachdem sie von der Schule geflogen war, hatte sie versucht aus diesem Desaster zu entkommen. Sie hatte ein Fotoshooting bei einem eher schlechten Fotografen mit zweifelhaftem Ruf gemacht. Die Fotomappen hatte sie an unzählige Modelagenturen verschickt. Es war niemals eine Antwort gekommen.

In einem Ort wie Brams hatte es nicht viele Möglichkeiten gegeben. Das war der Beginn ihrer kriminellen Umtriebe gewesen. Es hatte mit kleinen Diebstählen begonnen, um sich das teure Make-up leisten zu können.

Dann hatte sie die Blicke der Männer bemerkt. Und das war der nächste Punkt, der sie näher an den Abgrund gebracht hatte.

Warren hatte versucht, Bridget aus dem Sumpf zu ziehen. Gefühlt hundert Mal hatte er sie angefleht, mit ihm zu kommen. Er hatte sie so geliebt. Keine Frau nach ihr war wie sie gewesen und hatte ihm so gefallen. Auch die Frau in Garvin war kein Ersatz gewesen. Ja, er hatte Henrietta schlecht behandelt und war mit dem Geld verschwunden. Aber er hatte keine Wahl gehabt. Später, viel später, nahm er sich vor, ihr das Geld zurückzuzahlen. Jetzt gab es andere Dinge zu bedenken.

Vor ein paar Jahren hatte er Bridget noch einmal kontaktiert. Da hatte er gehört, dass sie geheiratet hatte. Wie hatte sie sich auf diesen Kerl einlassen können? Er taugte nichts. Es musste eine gewisse Abhängigkeit zu ihm bestanden haben. Er konnte sich das nicht erklären.

Das war nun unwichtig geworden.

Seine Bridget war tot.

Als Warren von ihrem Tod gehört hatte, hatte er sich sofort auf den Weg zurück in seine alte Heimat gemacht. Zu dieser Zeit hatte er in Glasgow gearbeitet. Der Job hatte ihm genauso wenig gefallen wie die Arbeit auf dem Fischtrawler in Girvan. Es gab für ihn einfach keinen Job oder keine Stadt, wo er zur Ruhe kommen konnte.

Die letzten Jahre waren eine Art Suche gewesen. Was suchte er? Er wusste es selbst nicht. Mit seinem Weggang aus St. Applewood und seiner Flucht nach Irland hatte sein Leben irgendwie den Halt verloren. Warren fühlte sich nicht mehr geborgen, nirgendwo. Bridget war sein Leben gewesen. Er würde herausbekommen, wer das seinem Mädchen angetan hatte, und würde ihn dafür büßen lassen.

Ihren Mann hatte er schnell vom Verdacht ausgeschlossen. Ein Besuch auf dem alten, verkommenen Bauernhof hatte nicht viel gebracht. Er hatte dem Mann die Nase gebrochen. Dann hatte der Saufbold endlich erzählt, was Bridget so getrieben hatte in den letzten Jahren. Es war nicht sehr viel gewesen.

Bei der Durchsuchung ihres Zimmers hatte er das alte Fotoalbum und ein paar Briefe gefunden.

Der Mann, den er einfach blutüberströmt in der Küche liegengelassen hatte, hatte geheult und lamentiert, dass man ihm seine Kinder weggenommen hätte. Gut so.

Die Briefe hatten ihn nach Lintie in das Haus von Mrs Hoskins, der Witwe seines ehemaligen Arbeitgebers, gebracht. Der Mann, der Bridget einst geschrieben hatte, musste laut Adresse auf den Briefen dort gewohnt haben. Aber er hatte nichts entdecken können, was noch auf ihn hingedeutet hätte.

Die Briefe enthielten nur rosa Gesäusel und immer wieder Aufträge für Bridget. Sie musste ihn geliebt haben. Wahrscheinlich hatte sie sich an eine unerfüllte Hoffnung geklammert und seine Aufträge mit Freuden ausgeführt.

Das war dieser Kerl, den sie ihm vorgezogen hatte. Bridget und ihre falschen Entscheidungen. So war sie gewesen und so war ihr Leben verlaufen.

Er hatte nicht lange genug im Haus suchen können. Dieser Kerl aus St. Applewood hatte ihn gestört.

Unwichtig.

Aber nun riss er ein Foto aus Bridgets Album, das ihm bekannt vorkam. Im Hintergrund sah man die alte Brauerei und Bridget stand an einen schnittigen Sportwagen gelehnt. Ach, Bridget, viel zu freizügige Kleider und viel zu viel Lippenrot. Sie schien mit dem Fahrer im Wagen zu flirten und warf ihm einen Kussmund zu. Er konnte nicht gut erkennen, wer im Wagen saß. Aber als er sich eine Lupe zur Hand nahm, hellte sich seine Miene auf. Wie konnte er den Mann vergessen, der der alten Hoskins schöne Augen gemacht und sich aufgeführt hatte, als würde ihm die Brauerei gehören? Das musste der Schuldige sein.

Er warf das Foto zurück in das Album und nahm sich ein anderes heraus. Das war seine Bridget, wie er sie in Erinnerung hatte. Das junge Mädchen auf dem Foto sah glücklich aus und lächelte in die Kamera. Er steckte sich das Foto in sein Portemonnaie.

Wie hieß dieser Kerl nur? Er sah ihn genau vor

sich. Bildete sich sonst was ein auf seinen riesigen Schnauzbart. Warren hatte sich damals auch so ein Ding zugelegt und gemeint, dass seine Bridget ihn dann vielleicht mehr beachten würde. Ein Trugschluss.

Der Name würde ihm schon einfallen.

Oder sollte er seine Schwester fragen? Nein. Er hatte einen Fehler gemacht und war vor vielen Jahren mit dem Geld aus der Kasse verschwunden. Damals hatte er noch geglaubt, Bridget zum Mitkommen bewegen zu können. Wieder ein fataler Fehler. Sie mochte ihn, hatte sie gesagt, aber Liebe war etwas anderes.

Dieses Mal würde er keine Fehler machen.

Er würde den Kerl umbringen, der seine Bridget getötet und einfach in einem Park liegen lassen hatte. Wie ein Stück Müll hatte der sein Mädchen entsorgt.

Glühende Wut breitete sich in ihm aus.

Der Name war ihm schließlich eingefallen. Er hatte ihn aufgespürt, Kontakt aufgenommen und sich einen großartigen Plan zurechtgelegt.

Am Abend saß er in Lintie im *Caledonia Inn,* einem Restaurant mit einer angeschlossenen Pension. Es war ein Tag, an dem das Restaurant nicht gut besucht war, das hatte Warren gewusst. Er hatte Bridget hier früher manchmal zum Essen ausgeführt. Damals sah das Restaurant noch exklusiver aus. Nun hatte es den verblichenen Charme der Nachkriegszeit und verkam langsam zu einer Absteige.

Er lächelte. Seine Bridget. So lange war das her.

Kino und anschließend Essen gehen. Wie hatte Bridget sich über Harold Lloyd oder Charlie Chaplin amüsiert. Sie war so hübsch gewesen, wenn sie gelacht hatte. Es waren schöne Abende gewesen. Auch wenn Bridget meistens mit ihren Gedanken woanders gewesen war und ihn kaum beachtet hatte.

Schließlich, eine halbe Stunde zu spät, öffnete jemand die Tür. Der Kerl, auf den er gewartet hatte, stand vor ihm. Genauso hatte er ihn noch im Gedächtnis; arroganter Schnösel ohne viel Geld, ein Schmarotzer der Extraklasse.

Die Wut in seinem Inneren hatte sich inzwischen zu einem riesigen Wutgebirge aufgetürmt.

Der Mann lächelte.

Warren würde ihm sein Lächeln aus dem Gesicht schlagen.

Liebe war ein starkes Gefühl und konnte Berge versetzen. Aber gegen einen überlegenen Feind kam auch die heißeste Liebe nicht an.

Warren Smith hatte seinen letzten Fehler begangen.

Im *Five Apple Kernels* ging es hoch her an diesem Abend. Barrington und Farlan hatten alle Hände voll zu tun. Gegen zweiundzwanzig Uhr wurde es etwas ruhiger. Alle saßen zufrieden vor Cider und Ale. An Tisch drei wurde Karten gespielt und an Tisch fünf stand das Damebrett zwischen zwei Herren, die sich über den Rand ihres Glases hinweg kritisch beäugten.

In der Kaminecke hatten es sich Raelyn und Ian McNeedle bequem gemacht. Ian hatte seine Gitarre dabei und Raelyn begleitete ihn auf der Holzflöte. Barringtons Freund Rick trommelte auf einem Buch herum und sang mit seinem tiefen Bass dazu.

Eine schottische Ballade vom Freiheitskampf der

Altvorderen durchwehte den Raum und Barrington lächelte zufrieden. Sah man einmal davon ab, dass Pfarrer Clement und seine Gattin sich immer noch nicht blicken lassen hatten. Diesem Gespräch sah er nicht besonders fröhlich entgegen.

Dafür waren heute Nachmittag die Schwestern Pullman vorbeigekommen. Zwei Tassen Tee und zwei Gläser Cider später baten sie Barrington inständig, der Frau Pfarrer nicht zu verraten, dass sie hier gewesen waren.

„Wir sind nur hier, weil wir genau wissen, dass Mrs Clement heute mit ihrem Mann in Lintie an der Beerdigung der Hoskins teilnimmt. Nicht wahr, Petunia?", fragte die eine Schwester, die scheinbar eine Unmenge kunterbunter Strickwesten ihr Eigen nannte. Man sah sie immer wieder mit einer anderen Weste.

„Ja, richtig, liebe Hortensia, bitte verraten Sie uns nicht. Hier ist es doch so lustig. Viel lustiger als bei Frau Pfarrer Clement in der Bibelstunde", sagte die andere Schwester, die seit ewigen Zeiten für ihre seltsamen Hüte bekannt war. Der Menge nach zu urteilen, musste es ein ganzes Zimmer im Cottage der Schwestern geben, das mit Kopfbedeckungen vollgestopft war.

Sie setzte ihren Hut niemals ab. Niemand im Ort wusste, was darunter zu finden sein würde. Es wurde ordentlich spekuliert. Wetten wurden abgeschlossen. Kamen die ersten Stürme im Herbst, rannten die Leute zu ihren Fenstern, wenn die Schwestern Pullman gesichtet wurden. Aber Petunias Hüte saßen wie festgeklebt auf ihrem runden Kopf.

Der alte Chadwick hatte verlauten lassen, Petunia hätte eine Glatze. Aber das glaubte ihm niemand.

Barrington musste schmunzeln und versprach den Schwestern, nichts zu sagen. So lange Mr Smith, das Sprachrohr des Ortes, nichts davon erfuhr, waren die beiden alten Damen sicher.

Lange Zeit hatte Barrington mit sich gehadert, sein Traum könnte wie eine Seifenblase zerplatzen, wenn er entweder nicht geeignet für einen Pub wäre oder die Menschen den neuen Mittelpunkt von St. Applewood nicht angenommen hätten. Er war ein hohes Risiko eingegangen. Schließlich hatten seine Eltern seinen Kredit von der Bank mit einer Hypothek auf ihr Wohnhaus möglich gemacht.

Constable McDonald kam herein. Er sah mitgenommen aus. Was war nun wieder vorgefallen? Barrington wurde heiß und kalt.

Er stellte ihm, ohne dass er gefragt hatte, ein frisch gezapftes Ale hin.

„Was ist los, Constable? Sie sehen aus, als hätten Sie einen Geist gesehen. Es ist doch, um Himmels willen, nicht Maureens Bruder?", fragte Barrington panisch.

Der Constable schüttelte den Kopf. Dann trank er einen großen Schluck und stützte sich dabei schwer auf den Tresen.

„Nein, keine Angst, die neuesten Nachrichten von Edward Hastings sind positiv. Er lebt. Wir passen auf ihn auf. Aber, du wirst es nicht glauben, wir haben schon wieder eine Leiche. Ich habe langsam die Nase gestrichen voll. Ich komme gerade von Selma und George Smith. Man hat Warren gefunden. Es sieht nach Selbstmord aus. Vielleicht haben ihn seine Taten eingeholt und er konnte den Druck nicht mehr aushalten. Jedenfalls lag in seiner Hand die Waffe, mit der Mrs Hoskins erschossen worden ist."

Barrington riss die Augen auf.

„Das glaube ich nicht. Das passt doch gar nicht. Warum sollte er Mrs Hoskins erschießen? Warren war rachsüchtig, aber ich denke, er hätte Bridget niemals etwas getan. Er hat sie geliebt und deshalb kam er zurück. Glaubt denn Inspector Marlow, dass er Bridget erdrosselt hat?", fragte Barrington.

„Er ist davon überzeugt und wird den Fall abschließen. Die Waffe und was man sonst noch bei ihm gefunden hat, sind starke Beweise", sagte der Constable und nippte an seinem Ale.

„Wo hat man ihn gefunden?", fragte Barrington.

„Wir bekamen einen Anruf vom *Caledonia Inn* in Lintie. Man hatte einen Schuss gehört und die Polizei hat ihn hinter dem Restaurant in einer Gasse dann entdeckt. Er sah ziemlich heruntergekommen aus. Einer der Kellner sagte aus, dass er mit einem Mann das Restaurant verlassen hatte. Beschreiben konnte den Fremden leider niemand. In Warrens Tasche fand man ein Foto von Bridget und einen Schal. Die Spurensicherung fand Fasern und Haar an dem Schal, rotes gefärbtes Haar und Lippenstift. Das kann nur von Bridget gewesen sein, meint Inspector Marlow. Damit wurde sie wahrscheinlich erdrosselt. Und dann fand man in seiner Tasche noch den Schmuck von Mrs Hoskins. Eine goldene Kette, ziemlich teuer. Den dicken Brillantring hat er wahrscheinlich schon versetzt, der arme Kerl."

„Oh nein, er hat sich nicht an meinen Rat gehalten", rutschte es Barrington heraus.

227

Constable McDonald sah ihn prüfend an.

„Wie meinst du das?"

Barrington erzählte von seinem Besuch bei Peter Petrel und dass Selma ihm den Tipp gegeben hatte. Er berichtete, dass Warren geflüchtet war, ohne mit ihm zu sprechen, und dass er, Barrington, Peter Petrel geraten habe, dass Warren zur Polizei gehen solle.

„Hat dieser Petrel noch irgendetwas gesagt, was zur Aufklärung hilfreich sein könnte?", fragte der Constable.

Barrington schüttelte den Kopf.

„Ich denke, Warren war sein gesamtes Leben wahnsinnig in Bridget Watts verliebt und Peter meinte auch, dass es ihn umtrieb, was mit ihr geschehen war. Er wollte Rache für Bridget. Ich hatte abgeraten und gesagt, dass es sehr gefährlich wäre, sich dem Mörder zu nähern. Warren hat sie sicher nicht umgebracht. Mehr kann ich nicht dazu sagen. Er muss den wahren Mörder gefunden haben", erklärte er.

„Ich brauche die Adresse dieses Petrels. Wir werden ihn befragen müssen. Hat der nicht auch früher hier in der Brauerei gearbeitet?", fragte McDonald.

„Hat er. Fällt auf, nicht wahr? Alles geht immer wieder zur Brauerei zurück und zu den Leuten, die hier gearbeitet haben."

Barrington drehte sich zu den Flaschen im Regal um. Er griff sich zwei Gläser und eine Whiskyflasche. Daraus schenkte er für sich und den Constable etwas Whisky ein.

„Auf Warren und vor allem auf Selma. Ich hoffe, sie verkraftet es", sagte Barrington und prostete dem Constable zu.

228

Der Polizist nickte und griff zum Glas.

„Dann muss ich wohl noch mal mit Inspector Marlow reden. Aber es war eigentlich eindeutig Selbstmord, bis hin zu den Schmauchspuren an der Einschussstelle", sinnierte der Constable.

„Waren denn an den Fingern auch Spuren?", fragte Barrington.

Constable McDonald stutzte.

„Du hast recht. Das muss ich überprüfen. Ich bin das den Smiths schuldig. Woher weißt du so viel über Rechtsmedizin?"

Barrington bückte sich hinter dem Tresen und legte zwei Bücher auf den Tisch, *Neues aus der Rechtsmedizin* von Dr. Seeker, London, Scotland Yard, und Arthur Conan Doyle: *Sherlock Holmes und der Hund von Baskerville.*

Constable McDonald nickte wissend.

„Gut, dass du deinen Freund Rick und seine Bücher hast."

„Was meint der Inspector zum Fall Mr Hoskins? Er denkt doch nicht etwa, dass das auch Warren Smith gewesen ist?", fragte Barrington.

„Nun, da hat der gute Mann auch gleich eine Erklärung parat gehabt. Warren hat die Brauerei am Tag der Schließung schnell verlassen, weil er Hoskins umgebracht hatte und flüchten musste. Was sagst du dazu?", fragte der Constable.

„Dazu kann ich nur eins sagen. Da hat sich Inspector Marlow einen astreinen Sündenbock zurechtgebastelt", sagte Barrington.

Der Pub leerte sich langsam. Die Damespieler waren sich uneins, wer gewonnen hatte, und die

Kartenspieler waren unzufrieden, weil sie am Ende festgestellt hatten, dass zwei Asse im Spiel fehlten. Barrington konnte man nicht beschuldigen, er hatte nur ein Damespiel bereitgestellt. Die Karten hatte einer der Spieler mitgebracht und der wurde nun ordentlich kritisiert. Eine Runde auf Kosten des Kartengebers genügte, um die aufgebrachten Herren zu versöhnen.

Die McNeedles waren schon vor einer Stunde gegangen und Chadwick hatte sich dem Constable angeschlossen, als der gegangen war. Rick kam zum Tresen und zog dabei seinen Mantel an.

„Ich mache mich auch auf den Weg. Schon recht spät. Machst du zu für heute?", fragte er und zog sich seine neuen gestrickten Stulpen über.

Barrington wies mit dem Finger darauf.

„Das hast du gut gestrickt, mein Freund. Die sind bestimmt warm", sagte er.

Rick bekam rote Wangen.

„Ich weiß, dass du bei Raelyn gewesen bist und sie gesagt hatte, du sollst mir etwas ausrichten. Tu nur nicht so scheinheilig. Du weißt genau, dass ich das Stricken niemals lernen werde!"

Rick sah traurig auf seine riesigen Hände.

„Die machen das nicht mit. Die sind einfach zu knorpelig dick, verstehst du? Ich bleibe bei meinen Büchern. Die tun mir nichts. Ich habe mich an einer der Stricknadeln gepikst", erklärte Rick und besah sich seine armen gebeutelten Finger.

Barrington amüsierte sich königlich.

Dann ging die Pubtür auf und ein später Gast erschien. Barrington sah auf und Rick drehte sich um.

„Das ist der Mann von neulich wieder. Der ist aber

ziemlich spät dran. Na, ich mache mich auf den Weg. Bis bald, Barri", sagte Rick und ging.

Barrington sah auf seine Uhr. Es war bereits zehn Minuten vor dreiundzwanzig Uhr und er hatte schon vor einer viertel Stunde *Last orders please* in den Raum gerufen. Der Mann kam zum Tresen und zog sich die Handschuhe aus. Er blickte sich interessiert um.

„Entschuldigen Sie, dass ich so spät komme. Die Straßen sind ganz schön rutschig. Für einen Drink wird es doch noch reichen, oder?", fragte er.

„Was darf es sein, Mr ...?", fragte Barrington.

„Holder, Mr Holder ist mein Name. Geben Sie mir doch einen guten Whisky. Ich habe in Lintie ein schönes Zimmer bekommen. Wie Sie es empfohlen haben. Ich möchte mich noch etwas hier umsehen. Ich bin Makler, wissen Sie, und immer auf der Suche nach lukrativen Aufträgen. Ein schönes Gebäude ist das, das Sie da umgebaut haben."

Barrington stellte das Glas mit dem honigfarbenen Inhalt vor Mr Holder auf den Tresen.

„Was war das hier früher für eine Brauerei?", fragte der Mann.

„Eine Cider-Brauerei. Das hatte hier im Ort eine lange Tradition. Leider wurde sie bereits vor dreißig Jahren geschlossen."

Barrington wusch die letzten Gläser ab. Farlan kam mit einem Tablett aus der Küche, räumte die Tische ab und wischte sie anschließend ab. Guter Junge.

Der vorletzte Gast winkte ihm zu, mummelte sich warm ein und verließ den Pub in Richtung zu Hause.

„Darum haben Sie wohl diesen Korb mit Äpfeln

hier auf dem Tresen stehen?", fragte Mr Holder.

„Genau. Der Junge meinte, wenn es hier im Garten so viele Apfelbäume gibt und im Namen unseres Pubs auch etwas mit Äpfeln steht, dann müssen hier auch Äpfel zu haben sein."

„Eine schöne Idee. Dann nehme ich mir doch gleich mal einen Apfel, wenn ich darf. Ich bin ganz wild auf Äpfel." Er griff sich einen Apfel und biss hinein. Dann legte er Geld auf den Tresen und verabschiedete sich.

An der Tür nach draußen drehte sich Mr Holder noch einmal um.

„Vielleicht hören Sie etwas, was für einen Makler von Interesse sein könnte. Ich bleibe noch eine Weile in der Gegend", sagte er und ging. Die Tür fiel hinter ihm ins Schloss.

Rufus saß auf seinem Platz in der Fensternische und sah dem Mann nach, wie er zu seinem Auto ging. Farlan stellte sich neben den Kater und blickte ebenfalls aus dem Fenster.

„Komischer Vogel", sagte er.

„Wie meinst du das, Farlan? Er ist doch ganz nett und zahlende Gäste sind immer willkommen."

„Ich meine ja nur. Der will Makler sein und hat dir noch nicht mal eine Visitenkarte gegeben. Wenn er hier ein Geschäft machen will, braucht er solche Dinger. Stell dir vor, du hättest etwas, was ihn interessieren würde. Wie sollst du ihn dann erreichen?", fragte Farlan und wischte weiter die Tische ab. „Und in den Schuhen kann der nicht viel herumlaufen und nach Häusern sehen."

„Was war denn mit den Schuhen?"

„Du willst ein Detektiv sein und hast diese schnöseligen Krokodillederschuhe nicht bemerkt?", fragte der Junge.

Barrington ging zur Tür und schloss sie sorgfältig ab. Er sah aus dem Fenster in die Nacht und dachte über Farlans Worte nach.

Edward Hastings

Maureen saß am Bett ihres Bruders.

Er hatte die Intensivstation verlassen und lag nun allein in einem weißen Raum mit weißem Bettzeug. Eigentlich schien alles weiß zu sein in dem Krankenzimmer. Nur der Blumenstrauß, den Maureen heute Morgen mitgebracht hatte, verbreitete etwas gute Stimmung. Maureen schauderte, wenn sie sich umsah. Sie hatte das Gefühl, als würde Kälte in ihren Adern heraufkrabbeln. Ihre dicke Wolljacke schien sie kaum wärmen zu können. Der Blick zu ihrem Bruder machte es nicht besser. Er war nach der Operation noch immer nicht erwacht. Schläuche ragten aus seinem Arm und sein Kopf war so dick mit Binden umwickelt, dass er wie eine Mumie wirkte.

Ihr Bruder Edward war der Einzige, auf den sie sich immer verlassen konnte. Ihre Eltern hatten in dem Moment, als die Kinder aus dem Gröbsten heraus gewesen waren, ihre Prioritäten neu festgelegt und sich wieder ihrer Reiselust gewidmet. Kleine Kinder waren da eher störend.

Zum Glück hatten die beiden Kinder eine wundervolle Amme bekommen, die sich wie eine Mutter um die Kinder gekümmert hatte.

Als Edward alt genug gewesen war, war er auf ein Internat in der Nähe von Bradfield gekommen. Maureen hatte zu dieser Zeit bereits bei ihrem Onkel in St. Applewood gelebt. Dort war sie auch zur Schule gegangen. Nach seinem Studium war Edward zurückgekommen und arbeitete seitdem in Glasgow für die Regierung. Was genau er dort machte, hatte er nie sagen wollen. Vielleicht durfte er auch nicht darüber reden. Es war sehr nebulös. So hatte es Onkel Millweard ausgedrückt.

Maureen lebte gern bei ihrem Onkel. Er war zwar etwas schwierig und mit zunehmendem Alter auch scheinbar verwirrter, aber sie liebte ihn. Er war der Vater, den sie nie hatte. Und genauso empfand es Edward. Darum wollte er auch in ihrer Nähe sein. Immer, wenn seine Zeit es erlaubte, kam er nach St. Applewood und verbrachte Zeit mit seiner Schwester auf Woodland Manor. Schließlich würde er einmal der nächste Viscount Woodland sein.

Vor der Tür des Krankenzimmers stand an diesem Morgen ein junger Polizist Wache, den Maureen schon kannte. Er sollte am Nachmittag von einem anderen Kollegen abgelöst werden. Am Abend vorher war Inspector Marlow im Krankenhaus erschienen und hatte mit Maureen gesprochen. Er hatte sie informiert, dass ihr Verdächtiger gefunden worden war, keine Gefahr mehr für Edward bestehen würde und man die Absicht hatte, die Überwachung zu beenden. Das hatte der junge Polizist noch nicht erfahren und war am Morgen, wie an dem Tag vorher, erschienen.

Die Tür wurde leise geöffnet. Der junge Polizist kam herein und brachte Maureen ungefragt eine Tasse

Tee. Sie lächelte ihn dankbar an.

„Miss Hastings, ich wurde abgezogen. Man hat mich soeben telefonisch informiert. Der Verdächtige ist gefunden und es besteht keine Gefahr mehr für Ihren Bruder. Ich wünsche Ihnen alles Gute." Er setzte seine Mütze auf und ging.

Kurz darauf erschien Barrington.

„Hallo, Maureen, warum steht keine Wache an der Tür?", fragte er. „Ich habe den Polizisten gerade gehen sehen. Was soll das denn?"

„Inspector Marlow meinte, die Gefahr sei gebannt. Wieso fragst du? Ist etwas nicht in Ordnung?"

„Ich bin nicht der Meinung des Inspectors. Und unser Constable McDonald hat auch seine Zweifel. Ich denke, sie haben nicht den Täter gefasst, sondern ein weiteres Opfer gefunden", sagte Barrington.

Im Krankenbett regte sich etwas. Eine von Edwards Händen bewegte sich. Maureen sprang auf.

„Holst du bitte die Schwester?", fragte sie Barrington, der sofort zur Tür lief, sie aufriss und in den Flur nach einer Schwester rief.

Sekunden später stand der Arzt neben Edwards Bett und horchte mit einem Stethoskop auf seine Herztöne. Er nickte befriedigt.

„Das klingt sehr vielversprechend", sagte er.

Edward öffnete langsam seine Augen und blickte verwundert in die Runde, die um sein Bett stand.

Sein Mund öffnete sich, aber es kam kein Ton heraus.

„Mr Hastings, Sie sind im Krankenhaus. Erinnern Sie sich an den Unfall?", fragte der Arzt und fühlte dabei den Puls am Arm.

236

Edward versuchte, den Kopf zu schütteln, was ihm kaum gelang.

Maureen griff nach Edwards Hand und sah ihn lächelnd an.

„Alles wird gut, Edward, du musst dich erholen. Versuch, nicht zu sprechen", sagte sie.

Der Arzt gab Anweisungen an die Schwester und nickte dann Maureen zu.

„Ich komme in einer halben Stunde und sehe nach dem Patienten. Es ist ein gutes Zeichen, dass er aufgewacht ist, und ich glaube, er hat die Operation gut überstanden. Wir müssen abwarten."

Maureen setzte sich auf den Stuhl neben dem Bett ihres Bruders.

Als der Arzt nach einer halben Stunde nach Edward sah, konnte der bereits einzelne Sätze sagen, auch wenn seine Stimme noch heiser klang. Maureen erklärte ihm, was passiert war. Langsam kam ihm die Erinnerung zurück.

„Ich war in Lintie und wollte nach St. Applewood fahren. Ich kann mich kaum erinnern. So viel Schnee. Ich fuhr nicht besonders schnell, aber als ich in einer unübersichtlichen Kurve bremsen wollte, ging das nicht. Ab diesem Zeitpunkt erinnere ich mich an nichts mehr", sagte er leise.

Maureen sah Barrington hilfesuchend an. Aber der schüttelte den Kopf. Er war der Meinung, Edward im Moment mit irgendwelchen Spekulationen zu belasten, würde ihn nur aufregen. Sie verstand.

Der Arzt nickte zufrieden und ging.

Barrington gab kurz danach Maureen zu verstehen, dass sie mit ihm auf den Flur kommen sollte.

„Ich bin sofort wieder bei dir, Edward", sagte sie zu ihrem Bruder.

„Ich werde nicht weggehen, versprochen", antwortete er. Das war der alte Edward mit seinem Hang zum Scherzen. Maureen konnte zum ersten Mal seit ein paar Tagen wieder lächeln.

Barrington hielt ihr die Tür auf und schloss sie wieder, als beide auf dem Flur standen.

„Maureen, ich schlage dir etwas vor. Ich werde ein paar Leute anrufen und fragen, ob sie helfen könnten. Wir sollten Edward nicht allein lassen, solange die Sache nicht geklärt ist. Bitte vertrau mir", sagte er und sah Maureen erwartungsvoll an.

Sie nickte.

„Ich habe dir doch immer vertraut."

Er ging zu dem Telefon in der Lobby, während Maureen zu ihrem Bruder zurückging.

Ein paar Telefonanrufe später war eine Wache auf die Beine gestellt. So war das in St. Applewood. Wenn jemand in Not war, wurde geholfen.

Barrington sah noch einmal kurz in das Krankenzimmer und zwinkerte Maureen zu.

Sie kam zu ihm.

„Alles klar, Maureen, Rick ist bald hier und morgen früh übernimmt mein Vater für ein paar Stunden. Ich bringe Farlan für den Nachmittag. Und ich werde die Nacht übernehmen. Ich denke, das ist genug Abschreckung. Wenn immer jemand vor der Tür sitzt, reicht das. Ich habe auch mit dem Arzt gesprochen, er ist einverstanden, dass immer jemand wacht. Die Oberschwester musste allerdings erst überzeugt werden. Das ist ein ganz schöner Besen", flüsterte er Maureen zu.

„Hoffentlich ist das bald vorbei", sagte Maureen und sah sorgenvoll zu ihrem Bruder, der eingeschlafen war. Regelmäßige Atemzüge ließen vermuten, dass er sich langsam erholte. Hoffentlich.

„Ich gebe mein Bestes", sagte Barrington, verabschiedete sich und verließ das Krankenhaus.

Auf dem Parkplatz stand eine schwarze Limousine. Der Fahrer ließ den Motor an und schlug zornig mit seinen behandschuhten Händen auf das Lenkrad. Er hatte den Polizisten weggehen sehen, aber als er in die Nähe des Zimmers gekommen war, hatte er einen Mann entdeckt, der mit Maureen Woodland sprach. Er musste warten und hatte sich wieder in seinen Wagen auf dem Parkplatz der Klinik gesetzt.

Endlich kam der Mann aus dem Krankenhaus. Im selben Moment war auf dem Parkplatz ein alter Ford aufgetaucht und dieser Schrank von einem Mann war ausgestiegen. Die beiden begrüßten sich und der neue Ankömmling ging in die Klinik. Verdammt. Der Kerl besuchte doch garantiert auch Edward Hastings. Der andere fuhr mit seinem Wagen davon.

Er konnte sein Werk nicht vollenden. Er legte die aufgezogene Spritze zurück in die Hülle und fuhr vom Parkplatz herunter. Seine Zeit würde schon noch kommen. Ihm war noch immer etwas eingefallen. Wozu gab es die Nacht?

Barrington fuhr zurück nach St. Applewood.

Wie sollten seine nächsten Schritte aussehen? Edward Hastings war in guten Händen. Vorerst.

In Gedanken zog er ein Resümee. Was hatte er

wirklich herausgefunden?

Er hatte Warren Smith gefunden und ihn von seiner Liste gestrichen. Er wusste, dass Mrs Hoskins einen Liebhaber gehabt hatte, der für die gefälschten Bücher verantwortlich und wahrscheinlich der Mörder des alten Hoskins war. Dieser Mann hatte Mrs Hoskins mit einem Schuss aus nächster Nähe umgebracht, da sie ihn wohl erpresst hatte. Genauso war es Warren ergangen. Dieselbe Waffe war verwendet worden, aber der Mörder hatte es wie Selbstmord aussehen lassen. Bridget war erdrosselt worden. Barrington war sicher, es war derselbe Täter. Sie hatte ihm geholfen und ihn dann dummerweise erpresst.

Erpresser starben jung.

Wer also war hinter der Maske des Mörders? Und hatte das wirklich mit dem Unfall Edwards zu tun? Oder war in diesem Fall jemand ganz anderer zuständig, nämlich der Cousin Ted Rooper, der unbedingt die Krone des Viscounts erben wollte? Er sollte sich diesen Rooper einmal genauer ansehen. Zu spät fiel ihm ein, dass er Maureen nach dessen Adresse hätte fragen sollen. Aber er war ein guter Detektiv und wusste sich zu helfen.

Also fuhr er nicht zum Pub, sondern auf den Hof von Woodland Manor. Die Haushälterin Mrs Partridge würde ihm sicher helfen können. Wenn sie wollte, hieß es. Sie hatte ihren eigenen Kopf, wenn es um die Familie der Woodlands ging.

Barrington stieg aus seinem Wagen und ging zum Nebeneingang. Das erschien ihm angebracht. Wenn Maureen nicht im Haus war, hatte er am Vordereingang ohne Einladung nichts zu suchen. Außerdem dachte er an den Butler Slander, der ihn nicht hereinlassen würde.

Er wusste, dass sich hinter der Tür des Nebeneingangs die Küche und verschiedene Wirtschaftsräume anschlossen. Er drückte die Klinke und die Tür öffnete sich. Aus der nahen Küche waren Gespräche zu hören. Barrington ging vorsichtig näher und lugte durch die offene Tür der Küche. Mrs Partridge und die Köchin, Mrs Rissole, saßen an dem großen Holztisch und tranken Tee. Kein Butler Slander in Sicht.

Barrington klopfte an den Türrahmen.

„Darf ich die Damen stören?", fragte er. „Verzeihung, ich habe an der Tür mehrmals geklopft, aber niemand hat es gehört. Darf ich eintreten?" Diese kleine Notlüge sollte ihm verziehen werden.

Er hatte trotzdem die Finger hinter seinem Rücken gekreuzt, so wie er es schon als kleiner Junge getan hatte, wenn er seiner Mutter erklären sollte, warum er so schmutzig nach Hause gekommen war oder warum die alte Tasse seiner Urgroßmutter zerschellt am Boden gelegen hatte. Auf diese Ausrede war Barrington damals besonders stolz gewesen. Er hatte seiner Mutter berichtet, dass die Katze des Nachbarn durch das offene Fenster gesprungen sei und die Tasse heruntergestoßen hätte. Einen hinterhältigen bösen Blick solle die Katze dabei gehabt haben, hatte der kleine Barrington erzählt. Böse Miez hatte er dem vermeintlichen Verbrecher durch das Fenster nachgerufen. Nachbars Katze war sich keiner Schuld bewusst gewesen und hatte Barrington mit halb zusammengekniffenen Augen von der nachbarlichen Mauer aus verständnislos angesehen.

„Was kann ich für Sie tun, Mr Brandon?", fragte die Hausdame. „Lady Maureen ist in der Klinik bei Master Edward. Haben Sie vielleicht etwas Neues gehört?", fragte sie. Mrs Partridge sprach Maureen als My Lady an, obwohl die es gar nicht mochte, und Maureen meinte, dass sie gar keine Lady sei.

Barrington nickte.

„Ich war soeben noch bei ihr. Es geht Edward besser. Er ist aufgewacht und hat schon wieder seine üblichen Scherze gemacht", berichtete Barrington und bemerkte bei den Damen ein erleichtertes Aufatmen.

Die nächste Frage an ihn kam dann auch weitaus freundlicher.

„Wie wäre es mit einer guten Tasse Tee, mein Junge?", fragte Mrs Rissole, stand bereits auf und stellte eine weitere Tasse auf den Tisch.

Barrington bedankte sich und setzte sich zu den beiden Damen. Der duftende Tee tat ihm gut.

„Ziemlich kalt draußen. Ob wir wohl noch mehr Schnee bekommen? Wie geht es dem Viscount?", fragte Barrington, um nicht gleich mit der Tür ins Haus zu fallen. Aber die Hausdame hatte ihn bereits durchschaut.

„Sie sind doch nicht wegen des nassen Wetters hier oder weil Sie sich Sorgen um das Seelenheil des Viscounts machen. Oder liege ich da falsch?", fragte Mrs Partridge.

Also doch mit der Tür ins Haus fallen, dachte sich Barrington.

„Haben Sie zufällig die Adresse von Ted Rooper, Maureens Cousin?"

Das überraschte die beiden Damen dann doch.

„Teddy? Was wollen Sie von ihm? Er ist zum Glück lange nicht hier gewesen und ich weiß nicht, ob er immer noch in Ayrwish wohnt", erklärte Mrs Partridge.

„Ayrwish? Das ist an der Küste, wenn ich mich nicht irre. Eine etwas größere Stadt, oder?", fragte Barrington.

Das war ziemlich weit entfernt von Lintie oder von Glasgow. Da hätte dieser Ted Rooper einen weiten Weg gehabt, um Edward etwas anzutun. Die schlechten Straßenverhältnisse und dann musste er auch noch irgendwie an Edwards Wagen gekommen sein, um die Bremsen zu manipulieren. Er hätte es natürlich auch in Auftrag geben können. Aber dann hätte er wieder einen Mitwisser mehr.

Das waren eine Menge Ungewissheiten. Zu viele vielleicht. Aber was hielt ihn davon ab, hier in der Nähe zu logieren? Vielleicht war er schon länger in der Gegend unterwegs. Schließlich war er vor ein paar Tagen bei Maureen gewesen.

Barrington hatte nicht zugehört, was Mrs Partridge weiterhin gesagt hatte.

Er war vollkommen in Gedanken versunken.

„Junger Mann? Hören Sie mir zu?", fragte die Hausdame nun.

„Entschuldigen Sie, ich war in Gedanken."

„Ich sagte gerade, Ted Rooper wohnt in Ayrwish in der Hampton Road, aber dort ist er die wenigste Zeit. Ich weiß aus gut unterrichteter Quelle, dass er sich auch gern mal hier in der Gegend herumtreibt." Mrs Partridge räusperte sich lautstark und machte ein Gesicht, als habe ihr jemand die Marmelade vom Brot gestohlen. Die gut unterrichtete Quelle war sicher der Butler Slander, der alles hörte und alles wusste. Da war sich Barrington sicher.

„Aber wo wohnt er, wenn er hier ist? Doch nicht auf Woodland Manor, oder?", fragte Barrington.

Mrs Partridge lachte.

„Hier im Haus sicher nicht. Gott sei es gedankt! Halten Sie nur nach diesem protzigen weißen Sportwagen Ausschau, dann haben Sie ihn gefunden." Ganz leise fügte Mrs Partridge noch das Wort „Angeber" hinzu.

„Ich darf gar nicht daran denken. Wenn Master Edward etwas Schlimmeres passiert wäre, würde Ted Rooper der nächste Viscount werden und dann gute Nacht, Woodland Manor. Das Geld wäre in null Komma nichts weg, das können Sie mir glauben", sagte die Köchin und nickte dabei mit ihrem Kopf.

„Ich bin schon so lange hier tätig. Aber das würde ich nicht mitmachen. Dann bin ich raus", erklärte die Hausdame.

Da hatte Barrington aber einen Nerv bei den Ladys getroffen. Ted Rooper war bei seinen Verwandten und deren Angestellten beliebt wie eine Heuschreckenplage im August.

„Gibt es ein Foto von Ted Rooper? Wie alt ist er? Ich kenne ihn leider gar nicht", fragte er.

„Mr Rooper ist etwa fünfzig Jahre alt. Er ist eine Modepuppe, trägt nur die besten und neuesten Anzüge, stolziert wie ein Pfau herum und hat diese hochnäsige Art zu sprechen. Keine Ahnung, auf welchen Umstand er sich etwas einbildet. Unser lieber Viscount hat sich mit Teddys Mutter vollkommen zerstritten. Sie wird hier erst auftauchen, wenn ihr geliebter Teddy der Neue ist. Keines der Hausmädchen war früher vor ihm sicher. Ich habe hier noch kein Foto von ihm gesehen. Da müsste ich erst nachsehen. Es wäre besser, wenn Lady Maureen das tun würde. Wenn sie zurückkommt, werde ich sie fragen", sagte die Hausdame.

Barrington stand auf, bedankte sich artig für den Tee und verließ die beiden Damen. Er wollte sein Glück, Slander nicht anzutreffen, lieber nicht überstrapazieren.

Er fuhr zurück zum Pub.

Farlan fragte sofort, wie es Maureen und ihrem Bruder gehen würde. Barrington konnte zum Glück etwas Positives berichten.

„Ich mag Miss Maureen, sie ist so nett. Bis jetzt haben mich immer alle herumgeschubst ...", sagte Farlan. Dann bemerkte er, dass er schon genug gesagt hatte, und drehte sich zu seinen Töpfen um, in denen es brodelte und köchelte.

Stück für Stück würde Barrington schon erfahren, was Farlan getrieben hatte, bevor er hier angekommen war. Es musste schwer für ihn sein, darüber zu reden. Vor allem könnte er Angst haben, dass er wieder fortlaufen müsste, weil irgendjemand ihn aufgespürt haben könnte. So viel hatte Barrington schon verstanden. Schließlich war der Junge erst sechzehn. Damit war er noch nicht volljährig vor dem Gesetz. Sein Alter hatte ihm Farlan vor ein paar Tagen verraten. Der Junge erzählte Geschichten aus seinem Leben nur häppchenweise.

Gut, dass der Constable so ein verständnisvoller Mensch war. Er hatte auf jeden Fall bemerkt, dass Farlan plötzlich aufgetaucht war und irgendwo fortgelaufen sein musste. Das hatte er sich sicher, genau wie Barrington, zusammengereimt.

Um mit Ricks Worten zu sprechen, hoffentlich fügt sich alles, dachte Barrington.

Der Abend verlief ruhig. Der alte Chadwick war kurz da und erkundigte sich. Als er hörte, was passiert war, richtete er sich an die paar Leute, die gerade im Pub ihr Feierabendbier tranken. Er erklärte, dass der Pub wegen außergewöhnlicher Umstände heute früher schließen müsste. Niemand murrte. Sie tranken ihr Bier aus, Barrington dankte ihnen und sie verließen den Pub.

Seit dem Nachmittag war Farlan in der Klinik.

Barrington wollte ihn gegen einundzwanzig Uhr ablösen. Rick erklärte sich bereit, den Jungen dann zurückzufahren, während Barrington blieb und die Nachtwache übernahm. Am nächsten Morgen würde Barringtons Vater die Vormittagsschicht bei Edward übernehmen.

Barrington konnte durch Chadwicks Hilfe bereits um zwanzig Uhr den Pub abschließen und in Richtung Lintie fahren. Allzu lange sollte Farlan dort nicht allein sein.

Nach einer halben Stunde fuhr Barrington auf den Parkplatz der Klinik. Er sah Maureens Wagen. Sie ließ sich nicht davon abhalten und saß stundenlang neben ihrem Bruder am Bett.

Farlan hatte es sich vor dem Krankenzimmer in einem Sessel gemütlich gemacht. Er hatte eine Tasse Tee in der einen Hand und ein Buch in der anderen.

Rick versorgte den Jungen seit ein paar Tagen regelmäßig mit Literatur.

„Wie ich sehe, haben dich die Schwestern bereits ins Herz geschlossen", sagte Barrington fröhlich.

„Du kommst früh, ich habe mein Buch noch nicht ausgelesen", sagte der Junge.

Barrington sah sich den Einband an.

„Die Schatzinsel. Das ist ein tolles Buch. Ich habe es verschlungen als Kind", sagte er zu ihm. „Rick wird dich bald abholen. Ich habe ihn auf dem Weg hierher gesehen und gesagt, dass ich früher mit meiner Schicht beginnen kann. Irgendwelche Vorkommnisse?"

„Ich kann es nicht genau sagen, aber ich habe mich die gesamte Zeit beobachtet gefühlt. Habe mich noch nicht mal getraut, zur Toilette zu gehen. Erst als Miss Maureen kam, habe ich mich kurz verdrückt. Wirklich gesehen habe ich niemanden. Ist nur so ein Gefühl.".

Kurz darauf erschien Rick. Er machte sich mit dem Jungen sofort auf den Rückweg, da er noch eine Buchlieferung zu erwarten hatte.

Barrington klopfte leise an die Tür des Krankenzimmers.

„Herein!", rief Maureen von drinnen.

Barrington öffnete die Tür und betrat das Zimmer.

Edward saß aufrecht im Bett und hatte wieder etwas Farbe im Gesicht bekommen. Zwar kamen immer noch verschiedene Schläuche aus seinem Arm, aber er sah weitaus besser aus als am Tag vorher.

„Einen tollen Gipsverband hast du da, Edward", sagte Barrington und wies auf das dick eingepackte rechte Bein des Kranken.

„Es ist mehrmals gebrochen. Sie haben es während

der Operation gerichtet. Die gebrochene Rippe macht mir mehr zu schaffen. Ich hoffe, es bleibt nichts zurück", sagte Edward mit zittriger Stimme. Er war immer noch sehr schwach.

„Ich werde dich schon wieder zum Springen bringen, mein Lieber", sagte Maureen und tätschelte seinen Arm.

„Wenn ihr etwas braucht, ich bin draußen vor der Tür", sagte Barrington und wollte gehen.

„Ist das denn wirklich nötig? Das ist doch sicher ein Irrtum. Ich möchte nicht, dass sich die halbe Nachbarschaft wegen mir so viel Mühe macht. Heute Morgen war mein Chef aus Glasgow hier. Er hatte ein Gespräch mit Inspector Marlow und der versicherte ihm, dass es keinen Grund geben würde, weiter hier zu wachen", sagte Edward.

„Lass das unsere Sorge sein, Edward. Deine Aufgabe ist es, gesund zu werden. Damit hast du genug zu tun", erklärte Barrington und verließ das Zimmer.

Auf dem Parkplatz beobachtete ein Mann in einer dunklen Limousine das Treiben. Diese Leute gaben sich doch tatsächlich die Klinke in die Hand. Erst saß da dieser Junge. Er hatte ihn eine Weile beobachtet. Dann war Maureen Hastings gekommen, dann wieder dieser Kerl aus St. Applewood und zu allem Überfluss dieser riesige andere Kerl. Der war zwar sofort wieder mit dem Jungen weggefahren, aber nun war der Nächste vor Ort.

Er musste die Sache vorerst begraben. Es wäre ihm zwar lieber gewesen, Edward Hastings zu begraben, aber das musste wohl noch etwas warten. Er musste zurück nach Glasgow fahren. Es gab Probleme zu lösen. Ihm würde etwas einfallen.

Five Apple Kernels

Eine Woche später ging es Edward so gut, dass er vorerst entlassen werden konnte. Er wurde mit einem Krankenwagen nach Woodland Manor gebracht und Maureen würde sich mit Hilfe des hiesigen Hausarztes Dr. Humbleby um ihren Bruder kümmern. Dieser Arzt hatte zwar nicht den Hauch von Empathie, aber war auf seinem Gebiet ein Genie.

Es hatte keinerlei Vorkommnisse in der Klinik gegeben. Trotzdem ermahnte Barrington Maureen, gut aufzupassen und auf fremde Personen zu achten, die sich dem Haus unbefugt nähern sollten. Das Gleiche hatte Barrington auch Bing gesagt und dieser lief seitdem den gesamten Tag mit einer Mistgabel in der Hand herum. *Bereit sein ist alles*, hatte er Barrington gesagt.

Von Maureen hatte Barrington ein Foto von Ted Rooper erhalten. Er kam ihm überhaupt nicht bekannt vor. Aber das Foto war nicht besonders scharf und es zeigte einen sehr jungen Teddy.

Barrington hatte einen Entschluss gefasst. Er würde nochmals das Haus der Mrs Hoskins aufsuchen. Gründlich durchsucht hatte er es nicht, da ihm damals Warren in die Quere gekommen war. Nur den versteckten Safe hatte er entdeckt.

Irgendwo musste es einen Hinweis auf ihren ehemaligen Liebhaber geben. Ein Mensch hinterließ doch auf die ein oder andere Art Spuren. Er musste etwas Entscheidendes übersehen haben. Seltsam war auf jeden Fall, dass sich niemand an ihn erinnern konnte. Der Mann war wie ein Geist.

Aber vorher wollte er nochmals mit Peter Petrel reden. Vielleicht hatte Warren dort etwas Brauchbares zurückgelassen.

Also fuhr Barrington am nächsten Tag zuerst nach Brams in die Portland Road. Er parkte und stieg vor dem alten Haus von Peter Petrel aus. Als er das verrostete Eisentor am Vorgarten öffnete, gab das keinen Ton von sich. Da hatte jemand eine Kanne Öl drangehalten. Er ging zur Eingangstür und klopfte.

Mr Petrel riss die Tür auf und sah den Störenfried böse an. Miss Porter, die ehemalige Sekretärin der Brauerei, hatte zwar gemeint, Peter sei ein lieber Mensch, aber dieser Mann, der zornig vor Barrington stand, hatte sich eindeutig verändert.

„Guten Tag, Mr Petrel, ich bin es noch einmal. Es tut mir leid, was Warren passiert ist", sagte Barrington.

„Ja, schon gut, komm rein. Sag Peter zu mir. Du hast ja nichts falsch gemacht. Wolltest ihn sogar warnen. Er hat auf niemanden hören wollen. So war Warren immer schon. Hatte seinen Kopf für sich", sagte Peter und winkte Barrington ins Haus.

Barrington musste sich wieder bücken, um durch die niedrige Tür zu kommen, und wie damals schon war es im Haus selbst nicht viel anders.

„Was kann ich tun?", fragte Peter.

„Ich suche nach Hinweisen, mit wem sich Warren

getroffen hatte. Hat er etwas gesagt oder hat er hier etwas hinterlassen, was helfen könnte?", fragte Barrington.

„Glaubst auch nicht an Selbstmord, oder?"

Barrington schüttelte den Kopf.

„Aye, sieh dir sein Zimmer an. Es ist alles noch da, was er mitgebracht hatte. Heute Morgen war ein Constable hier und hat mich ausgefragt, McDonald oder so. Ich konnte nicht helfen", meinte Peter traurig.

Peter brachte Barrington in ein winziges Zimmer im oberen Bereich des Hauses. In den Raum passten nur eine Liege und ein Nachtschrank. Barrington betrat das Zimmer und sah sich um.

In dem Nachtschrank befand sich nichts, aber obenauf lagen ein Stapel Briefe und ein Fotoalbum. Auf den Briefen war als Absender Lintie, das Haus der Hoskins´, angegeben, aber kein Name dazu.

Barrington blätterte das Album durch.

„Woher hat er das gehabt? Das ist doch Bridget", sagte er an Peter gewandt.

„Hat ihrem Gatten die Nase gebrochen und das Album von dort mitgebracht. Er meinte, etwas darin entdeckt zu haben, was ihm helfen würde. Ich bat ihn noch, doch zur Polizei zu gehen oder zumindest nicht kopflos in die Nacht zu stürzen. Aber er war ein sturer Kerl", erklärte Peter traurig. Er drehte sich um und ging über die Treppe zurück in den Salon.

Barrington blätterte das Album erneut durch. Eines der Fotos war herausgerissen und lag lose darin. Es musste darauf etwas Entscheidendes zu sehen sein. Aber so sehr er sich auch anstrengte, er sah es nicht. Eine viel jüngere und hübschere Bridget stand an einen dunklen Sportwagen gelehnt. Im Wagen saß ein Mann und Bridget flirtete eindeutig mit ihm.

Barrington ging zu Peter und fragte ihn, ob er das Album mitnehmen dürfte. Er würde es ihm zurückbringen, wenn er wollte. Aber Peter Petrel winkte nur ab. Er hatte Warren scheinbar sehr gemocht und sein Verlust schmerzte ihn.

Barrington verabschiedete sich und ging zu seinem Wagen zurück.

Was nun?

Nach Lintie zu dem Betonkasten der verstorbenen Mrs Hoskins? Vielleicht brachte es etwas. Er machte sich auf den Weg.

Die Polizei erwartete er nicht dort vorzufinden. Der Makler Mr Holder kam ihm in den Sinn. Das Haus wäre sicher etwas für ihn. Er nahm sich vor, ihn anzusprechen, wenn der Mann wieder einmal in seinem Pub sein würde.

Es war bereits dunkel, als er die ruhige Straße in Lintie erreichte. Schnee lag auf den Straßen und dämpfte nicht nur seine Schritte, sondern sämtliche Geräusche. Das liebte Barrington besonders am Winter, die unglaubliche Ruhe, die der Schnee verbreitete. Es war, als würde die Natur für das neue Jahr ausruhen und Kraft sammeln.

Er ging wieder an der Haustür vorbei nach hinten. Würde er erneut Glück haben und eine offene Terrassentür vorfinden? Wenn die Polizei noch einmal hier gewesen war, wäre alles abgeschlossen. Aber Inspector Marlow hatte einen Strich unter die Akte Hoskins gemacht und interessierte sich wohl im Moment mehr für den Whisky in seinem Glas als für einen vielleicht ungelösten Fall.

Die Terrassentür ließ sich ohne Probleme aufschieben. Das bekannte Bild erschien im Kegel von Barringtons Taschenlampe. Dieses Mal hatte er an eine Lampe gedacht. Er ging sofort nach oben in die erste Etage und leuchtete in die Zimmer. Im Schlafzimmer von Mrs Hoskins sah er die Kommoden und Schränke durch. Nichts. Nicht der kleinste Hinweis, dass hier jemals ein Mann gelebt haben könnte. Auch in den Schränken im Bad kein Rasierapparat oder Utensilien eines Herrn. Vielleicht hatte ihr Liebhaber nach ihrem Tod alles schnellstens entsorgt, was verdächtig sein könnte. Im Büro stand der Safe offen. Die Polizei hatte ganze Arbeit geleistet und ihn scheinbar mit Gewalt aufgestemmt. Er war leer.

Was nun?

Wo könnte eine Dame etwas vor ihrem Liebhaber verstecken? Die Beweise des Betruges waren im Safe gewesen.

Er hatte den Keller noch nicht gesehen. Er ging über die Treppe nach unten.

Im Keller gab es überhaupt keine Fenster und es roch nach abgestandener Luft.

Der Kegel seiner Taschenlampe beleuchtete eine gespenstische Umgebung. Es sah ziemlich chaotisch aus. Kartons und Schachteln lagen durcheinandergeworfen auf dem Boden und der Schrank an der Seite stand offen und schien durchwühlt worden zu sein. Würde die Polizei wirklich im Haus dieses Chaos hinterlassen?

Hier war sicher nichts zu finden, wenn schon jemand alles durchsucht hatte. Am Ende wollte Barrington noch hinter dem Ofen nachsehen. Es war eher eine Eingebung. Der Ofen war ein wahres Monstrum mit einer riesigen schmiedeeisernen Vorderklappe und einem Bauch, der sich sogar in einem Ozeandampfer gut gemacht hätte. Riesig und sperrig. Wie hatte man dieses Ding hier herunterbekommen? Mrs Hoskins musste Angst gehabt haben, zu erfrieren.

Barrington sah hinter den Ofen.

Da lag tatsächlich etwas. Es war ein Leinenbeutel mit eckigem Inhalt. Er angelte ihn hervor und leuchtete mit der Lampe hinein.

Na sowas, dazu fiel ihm doch sofort etwas ein. Er richtete sich auf und schlug sich an den Kopf.

Warum funktionierst du so langsam, dummer Kopf?, dachte er. *Das hätte man eigentlich schon viel früher verstehen sollen. Meine kleinen grauen Zellen arbeiten noch nicht richtig.*

Das war es. Das musste das fehlende Puzzleteil sein. Und nun fiel ihm auch ein, was er vergessen hatte, als er mit dem Viscount gesprochen hatte. Es war doch eigentlich ganz einfach.

Er lief nach oben, durch die offene Terrassentür, schloss sie sorgfältig und rannte zu seinem Wagen. Barrington stieg ein, startete den Defender, beschleunigte und raste, an Schneebergen vorbeijonglierend, zurück nach St. Applewood.

Chadwick saß genussvoll schmatzend vor seiner Schüssel Lammstew. Das frische Brot passte perfekt dazu. Längst wusste der alte Mann, warum er hier als Vorkoster angestellt worden war. Aber sollte er sich, dem Jungen und Barrington den Spaß verderben, indem er sein Ehrgefühl in die Schale warf und meinte, er bräuchte keine Almosen? Dafür schmeckte es ihm viel zu gut.

Barrington war vor etwa einer Stunde aus Lintie gekommen, hatte einen Beutel unter den Tresen gestellt und die Leute begrüßt, die bereits auf ihr Ale warteten. Der Pub war heute gut besucht und Barrington und Farlan hatten alle Hände voll zu tun.

Rick saß, wie an vielen Abenden vorher, mit einem Buch vor dem großen Kamin, in dem ein lustiges Feuer prasselte.

Barrington hatte den Korb auf dem Tresen mit Äpfeln aufgefüllt. Er war bereit.

Als er fünfzehn Minuten vor elf Uhr *last order* in den Gastraum rief, waren nur noch zwei Leute im Raum. Die beiden hatten Karten gespielt. Aber da ihre zwei anderen Spieler ausgeblieben waren, hatte es ihnen nicht wirklich Spaß gemacht. Sie machten sich auf den Heimweg. Niemand wollte noch ein letztes Ale oder ein fruchtiges Cider.

Chadwick war bereits vor ein paar Stunden gegangen. Bei diesem Schnee wollte er lieber vorsichtig nach Hause gehen und dort auch gut ankommen.

„In zwei Tagen sehen wir uns bei der Weihnachtsfeier!", hatte Barrington dem Alten hinterhergerufen.

„Aye, freu mich schon darauf!", hatte Chadwick zurückgerufen.

Barrington hoffte inständig, dass es auch eine Feier geben würde. Es sollte gleichzeitig die offizielle Einweihung seines Pubs sein. Es konnte noch viel passieren bis dahin.

Er griff sich Rufus und ging in die Küche, wo Farlan das restliche Geschirr spülte. Der Kater hatte sich endlich an Barrington gewöhnt. Mittlerweile durfte Barrington die Samtpfote sogar anfassen. Ein Kater hat seinen eigenen Kopf.

„Geh schlafen. Den Rest machen wir morgen zusammen. Ich bringe dir hier Rufus. Der Stubentiger ist auch müde. Gute Nacht, Farlan, hast heute gut gearbeitet", sagte Barrington und hoffte, der Junge würde nicht merken, dass etwas nicht stimmte.

Farlan nahm seine Spülschürze ab und gähnte. Dann ging er in sein Zimmer.

Barrington ging zurück in den Gastraum und stellte die Stühle hoch. Niemand war mehr da. Auch Rick saß nicht mehr an seinem Lieblingsplatz vor dem Kamin.

Die Tür ging auf.

„Ich bin natürlich wieder einmal zu spät dran. Es tut mir so leid. Bekomme ich trotzdem noch einen guten Drink?", fragte Mr Holder, der Makler.

„Es ist noch nicht elf Uhr, noch nicht wirklich Sperrstunde. Für einen Whisky ist doch immer Zeit", sagte Barrington und nahm die Flasche aus dem Regal.

Mr Holder griff sich einen Apfel.

„Die sind so lecker. Ich liebe Äpfel." Er biss herzhaft hinein und aß ihn in Rekordzeit auf. Ein paar Apfelkerne landeten auf dem Tresen und Mr Holder spielte mit ihnen herum.

„Wissen Sie, warum mein Pub *Five Apple Kernels* heißt?", fragte Barrington und schob ihm den Whisky hin. Mr Holder schüttelte den Kopf.

„Wir fanden im Keller ein paar Apfelkerne und sie waren genau so zu einem Stern gelegt, wie Sie es gerade getan haben, Ted Rooper."

Der Mann stutzte.

In den letzten Tagen war er jeden Abend hier gewesen. Er war immer der Letzte und kurz vor Schließung. Als ob er nachsehen wollte, ob er Barrington nicht einmal allein antreffen würde. Heute wollte ihm Barrington diesen Gefallen tun. Denn nun war er sicher, zu wissen, wer hinter den perfiden Morden steckte.

„Ich habe Ihnen etwas von Ihrer ehemaligen Geliebten mitgebracht", sagte Barrington, griff unter den Tresen und stellte einen Karton darauf. Er öffnete ihn und nahm ein paar nagelneue Krokodillederschuhe heraus.

„Ich kann solche Dinger ja nicht leiden, aber Sie schon, nicht wahr? Sie tragen gerade im Moment ein Paar. Mrs Hoskins wollte Sie scheinbar damit überraschen. Es ist sogar ein Geschenkanhänger daran: *In Liebe für meinen Teddy.* Ich hätte auf meinen Mitarbeiter hören sollen. Er hat diese Schuhe sofort als snobistisch eingeschätzt. Und von Ted Rooper habe ich ja so einiges in dieser Richtung gehört. Sie dachten, ohne den weißen Sportwagen, den Schnauzbart und Ihre modische Kleidung fallen Sie nicht auf. Gut gedacht, aber nicht zu Ende. Hätte ich auf die Worte Ihres Onkels gehört, könnte Warren vielleicht noch leben. *War Teddy nicht grad da? Dachte, seine nörgelnde Stimme gehört zu haben,* genau so hatte sich der Viscount ausgedrückt. Ich hatte es vergessen. Ihre Stimme ist wirklich eigenartig. So redet jedenfalls kein Makler. Sie haben den Fehler begangen, Bridget umzubringen und danach Warren Smith die Sache anzuhängen. Das erschien mir von Anfang an falsch", sagte Barrington und war richtig in Fahrt gekommen. Plötzlich ergab alles einen Sinn.

Er zog das Foto aus seiner Hosentasche, auf dem der Sportwagen vor der Brauerei parkte und Bridget mit dem Fahrer posierte. Barrington legte es dem Mann neben das Glas mit dem Whisky.

„Sehen Sie? Im Auto, da sitzen Sie, nicht wahr? Damals war es ein dunkler Sportwagen. Warren hatte das erkannt, ich leider zu spät. Als sie damals die Bücher frisiert hatten, kam Ihnen Mr Hoskins auf die Schliche, oder?"

Ted Rooper wischte die Apfelkerne wütend vom Tisch. Er lächelte.

„Sie sind ja ein richtig schlaues Kerlchen. Der alte Hoskins hatte mich erwischt und so musste er weg. Wer konnte ahnen, dass Sie diese verdammte Brauerei kaufen und ausbauen. Seine liebe Gattin war mir viel zu anhänglich geworden. Ihr größter Fehler aber war, dass sie mir drohen wollte. Und die gute Bridget? Was für ein Flittchen. Es hat eine Zeit lang Spaß mit ihr gemacht, aber für den nächsten Viscount Woodland wäre das nicht die richtige Gattin. Warren war eher ein Kollateralschaden. Er kam mir ganz gelegen, um ihm einiges in die Schuhe zu schieben. Um wieder auf die Schuhe zu kommen. Wie haben Sie die Dinger entdeckt?", fragte Ted.

„Sie haben das Haus durchwühlt, nicht wahr? Aber ich habe an einem Ort gesucht, der Ihnen entgangen ist, im Keller hinter dem Ofen. Der Ort war Ihnen sicher zu schmutzig, um mit dem guten Anzug dahinter zu krabbeln", sagte Barrington.

Ted Rooper lachte laut auf.

„Gute alte Mildred Hoskins, sie war so unappetitlich am Ende. Die Schönheit war dahin und nun wirklich nichts mehr für mich. Sie fuhr in jedem Jahr in eine Schönheitsklinik und versuchte, die alte Mildred zurückzuholen. Was für ein nutzloses Unterfangen."

Inzwischen hatte er sich auf den Weg hinter den Tresen gemacht.

Barrington versuchte immer, ein paar Schritte von ihm entfernt zu sein. Aber am Ende würde das nicht viel ausmachen.

„Edward war mir im Weg. Seit langer Zeit, lange bevor ich die alte Hoskins umgebracht habe, dachte ich schon über die Möglichkeit nach, ihn aus dem Weg zu räumen. Eigentlich hatte ich die Idee bereits viel früher. Immer sollte ich mit diesen beiden Kindern spielen. Maureen und ihr Bruder waren so ... Wie soll ich es ausdrücken? Sie waren einfach langweilig und wer in unserer Familie das gute Aussehen geerbt hat, ist ja wohl klar.

Der Zufall kam mir entgegen, als Edward eines Tages in Lintie war. Ich kam an seinen Wagen heran und konnte ihn manipulieren. Keine angenehme Arbeit bei dieser Kälte. Aber ich wollte es diesmal lieber selbst in die Hand nehmen. Kenne mich ganz gut aus mit Automotoren. Leider hat es nicht geklappt. Also habe ich versucht, den Rest in der Klinik zu erledigen.

Aber Sie mussten sich ja wieder einmischen. Haben Wachen organisiert. Sehr schlau. Aber Edward ist jetzt im Herrenhaus und Gift ist für mich leicht zu bekommen. Das Labor im Haus erspart den Giftmischer. Altes Sprichwort. Oder war das, die Axt im Haus erspart den Zimmermann? Den Giftmord kann ich wunderbar dem alten Millweard in die Schuhe schieben. Der mit seinen giftigen Experimenten hat sicher Schuld am Tod des armen, einfältigen Edward. Und die dumme Maureen wird mich ja wohl kaum aus dem Haus werfen." Ted Rooper lachte laut und machte einen Sprung auf Barrington zu. Etwas Silbriges glänzte in seiner rechten Hand. Ein Messer?

„Sie sollten sich nicht zu einer weiteren Tat hinreißen lassen. Sonst muss ich leider schießen!", rief jemand aus Richtung der Tür, die in den Gewölbekeller führte.

Constable McDonald und Rick standen dort und der Polizist hatte eine Pistole gezogen. Rick hatte eine dicke Holzlatte in der Hand.

Ted Rooper ließ das Messer bereits sinken, als ihn jemand mit lautem Fauchen ansprang. Rufus war wie ein Pfeil aus einem gespannten Bogen aus der Küche, geschossen. Dahinter kam Farlan, eine große schmiedeeiserne Pfanne in der Hand.

Rooper gab auf.

Vor dem Pub fuhren in diesem Moment mehrere Polizeiwagen vor. Constable McDonald hatte Inspector Marlow vor einer Stunde alarmiert.

Als Barrington am Nachmittag aus Lintie zurückgekommen war, hatte er bei dem Constable angehalten und alles erzählt. Daraufhin hatte man sich für den Abend verabredet. Rick hatte sich mit dem Polizisten im Keller versteckt. Sie hatten alles gehört.

Farlan hatte natürlich bemerkt, dass Barrington versucht hatte, ihn loszuwerden. Er hatte die ganze Zeit hinter der Tür in der dunklen Küche gestanden und zugehört, bereit seinem Freund zu helfen.

Constable McDonald berichtete Inspector Marlow und übergab ihm die Schuhe und die Akten aus dem Haus von Mrs Hoskins. Barrington hatte sie ihm ausgehändigt, bevor der Inspector den Pub betreten hatte. So versuchten sie, es aussehen zu lassen, als habe der Constable die Beweise gefunden. Damit gingen sie zunächst den Fragen des Inspectors aus dem Weg. Aber sicher würde der sich am Ende alles zusammenreimen können.

Rooper wurde abgeführt.

Nach etwa einer Stunde war der letzte Polizeiwagen zurück nach Lintie gefahren.

Barrington, Rick und der Constable saßen vor dem warmen Kamin und ließen sich einen Cider schmecken. Farlan saß vor ihnen auf dem Boden und streichelte Rufus.

„Was für ein mutiger Kater du bist, Rufus, mein Lieber", sagte Farlan, während der Kater sich auf Farlans Schoß zusammenrollte und wohlig schnurrte.

„Er verdient einen Orden. Zumindest ein besonderes Weihnachten soll er haben", sagte lachend Barrington und prostete seinen Freunden zu. Sicher hatten alle den schweren Brocken gehört, der ihm vom Herzen gefallen war, als endlich die schlimme Sache ausgestanden war.

„Willst du wirklich deinen Pub danach benennen, was dieser Ted Rooper mit Apfelkernen angestellt hat? Diese fünf Apfelkerne, zu einem Stern gelegt?", fragte der Constable. „Das solltest du vielleicht noch einmal überdenken, mein Junge."

Barrington sah ihn lächelnd an.

„Wir dürfen diese Affäre niemals vergessen. Der

Name sollte bleiben, *Five Apple Kernels*. Er wird uns immer daran erinnern, wie verrückt das Leben spielen kann."

Strümpfe, Weihnachtsbaum und Dundee Cake

Die Zeiten, als in Schottland das Weihnachtsfest nur im Verborgenen begangen werden durfte, waren zum Glück im Nebel der Geschichte verschwunden.

Im sechzehnten Jahrhundert wurde einem vorwitzigen Schotten, der am Weihnachtstag bunte Girlanden aufhängte und dabei auch noch Whisky trank, eine dreiwöchige Buße auferlegt. So hart waren damals die Zeiten in Schottland. Zum Glück hielt das Jahr 1952 etwas anderes für die Bewohner von St. Applewood bereit.

Der 25. Dezember, der Weihnachtstag, brach an und die Sonne, die auf den Schnee schien, verwandelte alles in eine glitzernde Märchenwelt. Barrington stand am Morgen in seinem Schlafzimmer am Fenster und erwartete fast, dass ein Einhorn auf der Straße vorbei galoppieren würde.

„*Nollaig Chridheil*", flüsterte er und lächelte. „Frohe Weihnachten."

Die vergangenen Wochen hatten ihm Kraft abverlangt. Er hatte in der letzten Nacht zum ersten Mal wieder ruhig schlafen können.

Barrington klatschte voller Tatendrang in die Hände

und ging in das kleine Bad neben seinem Schlafzimmer. Nachdem er sich angezogen hatte, sprang er, immer zwei Stufen auf einmal nehmend, in das Erdgeschoss hinab. In der Küche hörte er Geschirr klappern. Der Junge war schon wach. Er war scheinbar genauso aufgeregt wie Barrington. Wie würde ihr erstes Fest im neuen Pub ablaufen?

Es gab noch viel zu tun. Am Abend wurde das halbe Dorf erwartet. Barrington hatte in allen Geschäften des Ortes Einladungen aufgehängt.

Als er die Küche betrat, erwartete ihn eine Überraschung. Der alte Chadwick saß am Küchentisch und trank Tee. Auf seinem Schoß saß Rufus und ließ sich kraulen.

„Verräter!", rief Barrington dem Kater entgegen. „Auf den Schoß will er bei mir noch nicht. Dabei bin ich sein Futtergeber. Wie kommt's, dass du schon hier bist, alter Freund?"

„Ich dachte mir, ihr braucht sicher Hilfe. Warum soll ich den ganzen Tag allein zu Hause hocken, wenn es hier Arbeit gibt?", sagte Chadwick.

„Das ist toll, Chadwick, danke dir", sagte Barrington und setzte sich zu ihm. Er sah den alten Mann schmunzelnd von der Seite an. Chadwick entwickelte sich langsam zu einem Mitarbeiter für besondere Gelegenheiten. Lohn wollte ihm Barrington noch nicht anbieten. Er hatte das Gefühl, Chadwick würde dann beleidigt sein. Für ihn war es sicher wichtig, gebraucht zu werden. Abwarten, wie es sich entwickelt. Was würde Rick sagen? *Alles fügt sich.*

Farlan stellte Barrington einen Becher Kaffee auf den Tisch und auch noch Brot und Käse dazu. Dann nahm er Platz und biss herzhaft in ein Sandwich.

Ob der Junge überhaupt in den letzten Jahren Weihnachten gefeiert hatte?, dachte Barrington und sah Farlan prüfend an.

„Was machen wir nach dem Frühstück?", fragte Chadwick und seine Augen schienen vor lauter Tatendrang wie Sterne zu leuchten. So aufgekratzt hatte Barrington den Alten seit Jahren nicht mehr erlebt.

„Ich schlage vor, du hilfst zuerst mit dem Essen. Gemüse putzen oder sowas, ich habe keine Ahnung. Was hast du dir überlegt, Farlan?", fragte Barrington und biss in ein Käsesandwich. Inzwischen überließ er die Küche lieber ganz und gar dem Jungen.

„Deine Tante Lu hat versprochen, für heute Abend zu backen. Sie macht Dundee Cake und Mince Pies. Was würdest du von einem tollen Büfett halten? Jeder bedient sich selbst. Mrs John hat mich auf die Idee gebracht, als ich vor ein paar Tagen bei ihr Eier geholt habe. Das wird lustig, oder?", fragte Farlan und war sich scheinbar plötzlich nicht sicher.

Chadwick sah skeptisch aus und schnalzte mit der Zunge.

„Aye, das macht eine Menge Arbeit. Hast du denn alles Nötige da?", fragte er.

„Ich finde die Idee genial", sagte Barrington und zauberte ein Lächeln auf Farlans Gesicht.

„Wir haben frisches Brot und ich dachte an Sandwiches mit Käse und gebratenem Truthahn, den ich von Mrs Smith fertig gebraten gestern bekommen habe. Ich habe schon Eier gekocht und Kartoffeln. Daraus mache ich einen Eiersalat und einen Kartoffelsalat und dazu vielleicht noch einen Salat mit sauer eingelegtem Fisch. Außerdem dachte ich an eine tolle Gemüsesuppe, die ich in dem Buch von Mrs Chadwick gesehen habe", sagte Farlan mit rosa Wangen.

„Das klingt super. Ich werde mich um die Getränke kümmern und den Baum aufstellen, den uns Bing vom Herrenhaus gebracht hat. Eine wirklich nette Geste von Viscount Woodland. Das ist seine Art, für die Hilfe bei seinem Neffen Edward zu danken. Strohsterne für den Baum habe ich von meiner Mutter bekommen. Ich will auch noch Äpfel daran hängen, das passt zu unserem Pub. Vor allem muss ich mich um den Quittenlikör kümmern. Ich hätte ihn schon vor Tagen abfüllen müssen. Es war einfach keine Zeit. Danach stelle ich Tische für das Farlanbüfett zusammen", sagte Barrington und zwinkerte dem Jungen zu.

Es gab viel zu tun bis zum Abend. Barrington war aufgeregt wie ein Kind vor der Bescherung. Würden überhaupt Leute kommen? Schließlich war es eigentlich ein Tag für die Familie. Da saß man doch nicht in einem Pub herum.

Der einzige Bewohner, der überhaupt keine Lust hatte zu helfen, war Rufus. Er saß den ganzen Tag faul auf dem Fensterbrett des Gastraums und sah den Männern beim Arbeiten zu. Ab und zu machte er sich langsam, nur nicht zu hastig, auf den Weg in die Küche. Vielleicht fiel doch der ein oder andere Happen für ihn ab.

Am späten Nachmittag erschien Rick mit einem Karton in den Händen.

Barrington stand auf der Leiter und schmückte den Baum, eine große wunderschöne Tanne.

„Willst du helfen kommen oder hast du den Quittenlikör bis in deine Buchhandlung erschnüffelt, alter Genießer?", fragte Barrington und stieg von der Leiter.

„Ich habe ihn ganz frisch abgefüllt und wenn er allen so schmeckt wie mir, wird der fester Bestandteil in meinem Getränkeangebot."

„Ich dachte mir, dass deine Rechnung bei Mrs Smith sicher schon die Höhe des Mount Everest angenommen hat und habe etwas gekauft, was bei keiner Weihnachtsfeier fehlen darf", sagte Rick und öffnete den Karton. Er zog ein Knallbonbon heraus.

„Ich habe genug für alle besorgt. Vielleicht gibst du jedem, der den Pub heute Abend betritt, ein Knall-bonbon als Willkommensgruß, was denkst du?", fragte Rick.

„Ich denke, du bist ein toller Freund!", rief Barring-ton und nahm ihm den Karton ab.

Dann bekam sein Freund eine Kostprobe vom Quit-tenlikör und sein glückseliges Grinsen sagte ihm, der Likör war gelungen.

Der Abend kam und leise zarte Flocken fielen vom Himmel. Barringtons Zweifel kamen zurück. War es überhaupt eine gute Idee gewesen, am Weihnachts-abend im neuen Pub eine Feier zu organisieren? Wenn er dann aber sah, mit wie viel Feuereifer Farlan in dem Suppentopf rührte und die Platten für die Sandwiches vorbereitete, verschwanden die Zweifel wieder. Die ersten Speisen standen auf dem Büffet bereit.

Gegen neunzehn Uhr öffnete sich die Tür zum Pub und die ersten Gäste kamen. Barrington kam schon bald kaum mit dem Einschenken der Getränke hinter-her. Rick hatte sich an der Tür aufgestellt und verteilte die Knallbonbons. Es knallte schon bald und bunte

Kronen und Hüte erschienen auf den Köpfen der Bewohner. Lachen durchwehte den Raum.

Mr und Mrs Smith, die Schwestern Pullman, Hatty Hights, Barringtons Schuldirektorin, Constable McDonald, Familie John, Barringtons Onkel, Tante, Cousin und Cousine, mitsamt dem Hofhund Shelly umlagerten das Büfett. Danach kamen Barringtons Eltern und sogar Dr. Humbleby, dem solcherlei Vergnügungen eigentlich nicht lagen, folgte ihnen. Der Maler Richard Tabbs kam, genau wie die Kräuterfrau Mrs Chervil, die es sich nicht hatte nehmen lassen, den Weg aus dem verschneiten Wald zum Pub zu kommen.

Sogar Miss Porter war gekommen. Sie würde die Nacht bei ihrer Freundin Selma Smith verbringen. Glücklicherweise hatte sie den bissigen Luzius zu Hause gelassen. Barrington atmete auf.

Familie McNeedle erschien mit ihrem Hund Bluebell, der sich sofort intensiv mit Shelly beschäftigte. Die beiden lagen bald schon Seite an Seite neben dem warmen Kamin und schienen sehr zufrieden. Barrington hoffte, dass an diesem Abend das Schaf *Little* Erna nicht die Gunst der Stunde ergreifen würde und einen Ausbruch plante.

Raelyn überreichte Barrington eine wunderschöne gehäkelte Stola in Hellblau; dicke Wolle von den Shetland Inseln, weich und warm.

„Ich habe die Stola heute Morgen fertig bekommen. Hoffentlich gefällt sie Norma", flüsterte Raelyn ihm zu. Barrington gab sie sofort weiter an seine Mutter, die vor Rührung Tränen vergoss.

„Du hast es verdient. Ihr habt mir so geholfen in der Vergangenheit", sagte Barrington.

Ian McNeedle griff nach dem Essen zu seiner Gitarre, Raelyn nahm ihre Flöte und ihre Tochter Bonny würde eine kleine Trommel schlagen. Für Musik war also auch gesorgt. Alles fügte sich.

Als die ersten Töne eines schottischen Liedes, in dem es um Herz, Schmerz und die wunderschönen schneebedeckten Highlands ging, erklangen, strömten immer noch Gäste in den Pub.

Zu Barringtons Freude erschien Maureen Hastings mit ihrem Bruder Edward, der sich noch auf zwei Krücken stützen musste. Barrington lief ihr entgegen und Rick gab ihm noch einen kleinen Schubs. Als Maureen und Barrington der erhobenen Hand Ricks folgten, hing über ihnen ein Mistelzweig. Maureen bekam rote Wangen und Barrington rote Ohren. Er überlegte noch, welcher Witzbold den Zweig dort aufgehängt hatte, als der Zauber des Moments verflogen war. Maureen machte einen Schritt und folgte ihrem Bruder zum Büfett. Richard Prescott verdrehte die Augen.

Nachdem alle gegessen hatten und satt und zufrieden auf ihren Plätzen saßen, erhob Barrington das Glas.

„Liebe Freunde, ich bin überwältigt von den Bewohnern unseres wunderschönen St. Applewood. Was soll sich der Wirt eines schottischen Pubs mehr wünschen als nette Menschen, tolle Musik, interessante Gespräche und einen guten Tropfen im Glas.

Die letzte Zeit war etwas turbulent und ich hoffe, dass nun ruhigere Tage anbrechen werden. Ich danke euch für euer Kommen.

Wir wollen an die denken, die nicht mehr bei uns sind und uns allen Gesundheit wünschen. Lasst es euch

270

weiterhin schmecken, trinkt auf das Wohl eures Nachbarn und ich sorge dafür, dass das Kaminfeuer heute Nacht nicht erlischt. Denn ihr wisst ja, wenn das Feuer am ersten Weihnachtstag ausgeht, bahnen sich böse Elfen den Weg durch den Schornstein und die sind nicht für ihre Nettigkeiten bekannt."

Die Kinder sahen sich wohlig erschauernd an, kicherten und setzten sich dann schnell an das Kaminfeuer. Man konnte niemals wissen, welche Legenden in Schottland der Wahrheit entsprachen und welche frei erfunden waren.

Durch den Raum wehte das altbekannte *Auld lang syne* von Richard Burnes, ein Lied, das in diesen Tagen wohl im gesamten Königreich zu hören sein würde. Die Bewohner des kleinen schottischen Ortes St. Applewood sangen und freuten sich an dem wunderschönen Abend.

Barrington tippte Farlan auf die Schulter.

„Das ist auch für dich der Weihnachtstag. Leg deine Schürze ab und mische dich unter das Volk, mein Junge. Du hast es dir verdient. Sieh dir Chadwick an. Seine rote Nase zeugt von so einigen Gläsern Cider und er scheint heute wirklich glücklich zu sein. Übrigens, ehe ich es vergesse, ich habe einen Strumpf mit deinem Namen am Kamin hängen sehen. Hol ihn dir, bevor der Weihnachtsmann ihn wieder mitnimmt. Na los, hab´ Spaß!", rief er und schob den Jungen in Richtung des Kamins.

Farlan wurde rot. Er lief zum Kamin und griff sich den großen roten Strumpf, der dort mit seinem Namen hing. Barrington hatte ihn heimlich vor ein paar Minuten dort aufgehängt. Er hatte lange überlegt, womit er

Farlan eine Freude machen könnte. Die Mütze, die Mrs McNeedle *Shepherd's Hat* nannte, weil sie für ihren Mann Ian so eine Mütze vor ein paar Jahren gemacht hatte, war leider nicht fertig geworden.

Dann war ihm eingefallen, dass der Junge gern las. Er hatte bei Rick für ihn von J. R. R. Tolkien das Buch *Lord of the Rings* bestellt. Das würde ihm gefallen, hatte sein Freund Rick gemeint. In dem Buch ging es um eine lange Reise, verlorene Seelen und eine nie endende Freundschaft. Und es gab dort in der Erzählung auch Hoffnung und ein gutes Ende.

Dieses Weihnachtsfest ging wirklich ganz schön ins Geld, überlegte sich Barrington. Aber das war es ihm wert. Er war angekommen in seinem neuen Leben. Es konnte nur besser werden und seinen imaginären Detektivhut sollte er nun an einen Haken hängen. Aber, wenn er so darüber nachdachte, vielleicht sollte er den Hut weiter im Auge behalten. Konnte es etwas schaden? Es hatte ihm Spaß gemacht und man konnte niemals wissen, an welcher Ecke der nächste Kriminalfall lauern würde.

Spät am Abend flog die Tür des Pubs auf. Ein hagerer Herr in elegantem Anzug mit glänzenden Lackschuhen und einem Zylinder auf dem Kopf erschien.

„*Dum vivimus, vivamus!*", rief der Herr in die Runde.

„Dr. Wallace? Woher kommen Sie denn so spät noch hereingeweht?", fragte Barrington überrascht. Vor den Fenstern des Pubs tanzten Flocken im aufkommenden Wind.

Der Rechtsmediziner der Mordkommission Lintie stand, zitternd vor Kälte, im Gastraum des Pubs.

„Bekomme ich einen Aufwärmer? Kann durchaus sein, dass ich heute Abend um Obdach bitten muss. Es hört nicht auf zu schneien. Aber mein guter alter *Austin* hat mich sicher hierhergebracht. Ich wollte doch nach all der Aufregung einmal nachsehen, was unseren verehrten Inspector Marlow am Weihnachtstag so auf die Palme gebracht hat. Er rennt wie ein bockender Ziegenbock durch das Revier und schimpft sich die Kehle aus dem Hals über irgendwelche dilettantischen Detektive. Wen meint er denn nur damit?", fragte grinsend der Rechtsmediziner.

Barrington ging zum Tresen und schenkte dem Doktor einen guten Whisky ein. „Was bedeutet *Dum vivimus, vivamus*, Sir?", fragte er.

„Solange wir leben, lasst uns fröhlich sein!", rief der Doktor. „Und das kann ich als Mann mit weitreichendem Wissen über tote Menschen nur unterschreiben!"

Man erhob die Gläser, es wurde gesungen, Geschichten über Elfen, Wassergeister und Brownies machten die Runde und zauberten den Kindern, die vor dem Kamin saßen und die Ohren spitzten, einen wohligen Schauer über den Rücken. Sie kicherten und scherzten.

Der alte Chadwick hob mit wehklagender Stimme den Zeigefinger und meinte, dass das keine ausgedachten Geschichten seien. Er selbst habe bereits mit eigenen Augen einen Kelpie gesehen und sei ihm nur durch einen beherzten Sprung ans Ufer des River Willow entkommen. Die Augen der Kinder leuchteten und sie flehten Chadwick an, mehr zu erzählen.

Was für ein wunderbarer Abend.

Norma's Heaven

Folgende <u>Maschen</u> werden verwendet:

Luftmaschen = LM

Feste Maschen = FM
Halbes Stäbchen = hStb
Stäbchen = Stb
Steigeluftmasche = Stlm

<u>Material:</u>
Bezugsquelle: woolhouse.de

WYS-The Croft Shetland Wolle Aran
100% Shetland Wolle
Nadelstärke 5
Wollnadel
Schere

Hallo ihr Lieben!

Diese Stola habe ich mir extra für den guten Barrington, Norma und A.W. Benedict ausgedacht. Sie ist mit der wunderbaren Wolle von *Woolhouse* (Link siehe oben) gearbeitet.

Ich hoffe, sie gefällt Euch :-)

Ich werde Euch die Anleitung in schriftlicher Form so genau wie möglich erklären, so dass Ihr sie hoffentlich ohne Probleme nacharbeiten könnt. Einzig die Grundkenntnisse sind erforderlich.

Es sei noch erwähnt, dass das Muster, wenn man es mit dicker Wolle arbeitet, am besten in hellen Tönen herauskommt.

Ich denke aber, dass sie als Sommerstola mit den Bobbeln und dünneren Garnen vom Woolhouse auch wunderbar aussieht.

Aber jetzt genug mit dem Gesabbel :-)

Auf gehts!

Anschlag: 72 Lm

1.Reihe: In die 3. LM fünf Stb arbeiten. 2 LM überspringen. In die 3. LM eine FM arbeiten. Wieder 2 LM überspringen und in die 3. LM 5 Stb arbeiten. Wieder 2 LM überspringen und in die 3. LM eine FM arbeiten.

Das wiederholt Ihr bitte bis zum Ende. Die letzte Masche ist eine FM in die letzte LM (bzw in den späteren Reihen in die Stlm der Vorrunde). 5 LM arbeiten und die Arbeit wenden.

2. Reihe: 1 FM ins mittlere Stb (drittes). 2 LM. 1 Stb in die FM zwischen den Stäbchen Bögen. 2 LM. 1 FM ins mittlere Stb. 2 LM. 1 Stb in die FM zwischen den Stb-Bögen. Das wiederholen bis zum Ende der Reihe. Die Reihe endet mit 1 Stb in die 72. LM des Anschlages (später in die Stlm der Vorrunde). 2 Stlm arbeiten und die Arbeit wenden.

3. Reihe: die 2 STLM gelten als erstes hStb. 2 hStb <u>um</u> die 2 LM der Vorrunde arbeiten. 1 hStb in die FM arbeiten. 2 hStb <u>um</u> die 2 LM der Vorrunde arbeiten. 1 hStb in das Stb der Vorrunde arbeiten. Das wiederholen bis zum Ende. Das letzte hStb in die 3. LM der 5 StLm arbeiten. 5 StLm arbeiten und die Arbeit wenden.

4. Reihe: (Vorsicht Ihr Lieben, es wird jetzt etwas knifflig)

Die ersten 3 StLm gelten als erstes Stb. Nun 2 Maschen überspringen und in die 3. 1 Stb arbeiten. (Kleiner Tipp: Das Stb muss genau in einer Linie mit dem mittleren Stb des Stb-Bogens der ersten Reihe sein.) Jetzt 2 LM arbeiten. 2 Maschen überspringen. 1 Stb. 2 LM. 2 Maschen überspringen. 1 Stb. Wiederholen bis zum Ende. Das letzte Stb arbeitet Ihr in die 2. StLm der Vorrunde.

Eine lockere StLm (in diese wird die nächste Reihe beendet) arbeiten. Arbeit wenden.

5. Reihe: 2 FM um die 2 LM der Vorrunde. 1 FM ins Stb der Vorrunde. 2 FM um die 2 LM der Vorrunde. 1 FM ins Stb der Vorrunde. Bis zum Ende wiederholen. Die letzte FM in die 3. LM der 5 StLm. 1 lockere StLm arbeiten. Arbeit wenden.

Diese 5 Reihen wiederholt Ihr jetzt, bis die von Euch gewünschte Länge erreicht ist.

Endet bitte mit einer 4. Reihe (die hStb Reihe).

Im Grunde ist Eure Stola nun fertig.

Ich habe noch einen schönen Rand daran gehäkelt. Diesen Rand könnt Ihr gestalten, wie Ihr ihn gerne hättet. Ich habe hier eine komplette Runde halbe Stäbchen gearbeitet und eine weitere Runde Stäbchenbögen wie in der 1. Reihe. Dann könnt Ihr die Stola baden und spannen.

Bei mir ist die Stola nun 1,67m x 0,47m groß.

Ich hoffe, Ihr habt die Anleitung gut verstanden.

Solltet Ihr Fragen haben, schreibt mir gerne eine eMail an: anjabehrs@gmail.com

Bis dahin wünsche ich Euch viel Spaß mit der Stola.

Liebe Grüße

Eure Anja (Raelyn McNeedle)

Danksagung

Es ist immer eine Herausforderung, wenn man eine neue Buchreihe beginnen möchte. Die Geschichte ist bereits seit Monaten im Kopf, aber diese Story dann auch auf das weiße Blatt Papier, das vor dem Autor liegt, zu bekommen, dauert seine Zeit. Da ist es gut, wenn man Menschen an seiner Seite hat, die Unterstützung und Zuspruch geben. Darum gilt mein Dank den Helferlein.

Vielen Dank an Anja Behrs für die vielen Tipps zum Thema Wolle, und wo sie zu finden ist. Mit ihrer Hilfe habe ich erkannt, dass das Thema Wolle und deren Verarbeitung ein so breites Feld ist, das ich nur im Ansatz wirklich kannte.

Ohne Anjas Unterstützung würde es wahrscheinlich *Raelyn McNeedle* und ihre Tochter *Bonnie*, die Schafherde des *Ian McNeedle*, den wundervollen Wollladen *The Fluffy Woolcave* und vor allem *Little Erna* in meinem Buch nicht geben. Letzten Endes wäre ich niemals in den Genuss gekommen, die wunderschöne Stola, genannt *Norma´s Heaven*, in Händen zu halten. Thanks!

Natürlich muss ich auch meiner Familie, die mich jederzeit bei technischen Problemen berät, unglaublich danken. Ich wäre verloren ohne sie.

A.W. Benedict

<u>In der Beanstockreihe sind bisher erschienen:</u>

Mord auf Parsley Manor

Das Gänscblümchenkomplott

Die Barke des Teremun

Mörder an Bord

Ein Whisky zu viel

Das Haus der Lady Sherry

Das Geheimnis von Waterhill

Mörderische Teatime

Mord im Paradies

Weitere Infos unter: awbenedict.de/beanstock